밤을 피아노 헤치다

붉은 박물관

赤い博物館

오야마
세이이치로
지음
한수진 옮김

REAbie

차례

빵의 몸값

1

데라다 사토시는 녹슨 철문 앞에서 깊디깊은 한숨을 쉬었다.

화창한 겨울 하늘은 구름 한 점 없이 완벽하게 푸르고 맑았다. 그러나 그것도 우울한 기분을 달래 주지는 않았다.

미타카시의 한적한 주택가의 어느 한 곳, 금이 간 콘크리트 담장으로 둘러싸인 300평쯤 되는 부지. 그곳의 대문 안쪽에는 거의 반세기의 세월을 견뎌 낸 듯한 3층짜리 붉은 벽돌 건물이 보였다. 그리고 문설주에는 반쯤 떨어져 나간 '경시청 부속 범죄 자료관'이란 글자가 있었다.

여기가 오늘부터 사토시가 일할 직장이었다.

'다음 주 월요일부터는 범죄 자료관으로 이동해라.'

'범죄 자료관? 아니, 왜 갑자기…….'

'자신이 무슨 짓을 저질렀는지 생각해 봐.'

계장과 나눴던 대화가 머릿속에 떠올라서 한층 더 우울해졌다.

문설주에 있는 인터폰의 버튼을 누르자 "네, 누구십니까?"라는 쉰 목소리가 들렸다.

"오늘부로 이쪽에 배속된 데라다 사토시 경사입니다."

"아, 그래. 수고하시네. 지금 열어 줄게."

건물 정면의 현관문이 열리더니 수위 제복을 입은 왜소한 노인이 나왔다. 일흔이 넘은 걸까. 손자를 돌봐 주는 것이 더 자연스러워 보이는 온화한 표정이었지만, 그 눈매는 날카로웠다. 늙은 수위는 문 쪽으로 다가오더니 열쇠를 꺼내 자물쇠를 열었다. 그리고 삐걱삐걱 소리가 나게 슬라이딩 대문을 열어서 사토시를 안으로 들였다.

"관장님이 기다리고 계셔. 안내해 줄게."

사토시는 늙은 수위의 뒤를 따라갔다. 정문 바로 안쪽에는 승용차를 네 대 정도 주차시킬 수 있는 넓이의 주차장이 있었는데, 거기 주차되어 있는 것은 오래된 흰색 왜건밖에 없었다.

돌계단을 다섯 단 올라갔더니 정면 현관문이 나왔다. 커다란 나무 문이었는데, 문창살로 이리저리 나눠 놓은 부분에 유리창이 여러 개 끼워져 있었다. 문은 갈색으로 칠해 났는데 그 칠이 군데군데 벗겨져 있었다.

안으로 들어가 보니 다소 어두웠다. 오래된 건물 특유의 냄새가 코를 찔렀다. 넓은 복도가 똑바로 안쪽으로 뻗어 있었다. 벽에는 여기저기 얼룩이 있었다. 무척 조용해서 아무 소리도 나지 않았다. 사토시가 지난주까지 있었던 수사1과와는 천지 차이였다.

현관 바로 안쪽의 오른편에는 수위실이 있었고, 왼편에는 화장실이 있었다. 거기서 미화원 차림의 중년 여성이 양동이와 대걸레를 들고나왔다. 쉰이 넘은 것 같은 파마머리 여성이었다. 그 사람은 사토시를 보자마자 군침이 도는 표정을 지었다.

"댁이 여기에 새로 배속된 사람이야? 어유, 멋진 남자네. 키도 크고 남자답게 잘생겼고. 완전히 내 취향이야."

'뭐지? 이 아줌마는.'

"나는 나카가와 기미코라고 해. 귀중품의 귀(貴), 아름다울 미(美), 아들 자(子) 자를 써서 기미코(貴美子). 나한테 잘 어울리는 이름이지? 기억해 줘."

"아, 네. 저는 데라다 사토시라고 합니다."

"어이구, 이름도 잘생겼네?"

나카가와 기미코는 허리에 찬 작은 가방 속을 뒤적거리더니 "자, 사탕 받아." 하고 건네줬다. 청소용 고무장갑을 낀 채. 사토시는 정중히 사양했다. 늙은 수위는 쓴웃음을 지으면서 그 장면을 지켜보고 있었다.

복도 끝의 오른쪽에 있는 방 앞에 도착했다. '관장실'이라는 문패가 걸려 있었다. 늙은 수위가 노크하자 방 안에서 "들어와."라는 낮은 목소리가 들려왔다. "실례합니다."라고 말하면서 사토시는 방 안으로 발을 들여놓았다.

넓이가 4평쯤 되는 방이었다. 정면의 벽과 왼쪽 벽에는 창문이 있는데 블라인드를 쳐 놓은 상태였다. 나머지 두 개의 벽은 온통 책장들이 차지하고 있었고, 거기에 책들이 빼곡하게 채워져 있었다. 그리고 방 한가운데에는 흑단 책상과, 그 책상 앞에서 서류를 읽고 있는 여자가 있었다.

'설녀'•

반사적으로 그런 이미지를 연상한 것은 그 여자가 백의를 걸치고 있었기 때문일까. 아니면 창백해 보이는 흰 피부와, 어깨를 덮을 정도로 길고 매끄러운 검은 머리카락 때문일까. 그것도 아니면 나이를 짐작할 수 없는 저 인형처럼 차갑고 단려한 얼굴 때문일까.

무테안경을 가볍게 밀어 올리더니 그 여자는 사토시를 가만히 쳐다봤다. 긴 속눈썹과 쌍꺼풀이 있는 커다란 눈. 문득 그 눈동자 속으로 빨려 들어갈 것 같은 착각이 들었다.

● 일본의 눈 요괴. 보통 흰 기모노를 입고 있는 차가운 미녀

"오늘부로 이곳에 배속된 데라다 사토시 경사입니다. 잘 부탁 드립니다."

사토시는 착각을 떨쳐 내려고 큰 소리로 말했다.

"히이로 사에코. 이곳의 관장이다. 잘 부탁해."

그 여자는 웃음기 하나 없이 말했다. 쌀쌀맞은 말투였다. 이어서 그 여자는 다시 눈을 내리깔고 서류를 봤다.

"지금까지는 수사1과에 있었습니다. 증거품 보관 같은 업무는 처음이라 부족한 점도 많이 있을 거라고 생각합니다만, 최선을 다해 일하겠습니다."

사토시는 마음에도 없는 말을 했다.

히이로 사에코는 아무런 반응도 안 하고 묵묵히 서류를 계속 읽었다.

방 안은 불편한 침묵으로 가득 찼다. 이런 경우에 평범한 상관이라면 "그래, 열심히 해."라는 한마디 정도는 해야 하지 않을까.

"저, 오늘은 무슨 일을 하면 될까요."

"자네에게 물어보고 싶은 것이 있다."

히이로 사에코가 드디어 서류에서 눈을 뗐다.

"뭡니까?"

"여자 미화원은 왼손과 오른손 중 어느 손으로 사탕을 건네줬나?"

"……네?"

예상도 못 했던 질문에 사토시는 어리둥절해졌다. '도대체 이게 무슨 질문일까. 설마 농담인가?' 하고 생각했지만, 히이로 사에코의 하얀 얼굴은 무표정하여 웃음기가 한 조각도 없었다.

"왼손과 오른손 중 어느 손으로 사탕을 건네줬나?"

관장은 다시 한 번 말했다. 사토시는 당황했지만 일단 기억을 더듬어 대답했다.

"왼손이었습니다."

"사탕 포장지는 무슨 색이었나?"

"보라색이었습니다."

"수위는 이 방의 문을 몇 번 두드렸지?"

"세 번입니다."

그제야 겨우 깨달았다. 사토시의 관찰력과 기억력을 시험하고 있는 것이었다. 그렇다면 관장은 미화원과 수위에게 "이런 식으로 행동해 달라."라고 미리 지시해 둔 것이리라.

관장의 붉은 입술이 살짝 일그러졌다. 어쩌면 미소를 지은 걸지도 모른다.

"합격이다. ……'붉은 박물관'에 온 것을 환영한다."

*

경시청 부속 범죄 자료관, 통칭 '붉은 박물관'. 도쿄 미타카시에 있는 시설로, 경시청 관내에서 일어난 사건의 증거품(흉기, 유류품 등)과 수사 서류를 사건 발생 이후 일정 기간이 경과한 뒤 관할 경찰서에서 받아 와 보관하고, 또 그것을 조사·연구 및 수사관 교육에 활용함으로써 향후 수사에 도움이 되게 하는 역할을 수행하고 있었다. 런던 광역 경찰청 범죄 박물관, 통칭 '검은 박물관(Black Museum)'을 흉내 내어 1956년에 설립된 곳이었다. 그런데 세계적으로 유명한 원조와는 달리, '붉은 박물관'은 조사·연구 및 교육 목적의 시설이라고 말은 하면서도 실제로는 한낱 대형 보관고로 전락하고 말았다. 관원은 관장과 관장 조수, 단 두 명. 솔직하게 말하자면 한직이었다.

경시청의 일원으로서 사토시도 범죄 자료관의 이름은 들어 본 적이 있었다. 그러나 경시청의 꽃인 수사1과에 소속된 자신과는 무관한 시설이라고 생각하여 관심조차 두지 않았다. 설마 그곳이 자신의 인생과 관련될 줄은 꿈에도 생각하지 못했었다. 바로 지난주 금요일까지는.

새해가 되자마자 사토시는 큰 실수를 저질렀다. 강도 상해 사건의 용의자인 어느 남자의 집을 수색했을 때, 지참했던 수사 서류를 깜빡하고 거기에 두고 와 버린 것이다. 그리고 용의자와 동거하던 여자가 휴대폰으로 그 수사 서류의 사진을 찍어 인터넷에 공개했다. 그걸 눈치챈 경시청은 인터넷 서비스 제공자에게 요청하여 이미지를 삭제시켰는데, 그 이미지는 이미 널리 퍼져서 인터넷 미디어, 주간지, TV 정보 프로그램, 더 나아가 신문에도 실리는 사태가 벌어지고 말았다. "수사관의 관리 능력은 도대체 어떻게 된 거야?", "새해 연휴 때문에 정신이 해이해진 거 아냐?" 하고 비난이 쏟아졌다. 무수한 블로그와 SNS에 이 사건을 심하게 조롱하는 글이 올라온 것은 두말할 필요도 없을 것이다. 경시청은 언론에 대한 영향력을 구사하여 사건 보도를 막으려고 했다. 그것은 어느 정도 효과는 있었지만 완전히 막아 내지는 못했다.

실수를 저지르고 나서 삼 주 동안 사토시는 자신의 멍청함에 분노하면서 마치 바늘방석에 앉은 듯한 기분으로 살았다. 동료들이 수사하러 갈 때에도 사토시는 본청에 남아 서류 작업을 하라는 명령을 받았다. 실제 수사에 참가하는 것은 허락되지 않았다. 그리고 지난주 금요일, 상관인 제3강력범 수사 제8계장이 그를 부르더니 다짜고짜 이런 말을 했다.

"다음 주 월요일부터는 범죄 자료관으로 이동해라."

"범죄 자료관? 아니, 왜 갑자기……."

"자신이 무슨 짓을 저질렀는지 생각해 봐."

"정말 죄송합니다. 한 번만 더 기회를 주실 수 없을까요."

"기회? 웃기지 마."

계장 이마오 마사유키 경감은 사토시를 쏘아봤다.

"네가 그런 실수를 하는 바람에 경시청은 언론한테 두들겨 맞고 사람들의 비웃음거리가 되었어. 경시청의 모든 직원들이 너 때문에 얼굴에 먹칠을 당했다고. 너 같은 놈은 수사1과에는 필요 없어."

사토시는 경악과 굴욕으로 정신이 아득해졌다. 자신이 경찰이 된 것은 형사가 되기 위해서였지, 증거품 보관인이 되기 위해서가 아니었다. 그러나 아무리 고개 숙여 사과해도 계장은 "이미 결정된 일이다."라는 한마디만 되풀이했다. 수사1과 수사관은 양복의 깃에 'S1S'라고 적힌 배지를 달고 다닌다. 그것은 'Search 1 Select', 즉 엄선된 수사1과 수사관을 의미하는 것이었다. 사토시는 최고의 자랑거리였던 그 배지를 계장에게 반납했다. 그리고 동료들의 연민의 시선을 받으면서 조퇴했다.

수사 서류와 관련해서 큰 실수를 저질러 버린 자신이 증거품이나 수사 서류를 보관하는 창고로 이동하다니, 악질적인 농담이란 생각밖에 안 들었다. 차라리 경찰을 그만둬 버릴까. 아파트의 자기 집에서 홧술을 마시면서 그런 생각을 해 봤지만, 그동안 형사를 천직으로 여겼던 사토시는 퇴직 후에 무슨 일을 하면 좋을지 몰랐다. 그래서 어쩔 수 없이 그다음 주 월요일부터는 자료관에 출근하기로 한 것이었다. 언젠가는 수사1과, 또는 관할 경찰서 수사관이라도 좋으니까 아무튼 수사 현장으로 돌아갈 날이 올 거라는 식으로 자기 자신을 격려하면서…….

"'붉은 박물관'에 온 것을 환영한다."란 말을 한 뒤, 히이로 사에코는 "안내해 줄게."라고 하더니 즉시 움직이기 시작했다. 하얀 옷자락 사이로 미끈한 종아리가 보이다 말다 했다. 기막히게 걸음이 빨라서 사토시는 허둥지둥 그 뒤를 쫓아갔다. 아마도 키는 160대 중반 정도일까. 몸매가 날씬해서 실제 키보다도 더 커 보였다.

관내에는 1층부터 3층까지 보관실이 총 열네 개가 있었다. 각 보관실에는 철제 선반이 여러 줄로 늘어서 있었고, 증거품과 수사 서류를 넣어 둔 플라스틱 의류 보관함이 거기에 놓여 있었다. 열화를 방지하기 위해 증거품은 하나씩 비닐 팩에 들어 있었다.

하나의 의류 보관함이 하나의 사건에 대응됐는데, 큰 사건이면 거기에 대응되는 의류 보관함이 열 개가 넘는 경우도 있었다. 증거품이 너무 클 때에는 의류 보관함에 넣지 않고 그냥 비닐 팩에만 넣어 두기도 했다. 3억 엔 사건의 증거품을 봤을 때에는 아무래도 좀 감동할 수밖에 없었다. 이 자료관에는 이곳이 설립된 1956년 이후로 도쿄도에서 발생한 모든 사건들의 증거품과 수사 서류가 보관되어 있었는데, 그 수는 무려 수십만 점에 달한다고 한다.

보관실의 공기는 어디나 다 쾌적했다. 물어봤더니 일 년 내내 온도는 22도, 습도는 55퍼센트로 설정해 둔다고 한다. 그것이 물건을 보관하기 가장 좋은 환경이라는 것이다.

"증거품 및 수사 서류의 보관·관리를 한다고 하는데, 구체적으로는 무슨 일을 하면 됩니까?"

"라벨 붙이기."

"……라벨 붙이기?"

"현재 증거품을 쉽게 관리하기 위해서, 증거품을 넣은 비닐 팩에 QR 코드 라벨을 붙이고 거기에 스캐너를 대면 컴퓨터 화면에 증거품의 기본 정보가 표시되도록 하는 시스템을 구축하고 있다. CCRS가 뭔지는 알지?"

'네.' 하고 사토시는 대답했다. CCRS는 'Criminal Case Retrieval System'. 형사사건 검색 시스템의 약자로, 2차 대전 이후 경시청 관내에서 발생한 모든 형사사건이 등록된 데이터베이스이다. 사건명, 발생 일시, 발생 장소, 피해자 성명(살인 사건이라면 그 사인도), 범행 수법, 범인 성명이 표시되는 아주 간단한 것이다. 사건명은 수사본부가 설치될 때 거기서 내걸었던 이른바 '계명(戒名)'*을 사용한다. 경시청 관내의 각 경찰서와 법의학·감식 관련 연구 기관에 있는 단말기를 통해 그 데이터베이스에 접근할 수 있다.

"현재 여기서 구축 중인 데이터베이스는 CCRS를 토대로 한 것이다. 자네는 라벨을 붙이고 데이터를 입력하는 일을 해 주길 바란다. 관장실 옆이 조수실이니까. 거기 있는 컴퓨터를 사용하도

● 불교에서 죽은 사람에게 붙여 주는 이름. 일본에서는 흉악 범죄가 발생하면 수사본부가 구성되고 본부 입구에 간판을 세워 놓는데, 이 간판에 적어 놓는 '사건명'은 죽은 사람을 다룬다는 의미에서 경찰 은어로 '계명'이라고 부른다.

록 해.”

“……알겠습니다.”

그런 단조로운 사무 작업을 하라고? 당장 자료관을 뛰쳐나가고 싶은 심정이었지만, 사토시는 ‘언젠가는 수사 현장으로 돌아간다.’라고 자기 자신을 설득하면서 꾹 참았다.

“그리고 일할 때에는 백의로 갈아입어 줘. 내가 백의를 입는 것은, 의복에 부착된 온갖 오염 물질로 증거품이 오염되는 것을 막기 위함이다. 자네도 그렇게 해 줘.”

제발 그만둬. 사토시는 그렇게 생각했다. 관원이 둘 다 백의를 걸치면 마치 의사 코스튬플레이를 하는 것 같잖아.

*

이리하여 ‘붉은 박물관’에서의 생활이 시작됐다.

한 건의 사건에 대응되는 의류 보관함을 보관실에서 조수실로 옮겨 온 뒤, 증거품이 들어 있는 팩에 QR 코드 라벨을 하나하나 붙이고, 관장이 메일로 보내 준 사건 개요를 컴퓨터로 그 QR 코드와 연결시킨다. 그 작업이 끝나면 의류 보관함을 다시 보관실에 갖다 놓고 다른 사건의 의류 보관함을 조수실로 가져온다……. 매일 지겹도록 그런 작업만 반복했다.

아침 9시에 출근해서 저녁 5시 30분에 퇴근. 야근은 없음. 수사1과 시절처럼 한번 사건이 일어나면 새벽부터 심야까지 일하는 경우도 없고, 수사본부가 마련된 관할 경찰서에서 계속 살다시피 하는 경우도 없다. 과거의 생활과는 180도 달라진 삶이었다.

매일 아침 9시에 사토시가 출근했을 때에는 히이로 사에코는 이미 관장실에서 일을 하고 있었다. 오후 5시 30분에 사토시가 집에 돌아갈 때에도 그 사람은 남아서 일을 하고 있었다. 고로 백의를 걸치지 않은 그의 모습은 본 적이 없었다. 단지 증거품과 수사 서류를 보관할 뿐인데 도대체 무슨 할 일이 그렇게 많은 걸까. 궁금해서 관찰을 해 봤더니, 그 사람은 보관되어 있는 수사 서류를 일일이 훑어보고 있었다. 물론 사건 개요를 요약하려면 수사 서류를 읽을 필요가 있겠지만, 서류를 읽는 그 태도는 필요성의 범위를 완전히 넘어선 것이었다. 설마 무미건조한 수사 서류를 읽는 것이 취미는 아닐 테고. 대체 무슨 생각을 하는 걸까.

히이로 사에코와 대화할 기회는 거의 없었다. 상대가 꼭 필요한 이야기밖에 안 하는 것이다. 사토시가 먼저 말을 걸어도 상대는 무시하고 서류를 계속 읽는 경우도 많았다. 사토시는 미화원인 나카가와 기미코나 수위인 오쓰카 게이지로와 대화할 기회가 훨씬 더 많았다. 그리고 히이로 사에코는 웃지를 않았다. 항상 차가운 무표정을 유지하고 있었다. 얼굴 근육에 '웃는다.'라는 기능이 결여된 것 같았다.

사토시는 어느 날 평소처럼 사탕을 주려고 하는 나카가와 기미코에게 물어봤다. 관장님이 어떤 사람인지 아느냐고.

"커리어라고 하던데. 계급은 경정. 무지무지 머리가 좋은 사람이야."

나카가와 기미코는 대걸레와 양동이를 내려놓더니 자기 일처럼 자랑스럽게 대답했다.

"……커리어라고요?"

사토시는 깜짝 놀랐다. 국가 공무원 1종 시험(2012년도부터는 종합직 시험)에 합격해 경찰청에 들어온 이른바 커리어라는 사람들은, 전체 경찰관 25만 명 중 500여 명밖에 존재하지 않는 엘리트 집단이었다. 처음 경찰청에 들어올 때부터 경위라는 지위를 부여받고, 경찰대학의 교양과정을 이수하고, 관할 경찰서에서 현장 연수를 한 다음에는 경감 지위를 받는다. 옛날에는 사 년째가 되면, 또 제도 개혁이 이루어진 지금도 칠 년째가 되면 자동으로 경정으로 승진한다. 그 후에는 임기 몇 년 코스로 전국 각지의 요직을 경험하면서, 사토시 같은 논커리어는 상상도 못 할 만큼 무시무시한 속도로 출세의 계단을 올라가게 된다. 경찰관이라기보다는 경찰 관료다. 논커리어가 현장의 일을 담당하는 데 비해 커리어는 경찰의 조직 관리를 직무로 삼는다. 그런 커리어가 범죄 자료관의 관장이라는 한직을 맡는다는 것은 이례적인 일이었다.

"커리어가 왜 이런 곳의 관장 노릇이나 하고 있는 겁니까?"

"이런 곳의 관장 노릇이라니, 뭔 소리야. 범죄 자료관은 훌륭한 곳이거든?"

나카가와 기미코는 부루퉁한 표정을 지었다.

"아, 네, 그렇죠. 죄송합니다. 그런데 경정급의 커리어라면 보통은 경찰청의 과장 보좌나, 지방경찰청의 과장이나, 중소 규모의 경찰서 서장 자리를 차지하고 있잖아요? 범죄 자료관의 관장이라는 것은 좀 특이하다는 생각이 들어서요."

"그런가? 잘 모르겠는데. 아무튼 관장님이 된 지 팔 년은 됐어."

"팔 년이나 됐어요?"

사토시는 또다시 놀랐다. 커리어가 그토록 오랫동안 이동을 하지 않는 것도 이례적인 일이었다. 히이로 사에코는 어지간히 무능한 걸까. 의사소통 능력이 결여됐다는 것은 이미 눈치챘지만.

"내가 여기서 청소를 담당한 지 삼 년이 됐는데. 처음 관장님을 만났을 때, 여기서 얼마나 오래 일하셨느냐고 여쭤봤더니 오 년이라고 하셨거든. 아무튼 관장님을 봤을 때 나는 '잘됐다.'라고 생각했지."

잘됐다니?

"알다시피 관장님은 엄청난 미인이잖아?"

"……그렇지요."

"그런 미인 밑에서 일하다니, 얼마나 행복한 일이야?"

"……그렇군요."

"하기야 말수는 적고 애교도 없지만, 그 왜, 냉미녀라고 하나?

멋있잖아. 나한테는 동경의 대상이야."

"……그런가요."

설녀가 아무리 아름다워 봤자, 마주치기 싫은 존재라는 것은 불변의 진실이었다.

"그런데 저의 전임자는 어떤 사람이었습니까?"

"그다지 변변한 사람은 아니었어. 툭하면 꾸벅꾸벅 졸았고, 늘 바보 같은 실수만 하고, 불성실했어. 겨우 반년도 못 버티고 일을 그만둬 버렸지."

"그 사람은 여기 오기 전에는 어디 있었는데요?"

"경시청 총무부에 있었다고 했어."

"그 전 사람은?"

"오모리 경찰서에서 왔다고 했는데. 그 사람도 일을 못해서 한 반년 만에 그만둬 버렸어."

틀림없이 증거품 및 수사 서류 관리라는 짜증나는 업무와 의사소통 능력이 전혀 없는 관장에게 넌더리가 난 것이리라. 이곳은 최근에 언론에서 시끄럽게 다루고 있는 일부 기업의 '자진 퇴사 부서'와 마찬가지라서, 경시청은 퇴직시키고 싶은 직원을 여기로 보내 버리는 것이 아닐까? 관장은 그것을 위해 반드시 필요한 도구이기 때문에, 커리어임에도 불구하고 팔 년이나 되는 긴 세월 동안 이동하지 않은 게 아닐까? 자신의 앞날을 생각하면서 사토시는 암담한 기분을 느꼈다.

2

증거품과 수사 서류는 사건이 발생한 뒤 일정 기간이 지나면 범죄 자료관으로 들어오게 되어 있었다. 살인 사건의 경우에는 15년이었다. 이 숫자는 2004년 형사소송법이 개정될 때까지는 살인죄의 공소시효가 15년이었던 것에서 유래했는데, 요컨대 시효가 만료되면 증거품을 이 자료관에 보관한다는 규칙이 정해져 있었던 것이다. 2004년에 법이 개정되어 살인죄의 시효는 25년으로 연장되었고 또 2010년의 개정 형사소송법에서는 살인죄의 시효 그 자체가 폐지됐지만, '범죄 자료관에 증거품을 보관하는 것은 살인 사건의 경우에는 그것이 발생한 지 15년 후'라는 규칙은 달라지지 않았다. 단, 시효가 없는 살인 사건의 경우에는 수사 서류가 없으면 수사를 계속하는 데 지장이 생길 우려가 있으므로, 그 서류의 복사본을 범죄 자료관에 보관하게 되었다.

증거품과 수사 서류는 각 관할 경찰서에 보관되어 있으므로 범죄 자료관 측이 그것을 받으러 간다. 그것도 사토시의 일이었다.

배속된 지 사 주가 지난 2월 25일 아침, 사토시는 낡은 왜건을 운전하여 시나가와 경찰서로 향했다. 십오 년 전 사건의 증거품을 받으러 가는 길이었다. 이 왜건은 범죄 자료관에 주어진 유일한 차량이었다.

시나가와 경찰서는 히가시시나가와 3가에 있었다. 주차장에 왜건을 세워 놓고 1층 접수창구로 가서 "범죄 자료관에서 왔습니다."라고 밝혔다. 증거품 보관고의 열쇠를 관리하는 형사과장이 입회하는 가운데 사토시는 증거품과 목록을 받았다. 그와 동시에 사건의 수사 서류 복사본도 받았다.

점퍼, 양복, 와이셔츠, 속옷, 구두, 양말, 장갑, 안경, 입체 마스크, 피 묻은 나이프, 하드 케이스 서류 가방, 바늘……. 전부 다 비닐 팩에 들어 있었다. 1998년에 발생한 나카지마 제빵 공갈·사장 살해 사건의 증거품이었다. 사토시는 그 당시에 아직 중학생이었지만, 언론이 연일 그 사건을 크게 보도했던 것은 기억하고 있었다.

범죄 자료관 주차장으로 돌아오자 히이로 사에코가 그곳으로 나왔다. 사토시와 둘이서 증거품과 수사 서류 복사본을 왜건에서 꺼내 카트에 싣고 1층 조수실로 옮긴 뒤 작업대에 올려놨다. 이어서 히이로 사에코는 장갑을 끼더니 비닐 팩에서 증거품을 하나씩 꺼내 목록과 대조하면서 확인하기 시작했다. 창백하다 싶을 정도로 하얀 피부가 어쩐지 홍조를 띤 것처럼 보였다. 비인간적인 수준으로 감정이 없는 관장이 유일하게 흥분하는 기색을 보이는 것이 바로 이 순간이었다.

우선 사장이 몸에 걸치고 있던 것부터 봤다. 녹색 계통의 군복 무늬 점퍼. 안감은 검은색인데 뒤집어 입을 수 있는 리버시블 점퍼였다. 진갈색 아르마니 양복. 면으로 된 흰색 와이셔츠. 똑같이 면으로 된 흰색 속옷. 꽤 멋쟁이처럼 보였지만 모든 것이 말라붙은 피로 더러워져 있었다. 존롭 블랙 정장 구두. 흰색 양말. 가죽 장갑. 구찌 안경. 입체 마스크. 이것은 꽃가루 알레르기 대책이었을 것이다. 그리고 제로 할리버튼 두랄루민* 하드 케이스 서류 가방. 사장이 현금을 옮기는 데 사용한 것이었다. 피 묻은 나이프. 칼날의 길이는 12~13센티미터 정도일까. 그리고 고무줄로 묶어 놓은 수십 개의 바늘. 상품인 **빵**에 들어가 있었던 것이다.

갑자기 히이로 사에코의 손이 멈췄다. 그쪽을 보자 그 사람은 날카로운 눈빛으로 증거품을 보고 있었다. 그런데 어떤 증거품을 보고 있는지는 알 수 없었다.

"이 사건에 관해서는 얼마나 알고 있나?"

"대략적인 줄거리밖에 모릅니다……. 기업 공갈 사건으로서는 글리코·모리나가 사건 다음가는 중대 사건이니까 경찰학교에서 간단히 배우긴 했습니다만."

"내일까지 수사 서류를 읽고 사건 개요를 파악해 둬. 오늘은 더 이상 라벨 붙이기와 데이터 입력은 안 해도 돼."

"……내일까지? 이유가 뭡니까?"

히이로 사에코는 대답 없이 증거품을 가만히 응시하고 있었

● 강하고 가벼운 알루미늄 합금류의 상품명

다. 한번 이렇게 되면 무슨 질문을 해도 대답해 주지 않는다. 사토시는 한숨을 내쉬고 수사 서류 복사본을 집어 들었다.

*

조수실에 틀어박혀 수사 서류를 읽기 시작했다.

사건이 발생한 것은 1998년 2월이었다.

범행 대상이 된 것은 도쿄 증권거래소와 오사카 증권거래소의 1부 상장 기업인 나카지마 제빵 주식회사. 매출액은 6,200억 엔, 종업원 수는 1만 7,000명인 업계 최대 대기업이었다.

2월 1일부터 8일 사이, 도내 각처의 슈퍼마켓에 있는 나카지마 제빵 회사의 상품 속에서 바늘이 발견되는 사건이 도합 14건 발생했다. 포장지에는 바늘이 들어간 구멍이 뚫려 있었으므로, 그 바늘은 포장이 끝난 뒤에 집어넣은 것이 확실했다. 그 바늘은 공장의 출하용 창고나 배송 과정이나 매장에서 들어간 것이다. 나카지마 제빵 회사 측은 3일 시점에서 공장의 담당 부서 종업원과 배달업자를 조사하고 동시에 공장 창고의 감시를 강화했다. 그럼에도 불구하고 그 후에도 바늘이 들어간 상품이 발견되는 사건은 계속 일어났으므로, 바늘은 매장에서 혼입됐을 가능성이 높다는 결론에 도달했다. 그래서 각 슈퍼마켓과 상의하여 피해 신고서를 제출했다.

사건이 대대적으로 보도되어 나카지마 제빵 회사의 상품 매출은 격감했다. 그리고 2월 10일, 본사에 속달 우편물이 왔다. '나카지마 제빵 주식회사 앞'이란 글씨만 인쇄되어 있었고 보낸 사람의 이름은 없었다. 그것을 개봉한 비서과 직원은 그 안에 들어 있는 편지를 보고 새파랗게 질렸다. 그것은 범인이 보낸 협박장이었다.

상품에 바늘을 집어넣는 것을 그만두길 바란다면, 나카지마 제빵 회사는 1억 엔을 지불해라……

협박장에는 그런 글이 인쇄되어 있었지만, 구체적으로 돈을 건네줄 방법은 적혀 있지 않았다.

신고를 받은 경시청은 단순한 위력 업무방해가 아니라 공갈 사건이라고 판단하여, 수사본부를 설치한다는 결단을 내렸다. 나카지마 제빵 본사는 시나가와역 앞에 있었기 때문에 수사본부는 시나가와 경찰서에 설치됐다. 그리고 수사1과에서는 인질 농성 사건, 납치 사건, 기업 공갈 사건 등을 담당하는 특수범(特殊犯) 수사관이 파견되었다.

나카지마 제빵 회사에서는 긴급 이사 회의가 열렸고 결국 1억 엔을 지불한다는 것이 만장일치로 결정됐다. 나카지마 제빵 회사는 도쿄 증권거래소와 오사카 증권거래소의 1부 상장 대기업이었지만 실은 전형적인 가족회사였다. 사장인 나카지마 히로키는 창업자의 손자였고, 전무인 다카기 유스케는 그의 사촌 동생이었다. 본디 두 사람은 심하게 대립하고 있어서 회사 사람들은 사장파와 전무파로 갈라져 있었는데, 이때만은 1억 엔을 지불하기로 의견 일치를 보았다. 나카지마 제빵 회사는 상품 회수 및 판매 중지를 할 수밖에 없었으므로 이미 수억 엔이나 되는 손해를 입었기 때문이다.

수사본부는 범인이 전화로 연락하는 경우에 대비해 본사의 대표전화와 사장의 집 전화에 녹음기를 설치하고 NTT*에 역탐지를 요청했는데, 범인은 그것을 예상했는지 한 번도 전화를 걸지 않았다.

봉투와 협박장에 사용된 프린터 및 용지가 감식을 통해 밝혀졌지만, 그것들은 널리 시판되고 있는 물건이라 구매자를 정확히 알아내기는 어려울 것으로 추정되었다. 협박장과 봉투에는 범인의 것으로 추정되는 지문은 전혀 남아 있지 않았다.

수사본부 측은 피해를 당한 각 슈퍼마켓의 CCTV 영상을 분석했다. 그러나 빵 판매 코너를 이용하는 손님은 너무 많은 데다가 판매 코너가 잘 찍히지 않은 경우도 있었고, 또 영상이 선명하지 않은 매장도 많아서 수상한 인물을 찾아내지는 못했다.

범인이 새로운 움직임을 보인 것은 2월 18일이었다. 그날 두 번째 협박장이 본사에 속달로 날아온 것이다.

● 일본전신전화공사. 일본 최대 통신사

돈은 하드 케이스 서류 가방에 넣어라. 2월 21일 토요일 오후 7시 정각에 사장이 직접 운전하는 자동차로 사장의 집에서 1억 엔을 싣고 출발해서, 제1게이힌* 도로를 따라 북쪽으로 이동해라. 목적지에 관해서는 나중에 다시 지시하겠다⋯⋯.

첫 번째와 동일한 종이, 동일한 봉투, 동일한 프린터가 사용됐다. 범인의 것으로 추정되는 지문이 하나도 안 묻어 있는 것도 동일했다.

"나중에 다시 지시하겠다."라고 협박장에는 적혀 있었지만, 범인의 연락은 전혀 없는 상태로 사흘이 지나갔다. 지정 시각인 2월 21일 오후 7시에 나카지마 사장은 자가용인 셀시오*에 1억 엔이 들어간 서류 가방을 싣고, 오타구 산노 2가의 자택에서 출발했다.

나카지마 사장의 옷깃에는 핀 마이크를 달아서, 그가 범인과 직접 만나거나 전화로 대화할 때 그 내용이 수사관에게도 들리게 해 두었다. 그런데 핀 마이크가 발하는 전파는 미약하기 때문에 겨우 몇 미터밖에 퍼지지 못했다. 그래서 셀시오 뒷좌석 바닥에 수사관이 한 명 엎드려서, 핀 마이크 전파를 이어폰으로 수신하여 들은 내용을 휴대형 무전기로 수사본부에 전달하기로 했다.

나카지마 사장의 셀시오가 그의 집에서 나오자, 밀착 추적반 차량은 몰래 그 뒤를 쫓아가기 시작했다. 일반 차량으로 위장하

● 도쿄와 요코하마 지역을 가리키는 합성어
● 도요타 고급 세단

고 있으므로 겉보기에는 경찰차란 것을 알 수 없었다. 셀시오와 그 차를 추적하는 경찰 차량은 JR 오모리역, 또 게이힌 급행 오모리카이간역 근처를 통과해 제1게이힌으로 진입해서 북쪽으로 향했다.

오후 7시 10분. 자동차가 미나미시나가와 4가의 교차로를 지나갔을 때 돌연 나카지마 사장의 휴대폰이 울리기 시작했다.

"어쩌죠?"

나카지마 사장은 뒷좌석 바닥에 엎드려 있는 수사관에게 물어봤다.

"범인의 전화일지도 모릅니다. 일단 차를 갓길에 세우고 전화를 받아 보세요."

수사관은 그렇게 대답했다.

나카지마 사장은 급히 차를 갓길에 세웠다. 전화를 받았더니 예상대로 범인의 전화였다.

"8시 10분까지 지바현 아비코시의 시청 앞으로 가라."

상대는 헬륨 가스로 변조한 높은 목소리로 그렇게 명령하더니 전화를 끊었다. 수사관은 나카지마 사장한테서 그 통화 내용을 듣고 즉시 무전기로 수사본부에 보고했다.

이 시점에서 수사본부는 범인 후보군의 범위가 확 좁아졌다고 생각했다. 사장의 휴대폰 번호를 안다는 것은 범인이 그와 가까운 인물이라는 뜻이다. 헬륨 가스로 목소리를 변조한 것도 그 중

거였다.

셀시오는 야마테 거리로 들어갔다가 시바우라 분기점에서 수도 고속도로로 진입했다. 범인이 시키는 대로 아비코시 쪽으로 곧장 달려갔다. 밀착 추적반 차량이 차례차례 교대하면서 그 뒤를 쫓아갔다.

오후 8시 2분, 자동차는 아비코 시청 앞에 도착. 그리고 정확히 8시 10분에 범인의 두 번째 전화가 사장의 휴대폰에 걸려 왔다.

"최종 목적지를 알려 주겠다. 데가 대교를 건너서 현도(県道) 8호선을 따라 남하하다가, 오시마타 교차로에서 왼쪽으로 꺾어 국도 16호선으로 들어가라. 세 번째 길에서 좌회전이다. 그대로 쭉 가다 보면 오른편에 폐가가 된 서양식 저택이 있을 거다. 거기로 들어가라."

범인은 그 말만 하고 전화를 끊었다. 뒷좌석에 있는 수사관을 통해 무전 보고를 받은 수사본부는 활발하게 움직였다. 지도를 살펴보고, 거래 현장 감시반 수사관을 폐가로 먼저 보내도록 지시를 내렸다.

사장은 셀시오를 몰고 갔다. 8시 20분, 사장의 휴대폰이 울리기 시작했다. 사장은 차를 갓길에 세우고 전화를 받았다.

"1억 엔은 제대로 준비했지?"

범인이 높은 목소리로 말했다.

"당연하죠. 1만 7,000명이나 되는 종업원들의 생계가 달려 있으니까요. 당신을 속일 마음은 없습니다."

"그래, 좋아. 꼭 와라."

상대가 전화를 끊었다.

오후 8시 30분, 셀시오는 범인이 지시한 폐가 앞에 도착했다.

온통 밭이 펼쳐져 있는 풍경 속에 썩어 버린 나무 울타리로 둘러싸인 부지가 있었고, 그곳에 2층짜리 서양식 저택이 세워져 있었다. 창문은 모두 다 덧문이 닫힌 상태였다. 건물이 여기저기 망가져 있는 것이 어둠 속에서도 뚜렷이 보였다. 이 건물을 세운 지 반세기는 족히 지난 것 같았다. 부지 뒤편에는 숲이 펼쳐져 있었다.

자동차 도로와 저택 부지는 밭을 가운데 두고 20미터쯤 떨어져 있는데, 밭 사이를 통과하는 좁은 길로 연결되어 있었다. 사장은 그 좁은 길이 갈라져 나가는 분기점에 셀시오를 세웠다.

도로에는 사람은 물론이고 자동차도 전혀 지나다니지 않았다. 주위에 민가는 띄엄띄엄 흩어져 있어서 가장 가까운 집도 100미터는 떨어져 있었다. 시동을 끄자 압도적인 정적이 찾아왔다.

이때는 이미 거래 현장 감시반의 수사관 두 명이 폐가 주위에서 잠복하면서 감시를 하고 있었다. 밭에 납작하게 엎드린 채.

"……그럼 다녀오겠습니다."

사장이 떨리는 음성으로 말했다.

"조심하세요. 무슨 일이 있으면 즉시 소리를 지르세요. 저 폐가는 20미터쯤 떨어져 있어서 유감스럽게도 핀 마이크의 전파는 이 자동차까지 닿지 않지만, 소리를 지르면 들릴 겁니다. 다른 수사관도 이미 저 폐가를 감시하고 있어요. 우리가 금방 구하러 갈 테니까 안심하셔도 됩니다."

"……감사합니다."

나카지마 사장은 차에서 내리더니 서류 가방을 손에 들고 밭 사이의 좁은 길을 걸어갔다. 뒷좌석에 있는 수사관은 창문 가장자리로 눈만 살짝 내밀고 그 뒷모습을 지켜봤다. 사장이 나무 울타리 문을 지나서 오래된 저택 현관 앞에 서는 것이 보였다. 현관문을 열자, 집 안의 불빛이 새어 나와 현관 앞이 어렴풋이 밝아졌다. 폐가에는 전기가 들어오지 않으므로 아마도 범인이 조명 기구를 준비해 둔 것이리라. 사장은 거기서 머뭇거리더니 이윽고 결심한 것처럼 안으로 들어가 문을 닫았다. 현관 앞은 다시 어두워졌다.

드디어 사건의 대단원이다. 거래 현장 감시반 두 사람도, 또 셀시오에 숨어 있는 수사관도 모두들 마른침을 꿀꺽 삼키면서 폐가를 지켜보고 있었다.

그런데 폐가로 들어간 사장은 아무리 기다려도 나오지 않았다. 폐가에서 무슨 일이 일어난 걸까? 20미터쯤 떨어져 있어서 폐가 내부의 소리를 핀 마이크로 들을 수도 없었다. 무슨 일이 있으면 소리를 지르라고 말해 뒀는데, 사장의 비명 소리도 들리지 않았다.

수사본부는 당황했다. 수사관에게 폐가를 몰래 들여다보라고 시켜서 무슨 일이 일어나고 있는지 확인하고 싶었지만, 그것은 범인의 함정일지도 모른다. 예를 들어 범인은 사장이 볼 수 있도록 폐가에 쪽지를 남겨 놔서 '일정 시간 동안 폐가에 머무르라.' 라고 지시한다. 그러면 이상하다고 생각한 수사관들이 모습을 드러낼 테니까, 그런 식으로 경찰의 개입을 확인하는 작전인 것이다.

이러지도 저러지도 못하는 사이에 삼십 분이 흘렀다. 수사본부는 마침내 거래 현장 감시반 수사관 두 명에게 폐가의 상황을 알아보라고 명령했다.

거래 현장 감시반 수사관들은 지금까지 엎드려 있던 밭에서 일어나 저택으로 접근했다. 현관문을 열자 곧바로 10평쯤 되는 홀이 나왔다. 랜턴이 네 개 놓여 있어 실내를 밝게 비추고 있었다. 그리고 그 한가운데에 서류 가방이 버려져 있었다. 수사관들은 그쪽으로 뛰어갔다. 가방을 열어 보니 1억 엔은 고스란히 거기 남아 있었다. 그런데 그 주변에 사장의 모습은 없었다.

셀시오에 숨어 있던 수사관도 거기에 합류하여 세 명의 수사관은 손전등을 손에 들고 저택 안을 샅샅이 뒤지기 시작했다. 손전등이 있긴 해도 암흑 속에서 수색을 하는 것은 몹시 어려운 일이었다. 그런데 아무리 찾아봐도 사장의 모습은 어디서도 볼 수 없었다. 사장에게 착용시켰던 핀 마이크에서도 아무 소리도 들려오지 않았다. 그 보고를 받은 수사본부는 소란스러워졌다.

세 사람은 저택 부지로 수색 장소를 옮겼다. 그리하여 방공호의 존재를 그제야 겨우 눈치챘다. 뒷문 바로 옆의 땅바닥에 뚜껑으로 막혀 있는 입구가 있었던 것이다. 수사관이 뚜껑을 열어 보니 밑으로 내려가는 계단이 있었고, 새까만 공간이 그 앞에 펼쳐져 있었다. 수사관들은 손전등으로 앞을 비추면서 계단을 내려갔다.

그곳은 약 3평 넓이의 공간이었다. 아무것도 놓여 있지 않은 텅 빈 방이었다. 사장의 모습은 보이지 않았다. 내려온 계단의 반대편에는 통로가 뚫려 있었는데 그 끝은 어둠 속에 묻혀 있었다. 그 통로를 따라 10미터쯤 전진하자 문이 나왔다. 문을 열고 숲속으로 나왔다. 저택 부지의 뒤편에서 보이던 숲인 것 같았다. 방공호는 부지 바깥과 연결되어 있었던 것이다.

숲에서 좀 걸어갔더니 자동차 도로가 나왔다. 세 명의 수사관들은 각자 흩어져서 사장을 찾아 돌아다녔지만 사장은 어디서도 발견되지 않았다. 범인이 사장을 자동차에 태워 끌고 간 것이리라. 수사본부는 방공호의 존재를 몰랐으므로 범인에게 완전히 당해 버린 것이다.

범인은 저택의 홀에 쪽지를 놔둠으로써 나카지마 사장에게 '방공호를 통해 최종 목적지로 오라.'라고 지시한 것이리라. 방공호는 밤에는 캄캄해지기 때문에 쪽지와 함께 손전등도 놓여 있었을 것이다. 아니, 어쩌면 범인은 저택 안에 숨어 있다가 사장을 데리고 방공호를 지나갔을지도 모른다. 그런데 1억 엔이 남아 있는 것이 수수께끼였다. 범인은 모처럼 손에 넣은 돈을 어째서 안 가지고 간 걸까.

수사본부는 지바현 경찰의 도움을 받아 그 주변에 경찰들을 긴급 배치하고 검문을 실시했다. 그러나 나카지마 사장을 태운 차량은 발견되지 않았다. 사장이 폐가에 들어간 것이 8시 30분이었고 수사관들이 방공호를 발견한 것은 9시 20분 이후였다. 이 오십 분 사이에 범인은 사장을 데리고 꽤 먼 곳까지 이동할 수 있었을 것이다. 범인은 이미 검문을 뚫고 나가 버렸을 가능성이 높았다.

그리고 다음 날, 사건은 최악의 결말을 맞이했다. 오전 6시가 넘었을 때, 그 폐가에서 30킬로미터쯤 떨어진 도쿄도 아다치구의 아라카와 하천부지에 있는 고호쿠바시 녹지에서 나카지마 사장의 시체가 발견된 것이다. 나이프로 왼쪽 가슴을 찔린 모습이었다. 사망 추정 시각은 전날인 21일 오후 8시부터 9시 사이. 현장에는 핏자국이 없다는 것과 시반•의 발현 상황으로 볼 때, 그는 사후 이동된 것 같았다.

● 사람이 죽은 후에 피부에 생기는 반점

사장이 폐가에 도착한 것은 오후 8시 30분이었으므로 사망 추정 시각은 오후 8시 30분부터 9시 사이로 좁혀진다. 사장은 8시 30분에 폐가에 도착한 뒤 혼자인지 아니면 범인과 함께인지는 몰라도 어쨌든 방공호를 통해 폐가에서 빠져나갔고, 그때부터 9시 사이에 살해된 것이다. 그 후 범인은 시체를 자동차에 싣고 가서 고호쿠바시 녹지에 유기했다…….

3

결국 그날의 근무시간은 수사 서류를 읽는 데 바쳤다. 처음에 사토시는 의욕 없이 읽기 시작했다가 어느새 몰두하고 말았다. 거의 오후 8시까지 남아 야근하면서 읽었고, 또 그것을 자기 집에도 들고 가서 읽었고, 그러다 날짜가 바뀌어 새벽 1시가 넘었을 때 겨우 끝까지 다 읽었다.

다음 날 아침에 사토시가 출근했을 때에는 평소처럼 히이로 사에코가 이미 관장실에 와 있었다. 사토시의 얼굴을 보더니 인사도 없이 다짜고짜 "수사 서류는 읽었나?" 하고 질문을 던졌다.

"네."

"사건 개요는 머릿속에 입력했어?"

"일단은 입력했습니다."

"이야기해 봐."

사토시는 사장의 시체가 발견될 때까지의 과정을 이야기했다. 히이로 사에코는 무표정하게 듣고 있었다.

"그럼 그 후의 수사는?"

"우선 문제의 그 폐가는 2차 대전 이전에 세워진 서양식 저택인데, 사건 십 년 전까지는 사람이 살고 있었지만 십 년 전 그 인물이 사망한 다음부터는 빈집이 되었습니다. 방공호는 태평양 전쟁 말기에 파낸 것입니다. 출입구가 두 군데 있는 것은 당시의 저택 주인이 만에 하나 폭발로 인해 한쪽 출입구가 막히더라도 바깥으로 나갈 수 있게 만들었기 때문이라고 합니다. 그 방공호에는 바닥을 깨끗이 쓸고 거미집을 치운 흔적이 있었습니다. 발자국 같은 것이 남지 않도록 범인이 청소를 했나 봅니다.

경찰이 거래 현장을 감시할 것을 예상한 범인은 이 폐가를 거래 현장으로 선택했습니다. 출입구가 두 군데 있는 방공호가 딸려 있으므로, 경찰한테 감시를 당하더라도 방공호를 통과함으로써 그 감시망에서 벗어나 현금을 빼앗을 수 있기 때문입니다. 범인은 어떤 경로를 통해서인지는 몰라도 이 폐가의 존재를 알고 있었습니다."

"사건 당시의 소유자는?"

"사건 십 년 전까지 거기서 살고 있었던 인물의 조카인데, 효고현 가코가와시에 사는 남자였습니다. 조사 결과 그는 나카지

마 제빵 회사의 상품에 바늘이 혼입됐던 2월 1일부터 8일 사이에
도, 또 나카지마 사장이 살해됐던 2월 21일에도 완벽한 알리바이
가 있었습니다. 참고로 사건 이 년 전부터 미무라 부동산이 그 폐
가를 포함한 그곳 일대에 대규모 아웃렛 쇼핑몰을 건설할 계획을
세우고 있었는데, 사건 후에는 그 조카도 폐가가 있는 토지를 그
쪽에다 팔았습니다. 미무라 부동산은 2001년에 그 폐가를 포함
한 그곳 일대에 '슈퍼 아웃렛 쇼핑몰 데가누마미나미'를 오픈시켰
으므로, 사건의 거래 현장은 더 이상 존재하지 않습니다. 폐가의
존재를 알고 있었다는 점에서 범인은 이 아웃렛 쇼핑몰의 관계자
중 하나가 아닐까? 하는 의견도 수사본부에서는 나왔습니다만,
아무리 조사해도 범인 같은 인물은 발견되지 않았습니다."

"나카지마 사장이 살해된 이유에 관해 수사본부는 어떻게 생각
했지? 사장 살해란 것은 공갈범에게는 백해무익한 행위였을 텐
데. 사장이 살해되면 나카지마 제빵 회사 측은 태도가 강경하게
변해서 공갈범과의 거래를 거부하고 1억 엔 지불을 중지할 테니
까. 또 공갈범의 죄상에는 공갈죄뿐만 아니라 살인죄도 추가돼서
죄가 아주 무거워질 거야. 그런데 범인은 왜 사장을 죽인 걸까?"

"수사본부가 맨 처음에 생각한 것은, 사장이 공갈범을 만났을
때 상대가 지인이란 사실을 눈치챘을 가능성이었습니다. 공갈범
은 변장을 했을 수도 있지만, 사장은 그 변장으로 감춰진 진짜
얼굴을 알아봤다. 그래서 공갈범은 입막음을 하려고 사장을 살

해했다. 이 경우 살해는 계획적인 것이 아니라 충동적인 것이므로, 공갈범이 자신이 불리해짐에도 불구하고 사장을 살해한 이유가 설명이 됩니다."

"그러나 수사본부는 공갈이라는 사실 그 자체에 의문을 품게 되었다."

"네. 1억 엔이 폐가에 고스란히 남아 있었기 때문입니다. 범인이 폐가에 쪽지를 남겨 둬서 사장에게 '방공호를 통해 나오라.'라고 지시했을 경우에는 사장은 1억 엔을 들고 갔을 테니까요. 그게 폐가에 남아 있을 리 없습니다. 또 범인이 미리 폐가에 숨어 있다가 그곳에 나타난 사장을 데리고 방공호를 빠져나갔을 경우에도 1억 엔은 가져갔을 겁니다. 그리고 범인이 폐가에서 사장에게 정체를 들키는 바람에 입막음을 하려고 사장을 살해했을 경우에도 그 돈은 역시 들고 갔을 겁니다. 그런데도 그것은 남아 있었지요. 그렇다면, 여기서 생각할 수 있는 가능성은 단 하나……."

"사장을 죽이는 것이 범인의 진짜 목적이었고, 기업 공갈은 그 사실을 숨기기 위한 위장술이었다."

"그렇습니다. 범인에게는 나카지마 사장을 살해할 만한 동기, 그것도 누가 봐도 명백한 동기가 있었다. 그냥 죽이면 경찰이 그 동기를 주목할 것이다. 그래서 기업 공갈 사건으로 위장함으로써 그 동기를 은폐하려고 한 것이다. 그렇게 추측한 겁니다."

"나카지마 사장의 시체에서는 어떤 물건이 사라졌다. 그것은 무엇인가?"

"휴대폰입니다. 사장은 바지 벨트에 장착하는 홀더에 휴대폰을 넣고 다녔으므로, 범인이 시체를 옮기는 도중에 휴대폰이 떨어졌을 가능성은 생각하기 어렵습니다. 그렇다면 범인이 휴대폰을 가져갔다는 뜻이지요. 수사본부는 당초에 '범인이 휴대폰을 가져간 이유는 그 휴대폰에 범인에게 불리한 단서가 남아 있기 때문이다.'라고 생각했습니다. 이를테면 범인은 사장과 친하지 않다고 여겨지는 인물인데, 사장의 휴대폰에 남아 있는 통화 기록, 실제로는 그들이 친하다는 기록이 세상에 알려지는 게 싫어서 휴대폰을 들고 갔을 가능성이 있었습니다."

"휴대폰 본체가 없어도 통화 기록은 통신 회사에 남아 있으니까, 수사 영장을 받아서 조사하면 쉽게 알 수 있다. 그래서 조사 결과는 어땠나?"

"휴대폰 통화 기록을 과거 일 년에 걸쳐 조사해 봤습니다만, 사장과 친하지 않다고 여겨지는 인물과의 통화는 하나도 없었습니다. 그리고 사장의 휴대폰은, 사건 당일의 수신 이력은 범인이 걸었던 전화 세 통밖에 없었고 발신 이력은 하나도 없다는 사실이 판명됐습니다. 누군가와 주고받은 문자는 사건 당일에는 한 통도 없었습니다."

"요컨대 범인이 휴대폰을 가져가야 할 이유가 없었다는 거군."

"네. 게다가 요즘 휴대폰은 카메라 기능이 있지만, 이런 휴대폰이 발매된 것은 사건이 일어난 다음 해인 1999년입니다. 고로 사장이 휴대폰으로 범인을 촬영했기 때문에 범인이 그 휴대폰을 가져갔을 가능성도 없습니다. 물론 음성 녹음 기능도 없었으므로 사장이 범인의 목소리를 녹음했을 가능성도 없고요. 결국 범인이 휴대폰을 가져간 이유는 끝까지 알 수 없었습니다."

"통신 회사의 통화 기록을 조사하면 범인의 휴대폰 번호는 알수 있지. 그쪽의 결과는 어땠나?"

"범인이 통화에 사용한 것은 선불 폰이었다는 사실이 밝혀졌습니다. 전화번호를 통해 판매점은 알아냈습니다만, 사건 당시에는 선불 폰을 판매할 때 신분을 확인할 필요가 없었으므로 구매자는 불명이었습니다. 그 판매점의 CCTV 녹화 영상은 데이터를 일주일만 보관하면서 계속 덧쓰는 방식이었고, 경찰이 그 판매점을 알아낸 것은 범인이 구입한 지 한 달 넘게 지났을 때였습니다. 그래서 녹화 영상을 보고 범인을 찾아낼 수도 없었습니다.

그리고 기지국 통신 기록을 조사한 결과, 문제의 선불 폰의 발신 장소가 시시각각 이동했다는 사실이 밝혀졌습니다. 범인이 나카지마 사장의 휴대폰에 걸었던 세 통의 전화 중에서 7시 10분의 전화는 JR 오모리역 부근, 8시 10분의 전화는 JR 무사시사카이역 부근, 8시 20분의 전화는 무사시노시 교난초 부근에서 걸었던 것입니다. 범인은 이런 순서로 이동했다는 거죠. 오모리역에서 무사시사카이역까지는 게이힌도호쿠선, 야마노테선, 주오선으로 환승하면 한 시간이 안 걸린다는 점, 그리고 교난초는 무사시사카이역의 남쪽 일대에 펼쳐져 있다는 점을 생각하면, 범인은 7시 10분에 오모리역 부근에서 첫 번째 전화를 건 다음에 JR 전차를 갈아타고 무사시사카이역에 도착한 뒤, 그 부근에서 8시 10분에 두 번째 전화를 걸었다. 그 후 역의 남쪽에 있는 교난초로 이동하여 8시 20분에 세 번째 전화를 걸었다. 그렇게 추측됩니다."

"범인은 나카지마 제빵 회사에 협박장을 보낸 다음부터 2월 21일 오후 7시 10분에 나카지마 사장의 휴대폰에 전화를 걸 때까지는, 전혀 연락을 취하려고 하지 않았어. 그 이유는 뭘까?"

"사장의 집에 직접 전화하면, 거기서 대기하고 있던 경찰한테 역탐지를 당하거나 음성이 녹음될 가능성이 있기 때문입니다. 헬륨 가스나 음성 변조기로 목소리를 바꿔도 성문(聲紋)*은 바꿀 수 없으니까요. 전화 음성이 녹음된다면, 나중에 범인이 수사 선상에 올라서 그 목소리가 몰래 녹음됐을 경우에는 성문 분석에 의해 양자가 동일 인물임이 밝혀질 우려가 있습니다.

한편 휴대폰은 역탐지가 불가능하고, 그 휴대폰의 발신 장소가 어떤 기지국 관내인지밖에 알 수가 없으므로 휴대폰에 전화할 수는 있었을 겁니다. 하지만 그런 경우에도 휴대폰에 녹음 장

● 목소리를 주파 분석 장치를 통해 줄무늬 모양으로 변환한 그래프

치를 접속시키면 범인의 음성을 녹음하는 것은 가능하죠. 그래서 범인은 사장의 휴대폰에 전화를 걸지 않았습니다. 2월 21일 오후 7시 10분에 처음으로 범인은 사장의 휴대폰에 전화를 걸었는데, 이것은 자동차가 이미 출발해서 휴대폰에 녹음 장치를 접속시킬 수 없게 되었으므로 범인에게는 안전한 상황이 되었기 때문입니다.

그런데 휴대폰은 범인에게는 양날의 칼이기도 합니다. 나카지마 사장의 휴대폰 번호를 알고 있다는 점에서 범인 후보의 범위가 확 줄어들기 때문입니다. 범인이 헬륨 가스로 음성을 변조한 것만 봐도 범인은 사장과 가까운 인물이라고 추측할 수 있습니다."

"가장 유력한 용의자로 떠오른 사람은 누구인가?"

"전무인 다카기 유스케입니다. 그는 피해자의 사촌 동생이었는데 사내에서 사장과 심하게 대립하고 있었습니다. 다카기 유스케라면 나카지마 사장의 휴대폰 번호를 알고 있을 테고, 동기도 있죠. 사촌 형이 죽으면 그가 사장 자리를 차지하게 됩니다. 이런 명백한 동기를 숨기려고 '기업 공갈 사건으로 위장한다.'라는 방법을 떠올리는 것도 이상하진 않을 겁니다.

그러나 다카기 유스케에게는 완벽한 알리바이가 있었습니다. 오후 8시 25분에 그는 나카지마 제빵 본사의 영업부장 야스다 슌이치의 집을 방문했고, 그 후 11시 넘어서까지 그곳에 머물렀던 겁니다. 다카기와 야스다는 바둑 친구라서 매주 토요일에는 바둑 대결을 했습니다. 야스다의 이야기에 의하면, 전무가 집에 온 다음부터 두 사람은 내내 바둑을 뒀고, 자리를 뜬 것은 몇 번 화장실에 갔을 때밖에 없다고 합니다. 그것도 전부 다 기껏해야 이삼 분 정도였고요.

사장의 사망 추정 시각은 8시 30분부터 9시 사이이므로 다카기 유스케는 범행이 불가능했습니다. 예를 들어 사장을 야스다의 집 근처까지 불러 놓고, 야스다가 자리를 비운 이삼 분 사이에 사장을 살해한다는 것은 시간적으로 볼 때 100퍼센트 불가능합니다. 야스다의 집은 무사시노시에 있는데 거래 현장인 폐가에서는 50킬로미터 이상 떨어져 있기 때문에, 8시 30분에 폐가에 도착한 사장이 9시까지 야스다의 집 부근에 도착할 수는 없었습니다.

당연히 수사본부는 야스다가 위증을 했을 가능성을 검토했습니다. 전무가 사내 승진을 미끼로 삼아 야스다에게 위증을 시킨 게 아닐까 하고요. 야스다는 사건 이 년 전에 이혼해 혼자 살고 있었으므로, 다카기가 문제의 시각에 그의 집에 왔다는 것을 증명해 주는 사람은 야스다 한 사람밖에 없었습니다. 수사본부는 야스다를 강하게 추궁했습니다만, 그는 자신의 증언을 절대로 철회하지 않았습니다.

단, 다카기는 야스다 덕분에 알리바이가 입증되긴 했지만, 야스다의 집에 있었다는 알리바이는 오히려 다카기에 대한 의혹을 더 깊게 만들기도 했습니다. 왜냐하면 야스다의 집이 무사시노시 교난초 4가에 있었기 때문입니다. 좀 전에 말씀드렸듯이 범인은 오모리역에서 JR을 갈아타다가 무사시사카이역에서 내려, 역의 남쪽에 있는 교난초로 이동한 것으로 보입니다. 그리고 사건 당일에 다카기도 거의 비슷한 시각에 같은 경로로 이동한 것입니다.

다카기는 그 당시 JR 쓰루미역 근처의 고급 아파트에서 아내와 함께 살고 있었습니다. 다카기는 차를 운전하지 못해서 전철을 이용했습니다. 그렇다면 그는 쓰루미역에서 게이힌도호쿠선 전철을 탔고, 오모리역을 통과한 다음에는 범인과 완전히 똑같은 경로로 이동하다가 무사시사카이역에서 하차해 야스다의 집까지 찾아간 것이 됩니다. 다카기는 오후 7시 정각에 자택을 나와 쓰루미역에서 게이힌도호쿠선 전철을 탔다고 진술했는데, 이것은 아마도 범인이 이용한 전차의 바로 다음 차였을 겁니다. 그렇다면 범인이 걸었던 세 통의 전화 중 7시 10분과 8시 10분의 경우에는, 다카기는 전차에 타고 있어서 전화를 걸 수 없었다는 결론이 나옵니다. 승객이 붐비는 전차 안에서 협박 전화를 할 수는 없을 테니까요. 그런데 사실 그는 7시가 되기 좀 전에 자택에서 출발하여 범인이 이용한 전차의 바로 앞 차를 탔을지도 모릅니다. 그렇다면 오모리역에서 내려 7시 10분의 전화를 걸고, 범인과 같은 전차를 타고 무사시사카이역에서 내려 8시 10분의 전화를 거는 것이 가능해집니다. 즉, 다카기는 사촌 형을 죽이는 것은 불가능했지만, 사촌 형에게 전화를 걸었을 가능성은 있다는 겁니다. 수사본부는 이 점에 관해서도 다카기를 추궁했지만 그는 끝까지 부정했습니다.

그리고 수사본부에 큰 타격을 주는 사건이 일어났습니다. 사장이 살해된 이후로 약 한 달이 지난 3월 25일에 야스다가 자택 욕조에서 익사한 채 발견된 것입니다. 야스다가 23일과 24일에 무단결근한 것을 이상하게 여긴 부하가 그의 집을 방문했다가 발견했습니다. 야스다의 혈중 알코올 농도는 0.27퍼센트로 매우 높았고, 거실 테이블에는 텅 빈 위스키 병과 컵이 있었습니다. 만취 상태로 목욕을 하다가 익사한 것 같았습니다. 이리하여 그가 위증을 했는지 안 했는지는 영원히 알 수 없게 되었습니다. 그리고 다카기 유스케를 범인이라고 단정할 만한 증거도 없었으므로 '전무 범인설(說)'은 암초에 부딪쳤습니다."

"전무가 야스다를 익사하게 만들었다는 괴문서가 나카지마 제빵 회사 안에서 이리저리 돌아다녔다고 하던데."

"네. 하지만 야스다의 죽음이 단순한 사고란 것은 수사본부의 면밀한 검증에 의해 밝혀졌습니다. 바늘이 들어간 상품이 도쿄 각지의 슈퍼마켓에서 발견된 다음부터 야스다는 영업부장으로서 그 사태를 진정시키기 위해 이리저리 뛰어다녔습니다. 특수범 수사계의 수사관이나 사장과 함께 슈퍼마켓에 가서 현장검증에 입회하기도 했어요. 그렇게 스트레스가 쌓인 상황에서 '위증을 한 것이 아니냐.' 하고 수사본부로부터 강한 추궁을 받는 바람에, 그는 거의 신경증에 걸려 과음을 하게 되었다고 합니다. 아마도 그것이 사고의 원인이었을 겁니다."

"전무 외에 사장을 살해할 만한 명백한 동기가 있는 사람은?"

"없었습니다. 지난 십오 년 사이에 투입된 수사관은 총 2만 명이나 됩니다. 사건이 발생한 지 삼 년 후에는 위력 업무방해죄, 또 칠 년 후에는 공갈죄의 공소시효가 각각 만료됐습니다. 그리고 살인죄는 2010년 개정 형사소송법에 의해 공소시효가 폐지된 덕분에 계속 수사반*의 수사가 지금도 계속되고 있습니다만, 별다른 진전은 없습니다······."

*

"제법 잘 파악했구나."

히이로 사에코는 무표정한 얼굴로 말했다. 관장의 칭찬을 받은 것은 처음이라 사토시는 놀랐다. 그러나 다음 한마디에는 한층 더 놀라고 말았다. 히이로 사에코는 커다란 눈동자로 사토시를 응시하더니 이렇게 말한 것이다.

● 미제 사건을 계속해서 수사하는 팀

"좋아, 그럼 재수사를 한다."

"……재수사? 재수사라니, 사건을 다시 수사한다는 겁니까?"

"그래."

"하지만 사건 수사는 계속 수사반이 하고 있는데요?"

"계속 수사반의 수사는 벽에 부딪쳤어. 고로 사건을 해결하지는 못해."

"그런데 왜, 범죄 자료관이 재수사를 하는 겁니까?"

"나는 이 '붉은 박물관'이 법망을 피해 도망치는 범인을 막아내는 최후의 보루라고 생각한다. 그래서 미궁에 빠진 사건의 증거품이 여기 오면 나는 그 사건을 한 번 더 검토하지. 물론 검토해도 아무것도 안 나오는 경우가 많아. 그러나 아주 드물게도 새로운 관점을 얻게 되는 경우도 있어. 그런 관점을 바탕으로 사건을 바라보면 해결하게 될 수도 있다. 나는 그 가능성에 기대를 거는 거야."

히이로 사에코가 늘 수사 서류를 읽고 있는 이유를 이제야 알았다. 미궁에 빠진 사건을 재수사하려고 마음먹고 있었던 것이다. 그런데 이 사람은 커리어였다. 커리어는 경찰 조직 관리가 주된 업무이지, 실제 수사에는 종사하지 않는다. 기껏해야 연수 기간에 반년 정도 관할 경찰서의 형사과나 지역과에 배속되어 마치 손님처럼 취급당하면서 현장의 분위기를 맛보는 게 고작이었다. 그런 사람이 재수사를 한다고? 사토시는 웃음을 터뜨릴 뻔했다. 어처구니없는 과대망상이었다. 망상에 사로잡혀 날마다 대량의 수사 서류를 읽는 것은 본인의 자유일 테지만, 그 망상에 남까지 끌어들이는 것은 참을 수 없었다. 재수사는 그만두라고 어떻게든 설득을 해야겠다.

"왜 하필이면 이 사건을 재수사해야겠다고 생각하신 겁니까? 이 사건의 수사에는 도합 2만 명이나 되는 수사관들과 십오 년이란 세월이 투입됐습니다. 그럼에도 불구하고 아직 해결되지 않았어요. 어제 처음으로 이 사건을 접한 저희가 도대체 뭘 할 수 있단 말입니까? 계속 수사반도 못 해냈던 일을 저희가 해낼수는 없어요. 아니, 설마 그 '새로운 관점'이라도 얻은 겁니까?"

사토시는 한껏 비아냥거리듯이 말했는데, 히이로 사에코의 하얀 얼굴은 변함없이 무표정이었다.

"그래. 증거품을 보고 눈치챈 것이 있어."

"……눈치챈 것이라니요? 그게 뭡니까."

"그건 아직은 말할 수 없다."

사토시는 한순간 울컥했다. 명탐정인 척하는 건가? 비밀주의인 것도 정도가 있지.

"아무튼 재수사는 할 수 없어요. 아니, 지금까지 재수사를 해보신 적이 있기는 해요?"

"옛날에 우수한 조수가 있었을 때에는 몇 번 했었지. 성과를 거둔 적도 있어."

정말일까.

"옛날이라고 하셨죠. 그럼 최근은?"

"최근에는 없다. 우수한 인재가 이쪽에는 오지 않거든. 재수사를 위한 탐문 수사를 지시하면, 그런 것은 못 한다면서 일을 그만둬 버리는 거야."

그게 일반적인 반응일 것이다. 조수가 줄줄이 일을 그만둔 것도 이제야 이해가 갔다.

"그래서 갖은 방법을 써서 우수한 수사관을 조수로서 이쪽으로 데려온 거다. 우수한 수사관은 어느 부서에서나 놓치려고 하지 않지. 우리한테 오는 사람은 빈말로도 잘났다고 할 수 없는 사람들밖에 없었어. 그래서 우수하면서도 현재 소속 부서에서 내보내고 싶어 하는 인재, 즉 큰 실수를 저지른 인재를 찾아내서 이쪽으로 오게 한 거야. 그런 인재를 찾아내느라 정말로 고생을 많이 했었지."

"……그게 저였다는 겁니까?"

"그래. 자네는 우수한 수사관이다. 그래서 이쪽으로 데려온 거야."

'붉은 박물관'에 온 다음부터 마음속에서 얼어붙어 있던 뭔가가 꿈틀거리는 느낌이 들었다. 아주 조금이지만.

"내가 시키는 대로 재수사를 해 주겠나?"

사토시는 한숨을 쉬더니 "알겠습니다."라고 대답했다.

4

나카지마 히로키 사장 살해의 살인죄는 2010년에 공포 · 시행된 개정 형사소송법에 의해 시효가 폐지됐다. 고로 시나가와 경찰서에 계속 수사반이 설치되어 지금도 수사를 계속하고 있었다.

시나가와 경찰서 접수창구에 가서 경찰수첩을 보여 주고 "나카지마 제빵 회사 사장 살해 사건 계속 수사반의 도리이 경위님을 만나게 해 주시겠습니까."라고 부탁했다. 접수창구의 여직원은 전날에도 왔던 사토시를 기억하고 있었는지 호기심 어린 눈으로 쳐다봤다. 그는 응접실로 안내되었다.

약 삼 분 후 응접실 문이 열리더니, 키도 몸집도 평균적인 오십 대 남성이 안으로 들어왔다. 반삭 머리에 더없이 평범한 외모라서 인파 속에 섞여 들어가면 금방 놓쳐 버릴 것 같은 사람이었다. 그러나 이런 평범한 외모야말로 훌륭한 수사관의 조건 중 하나였다.

"나는 계속 수사반의 도리이이다."

"범죄 자료관의 데라다 사토시입니다. 시간을 내 주셔서 감사합니다."

사토시는 소파에서 일어나 인사했다.

히이로 사에코가 사토시에게 맨 처음 만나라고 지시한 사람이 이 도리이 경위였다. 수사 서류에 의하면 도리이는 1억 엔을 범인에게 가져다줄 때, 나카지마 사장이 운전하는 셀시오 뒷좌석 바닥에 숨어 있는 임무를 수행했었다. 당시의 직위는 수사1과 특수범 수사1계의 주임. 히이로 사에코는 도리이가 납치 사건이나 기업 공갈 사건이 발생하면 항상 현금 운반차에 탑승하여 상황을 수사본부에 전달하는 임무를 맡았다고 말했다. 수사 서류에는 그 점은 적혀 있지 않았으므로 사토시는 "그걸 용케 아셨네요?" 하고 놀랐고, 어디서 그런 이야기를 들으셨느냐고 물어봤다. 그런데 히이로 사에코는 아는 사람한테 들었다는 말밖에 안 했다.

"어제 사건의 증거품을 '붉은 박물관'으로 옮겼을 텐데, 아직도 무슨 볼일이 있나?"

도리이 경위의 목소리에는 약간의 모멸이 섞여 있었다.

"증거품을 보관하고 정리하려면 사건 개요를 알아 둘 필요가 있습니다. 그래서 경위님의 이야기를 들으러 왔습니다."

"사건 개요를 알고 싶으면 수사 서류를 읽으면 되잖아. 복사본을 그쪽으로 넘겼을 텐데."

"네. 그런데 아무래도 직접 여쭤보는 것이 좋겠다고, 저희 관장님도 말씀을 하셔서……."

왜 이렇게 저자세를 취해야 하는 걸까. 사토시 본인도 불쾌한 감정을 느꼈다.

"관장님? 그 히이로 사에코인지 뭔지 하는 이상한 여자 말인

가. 커리어이면서도 '붉은 박물관' 쪽으로 좌천돼서 그대로 나오
지도 못하고 있는 것 같던데."

이상한 사람이라는 점은 사토시도 동의하는 바였다.

"그래, 구체적으로는 뭘 물어보고 싶은데?"

"사건 당일 밤에 경위님은 현금 운반차에 사장님과 함께 타셨
잖아요. 그 이야기를 듣고 싶습니다. 범인은 오후 7시 정각에 사
장님이 운전하는 자동차에 1억 엔을 싣고 출발해서 제1게이힌
도로를 따라 북쪽으로 가라고 지시했죠. 우선 출발 직전의 상황
부터 여쭤보고 싶은데요. 그 자동차를 타러 간 사람은 사장님과
도리이 경위님, 두 분밖에 없었습니까?"

"그래. 7시 오 분 전에 1억 엔이 든 하드 케이스 서류 가방을
든 사장과 내가 차고로 향했지. 사장의 옷깃에 핀 마이크를 달아
놓고, 내가 그 마이크의 소리를 이어폰으로 듣기로 했어. 나는
자동차 뒷좌석 바닥에 담요를 깔고 그 위에 누웠다. 그리고 7시
정각에 사장이 차를 출발시켰어."

"그때 사장님의 상태는 어땠습니까?"

"몹시 불안해 보였지. '이게 잘될까요?'란 말을 몇 번이나 반
복했어. 그야 그렇겠지. 자기 수중에는 1억 엔이 든 서류 가방이
있고, 1만 7,000명의 종업원들의 생계가 자기한테 달려 있었으
니까."

"불안해 보였다고 하셨는데요. 혹시 범인이 자기 목숨을 노릴

지도 모른다는 두려움 같은 것은 있었나요?"

"아니, 그런 두려움은 없었어. 자신이 살해될 줄은 꿈에도 생각을 못 했을 거야."

"오후 7시 10분에 범인이 나카지마 사장님의 휴대폰에 첫 번째 전화를 걸었죠?"

"맞아. 사장은 얼른 차를 갓길에 세우고 휴대폰으로 전화를 받았어. '뭐야? 이 목소리.' 하고 사장이 중얼거렸던 것을 기억해. 범인은 헬륨 가스로 목소리를 높게 변조했거든. 사장은 '알겠습니다.'라고 대답한 뒤 이쪽을 보면서 말했어. '범인이 8시 10분까지 지바현 아비코시의 시청 앞까지 가라고 했습니다.'라고. 나는 즉시 무전기를 통해 그것을 수사본부에 보고했다. 자동차가 집에서 출발한 다음에 범인이 휴대폰으로 전화를 걸어오다니, 허를 찔린 느낌이었어. 그곳에는 녹음 장치가 없어서 범인의 음성을 녹음할 수 없었으니까. 지금 같으면 휴대폰의 음성 녹음 기능을 사용할 수도 있었을 테지만, 십오 년 전에는 그런 기능은 없었어."

"그 후 아비코 시청 앞까지 쭉 자동차를 몰고 간 거죠?"

"맞아. 사장은 내비게이션에 목적지를 입력하고 그 표시를 따라 차를 몰았어."

"도중에 사장님과 무슨 대화라도 했습니까?"

"거의 아무 말도 안 했어. 나는 무전기로 수사본부와 연락을 취했고, 일반 차량으로 위장한 밀착 추적반 차량이 교대로 우리를 뒤따라오고 있다는 것, 또 우리 앞뒤에는 수상한 차량이 없다는 것 등을 사장에게 일일이 설명했지만, 사장은 앞으로 해야 할 거래에 관한 생각으로 머릿속이 꽉 차 있는 것 같았어."

"오후 8시 2분에 아비코 시청 앞에 도착했지요?"

"사장은 갓길에 차를 세워 놓고 범인의 연락을 기다렸다. 정확히 8시 10분에 범인이 사장의 휴대폰에 전화를 걸었어. 범인은 현도 8호선과 국도 16호선의 교차로에서 한동안 쭉 가다 보면 나오는 폐가를 거래 장소로 지정했다. 나는 즉시 그 사실을 무전기로 수사본부에 보고했어. 수사본부는 서둘러 현장 부근의 지도를 조사하고, 그쪽으로 거래 현장 감시반 수사관 두 명을 보냈다."

"범인은 또 8시 20분에도 사장님의 휴대폰에 전화를 걸었지요?"

"범인은 '1억 엔은 제대로 준비했지?'라고 말했어. 사장은 당연하다고 대답했고. 그리고 이 분 후에 거래 현장 감시반한테서 그 문제의 폐가를 감시하기 시작했다는 연락이 왔다. '설마 수사관이 범인한테 들키는 것은 아니겠죠?' 하고 사장은 겁먹은 것처럼 나에게 물어봤어. 그런 걱정은 안 하셔도 됩니다. 난 그렇게 말했지. 거래 현장 감시반의 두 사람은 특수범 수사계의 수사관으로, 이런 사건에 대비해 평소에 계속 훈련을 해 왔으니까요. 나는 그런 말로 사장을 달랬어."

"그리고 8시 30분에 자동차가 폐가 옆에 도착했지요."

"도로에서 밭을 사이에 두고 20미터쯤 떨어져 있는, 다 무너져 가는 2층짜리 서양식 저택이었지. 이미 몇 년이나 사람의 손길이 닿지 않은 것 같았어. 사장은 차에서 내려 장갑을 끼고, 서류 가방을 들고 불안해하면서 밭 사이의 좁은 길을 따라 걸어갔지. 뒷좌석 바닥에서 일어난 나는 범인에게 들키지 않도록 눈만 살짝 내밀고 사장의 뒷모습을 지켜봤어. 이윽고 사장은 문을 열고 폐가로 들어갔다.

그런데 삼십 분이 지나도 사장이 나오지 않는 거야. 나는 불안해졌다. 사장의 핀 마이크 전파의 유효 거리는 몇 미터밖에 안 돼서 내 이어폰까지는 닿지 않아. 그러니까 만에 하나 사장이 무슨 일을 당하더라도, 그는 그 사실을 나에게 전해 줄 수 없는 거야. 무선으로 수사본부와 연락을 한 결과, 폐가와 좀 더 가까운 밭에 몸을 숨기고 있던 거래 현장 감시반의 '신도'와 '가네히라'라는 수사관이 폐가에 들어가게 되었다. 나도 차에서 내려 폐가로 향했고.

폐가에 들어갔더니 현관 앞에 홀이 있었어. 먼저 들어간 신도와 가네히라가 그곳에 우두커니 서 있었다. 홀 한가운데에는 서류 가방이 버려져 있었는데, 안에 있는 1억 엔은 고스란히 남아 있었지만 사장의 모습이 보이지 않는다는 거야. 우리 세 사람은 흩어져서 집 전체를 뒤지기 시작했다. 그러나 사장은 어디에도 없었어. 응접실에도, 객실에도, 부엌에도, 서재에도, 욕실에도,

화장실에도, 벽장 속에도 없었어. 핀 마이크에서도 아무런 소리도 들리지 않았고. 그 사실을 보고하자 수사본부는 난리가 났지.

그 후 우리는 밖으로 나가 봤다. 사장이 집 밖에 있을지도 모른다고 생각했으니까. 여기저기 찾아다닌 끝에 드디어 뒷문 근처에 있는 방공호의 존재를 알게 되었다. 뚜껑을 열어 보니 안은 캄캄했어. 이 안에 사장이 있는 게 아닐까? 하고 우리는 손전등으로 앞을 비추면서 안으로 내려갔다. 거기에는 3평쯤 되는 공간이 펼쳐져 있었는데 아무도 없었어. 그런데 우리가 비춘 불빛 속에서, 반대쪽 벽과 벽 사이에 있는 통로가 드러난 거야. 거기서 찬바람이 불어오는 것이 약하게 느껴졌지. 바깥과 연결되어 있었던 거야. 손전등을 손에 들고 10미터쯤 전진하자 문이 나왔어. 문은 살짝 열려 있었고, 거기서 차가운 바깥바람이 들어오고 있었지. 문을 열었더니 그곳은 숲속이었어. 조금 더 가 보니까 자동차 도로가 나왔다. 사장은 이 방공호를 통해 이쪽으로 나갔던 거야. 우리는 서둘러 그 주변을 수색했지만 사장은 어디에서도 발견되지 않았어.

범인은 쪽지와 손전등을 미리 놔두고 '방공호를 통해 이쪽으로 나오라.'라고 사장에게 지시했거나, 아니면 범인이 폐가에 숨어 있다가 사장을 데리고 방공호를 통과해 여기까지 왔을 거야. 그리고 사장을 차에 태우고 떠난 거지.

수사본부는 당장 그 주변에서 검문을 실시해 사장을 태운 차를 잡으려고 했지만, 그것은 헛수고였어. 범인과 사장은 벌써 검문 범위를 뚫고 밖으로 나갔던 거야. 그리고 다음 날 아침에 사장의 시체가 발견됐다…….

나는 사장 바로 옆에 있었으면서도, 아무것도 못 하고 범인이 사장을 죽이게 내버려 뒀어. 그때만큼 나 자신의 무력함을 통감했던 적이 없었지. 나는 그게 너무 분해서, 오 년 전에 계속 수사반에 지원해서 수사1과를 떠나 시나가와 경찰서로 이동한 거야."

도리이 경위의 음성에서는 씁쓸함이 느껴졌다. 그가 속했던 특수범 수사계는 SIT(Special Investigation Team)라는 약칭이 붙은 것만 봐도 알 수 있듯이, 수사1과 내에서도 특별한 전문가 집단으로 인정받는 매우 자랑스러운 부서였다. 그런 곳에서 관할 경찰서로 이동하기를 스스로 원하다니, 그의 원통함이 어느 정도였는지 가히 짐작이 갔다.

"……이해합니다. 수사에서 자신의 무력함을 통감한 경험은 저도 있으니까요."

경위는 갑자기 관심이 생긴 것처럼 사토시를 쳐다봤다.

"'붉은 박물관' 사람이니까 사무직일 거라고 생각했는데, 혹시 당신도 수사 경험이 있는 건가?"

"……네. 얼마 전까지는 본청 수사1과에 있었습니다."

경위의 눈에 놀라움과 동정의 빛이 깃들었다.

"수사1과에 있었구나……. 거기서 '붉은 박물관'으로 이동됐다면, 마음이 괴로울 테지. 언제부터 언제까지 수사1과에 있었나?"

"재작년 4월부터 올해 1월 하순까지 있었습니다."

"내가 수사1과를 나온 다음이구나. 어느 부서에 있었는데?"

"제3강력범 수사 제8계입니다."

"제8계? 그럼 이마오 마사유키가 계장인가."

"네. 이마오 계장님을 아십니까?"

"경찰학교 동기야. 수사1과에 배속된 것도 같은 시기였고. 그 녀석은 강력범, 나는 특수범으로 각자 다른 부서에 가게 되었지만 그래도 사이좋게 지냈어. 지금도 자주 같이 술을 마시기도 해."

그때 경위가 뭔가 깨달은 것처럼 말했다.

"이마오의 부하인데, 올해 1월 하순에 수사1과에서 다른 곳으로 갔다……면, 댁이 그 수사 서류를 깜빡했다는 경사인가?"

"……네."

사토시는 무거운 마음으로 고개를 끄덕였다. 도리이 경위도 자신을 비난하는 걸까.

"그렇군. 고생했겠네. 누구나 실패는 할 수 있지. 중요한 것은 그 실패를 어떻게 만회하느냐야. 너무 속상해하지 마."

의외로 경위는 위로의 말을 건네줬다.

"……감사합니다."

사토시는 마음이 조금 따뜻해지는 것을 느꼈다.

5

나카지마 제빵 본사는 시나가와역 앞에 세워져 있는, 외벽이 화강암으로 된 20층짜리 건물이었다.

사토시는 1층 현관홀의 안내 데스크에 가서 "경시청에서 왔습니다. 2시에 사장님과 만날 약속을 했는데요."라고 말했다. 여자 접수원은 약간 긴장한 표정을 짓더니 "네, 곧 안내해 드리겠습니다. 잠시만 기다려 주세요."라고 말했다.

약 일 분을 기다리자 엘리베이터 문이 열리더니 서른 살쯤 되어 보이는 남자 사원이 똑바로 이쪽으로 다가왔다. '안내해 드리겠습니다.' 하고 앞장서서 걷기 시작했다. 아마 사장 비서일 것이다. 사토시는 그 뒤를 따라 엘리베이터를 타고 20층으로 올라갔다.

중역의 방이 집중되어 있는 층인 걸까. 복도에는 푹신한 카펫이 깔려 있었고 무척 조용했다. 비서는 묵직한 떡갈나무 문을 열었다. 그곳은 대기실이었는데 그 안쪽에 문이 하나 더 있었다. 비서가 노크하자 "들어와요."란 목소리가 들려왔다. '실례합니다.' 하고 말한 뒤 사토시는 발을 안으로 들여놓았다.

키가 크고 몸이 탄탄한 남자가 방 한가운데에 있는 책상 건너편에서 일어나 이쪽으로 다가왔다. 잘 만든 양복을 입은 오십 대 후반의 남자. 딱 봐도 자신감이 넘쳐흐르는 위엄 있는 얼굴이었다.

"저는 다카기 유스케라고 합니다."

현재 나카지마 제빵 회사의 사장이자, 사건 당시에는 전무였던 남자가 그렇게 말했다. 히이로 사에코가 만나라고 지시했던 다음 인물이 바로 이 남자였다.

　"경시청의 데라다 사토시라고 합니다."

　수사1과 소속이 아니라 범죄 자료관 소속이지만, 경시청의 일원이란 것은 똑같으니까 거짓말은 아니다. 사토시는 속으로 그렇게 중얼거리다가 곧바로 자신이 기가 죽었다는 사실을 깨닫고 경악했다. 수사1과 시절에는 상대가 누구여도 기가 죽은 적은 없었는데. 수사1과라는 직함을 잃어버린 것이 그토록 중대한 일이었던 것이다.

　"수고하십니다. 자, 앉으세요."

　다카기 유스케는 소파에 앉으라고 권유했다. 사토시가 앉자, 그 소파는 몸의 무게를 부드럽게 받아 줬다.

　"뭔가 수사에 진전이라도 있었습니까? 얼마 전에도 그쪽의 수사관 두 분이 여기 오셨는데……."

　사토시는 등골이 서늘해졌다. 계속 수사반의 수사관들이 왔었나 보다.

　"유감스럽지만 그 후에 특별히 보고드릴 만한 진전은 없었습니다. 오늘 이렇게 찾아온 것은, 사건 당일 밤의 행동을 다시 한 번 확인하기 위해서입니다."

　다카기 유스케의 위엄 있는 얼굴이 불쾌한 것처럼 일그러졌다.

"……경찰은 아직도 저를 의심하는 겁니까?"

"아뇨, 의심하는 것은 아니지만……."

"저를 속이려고 하지 마세요. 경찰이 저를 의심한다는 것은 잘 알고 있습니다. 어쨌든 저는 세상을 떠난 사장님과 사내에서 대립하고 있었고, 개인적으로도 사이가 좋지 않았으니까. 사장님이 돌아가시면 제가 차기 사장이 될 테니, 저에게는 충분한 동기가 있었고. 그래서 경찰은 사건 당일 밤에 제가 무슨 일을 했는지 몇 번이나 물어봤던 겁니다."

"사건 관계자의 행동을 묻는 것은 수사의 기본이라서……."

"그런데 몇 번이나 대답했듯이 저는 알리바이가 있어요. 사장님이 살해된 시간대에 저는 영업부장인 야스다 슌이치 군의 집에서 바둑을 두고 있었습니다. 경찰은 야스다 군에게 물어봐서, 저에게 알리바이가 있다는 사실을 확인했을 겁니다."

"네."

"제가 사장님을 죽일 수 없었다는 사실을 알게 되자, 이번에는 1억 엔을 옮기는 사장님에게 전화를 했다면서 저를 의심하기 시작했죠. 전화를 건 범인과 제가 같은 경로로 전차를 갈아탔기 때문이랍니다. 이 점에 관해서도, 7시 10분과 8시 10분에는 제가 마침 전차 안에 있었기 때문에 전화를 걸 수가 없었다고 말씀드렸을 겁니다."

"네."

"야스다 군이 세상을 떠난 뒤, 제가 야스다 군을 죽였다는 이상한 소문이 돌았습니다. 제가 야스다 군에게 알리바이 위증을 시키고, 그걸 경찰에게 들키기 전에 그를 죽였다는 겁니다. 하지만 야스다 군의 죽음이 완벽한 사고사란 것은 경찰이 제대로 확인해 줬을 겁니다."

"네, 그 말씀이 맞습니다."

"그렇다면 아직도 저를 의심하는 이유가 뭡니까? 저를 의심할 시간이 있으면 다른 가능성을 찾아봐야 하는 게 아닌가요?"

그것은 사토시의 솔직한 심정이기도 했다. 철벽같은 알리바이를 가지고 있는 다카기가 범인일 리 없다. 사토시는 그를 만나도 아무것도 얻지 못할 거라고 생각했는데, 히이로 사에코가 다카기를 만나라고 지시한 것이다.

'다카기 유스케가 야스다 슌이치와 바둑을 뒀을 때 누가 이겼는지 물어봐.'

히이로 사에코는 그렇게 말했다. 바둑에서 누가 이겼냐고? 그게 사건과 무슨 관계가 있을까. 사토시는 히이로 사에코가 무슨 생각을 하는지 도통 알 수가 없었다. 다카기가 범인이라서, 야스다에게 자기랑 같이 있었다는 식으로 위증을 하게 만들었다고 생각하는 걸까. 바둑에서 누가 이겼는지 알아내면, 그게 야스다의 위증을 밝혀내는 단서가 되기라도 한다는 건가.

"다카기 씨와 야스다 씨는 바둑 친구라서 매주 토요일에는 서로 대결을 하셨다고 들었는데요. 두 분이 친해지신 계기는 그 사건이 일어나기 사 년 전에 설립된 사내 바둑 동호회였다고요."

"그렇습니다. 바둑을 좋아해서 얼른 그 동호회에 들어갔는데, 아무도 저와 대등하게 겨루지를 못해서요. 설마 그들이 사내에서의 제 지위에 신경 써서 일부러 실력 발휘를 안 하는 것도 아닐 텐데요. 아무튼 그렇게 심심하던 차에 야스다 군이 동호회에 들어왔습니다. 바둑을 한 판 뒤 봤더니 엄청나게 강해서 제가 졌어요. '멋진 대결 상대를 찾았구나.' 하고 생각했죠. 그때부터 매주 토요일에는 야스다 군의 집에 가서 대결을 하게 되었습니다. 야스다 군을 우리 집으로 초대한 적도 있는데, 야스다 군이 우리 아내를 어려워하는 것 같아서요. 편하게 지낼 수 있는 그의 집을 대결 장소로 삼게 되었습니다. 야스다 군은 이혼해서 혼자 살고 있었으므로 누구한테 신경 쓸 필요가 없었거든요."

"그래서 오후 8시 25분에 야스다 씨의 집을 방문하셨단 말이죠."

"네. 회사에서 큰일이 난 데다가 야스다 군도 영업부장으로서 사태를 진정시키기 위해 동분서주하고 있었으므로, 오늘은 관둘까 하고 물어봤지만요. 그 사람은 '이런 때일수록 기분 전환을 하고 싶으니까 평소처럼 와 주세요.' 하고 대답했습니다. 그래서 저는 위스키와 안줏거리인 치즈를 가지고 그의 집을 방문했습니다. 평소처럼 둘이서 위스키를 마시면서 당장 게임을 시작했지요. 그런데 그날은 제가 컨디션이 좋고 진행 속도도 빨랐어요.

기분이 좋아져서 바둑을 두 판이나 뒀어요. 결국 11시 넘어서까지 야스다 군의 집에 머물게 됐습니다."

"다카기 씨가 두 판 다 이겼군요?"

"네. 그렇게 기분 좋게 이긴 것은 처음이었어요."

6

범죄 자료관에 돌아온 사토시는 조수실과 관장실 사이에 있는 문에 대고 노크했다. 대답이 없었지만 그건 평소에도 그랬으므로, 문을 열고 안으로 들어갔다.

히이로 사에코의 모습은 보이지 않았다. 화장실이라도 간 걸까.

책상 위에 수사 서류가 놓여 있었다. 무슨 사건의 서류일까. 문득 호기심이 생겨 책상으로 다가갔다. '무사시무라야마시 미쓰기 뺑소니 사망 사건'이라고 적혀 있었다. 손에 들고 눈으로 훑어봤다. 발생 일시는 1998년 2월 12일 오후 6시 이후. 시마다 겐사쿠라는 78세 남성이 뺑소니 사고를 당해 사망한 사건이었다.

히이로 사에코는 어째서 이 사건의 수사 서류를 읽고 있었던 걸까? 그런 의문이 들었다. 범죄 자료관에서는 증거품을 쉽게 관리하기 위해서 증거품 보관 비닐 팩에 QR 코드 라벨을 붙여 놓고, 거기에 스캐너를 대면 컴퓨터 화면에 증거품의 기본 정보가 표시되도록 하는 시스템을 구축하는 중이었다. QR 코드와 대응시키려면 우선 사건의 개요를 정리할 필요가 있으므로, 히이로 사에코는 그 사건의 수사 서류를 읽는 역할을 맡았다. 현재 라벨 붙이기 작업의 대상이 되는 사건은 1993년까지 거슬러 올라간 상태였다. 그래서 히이로 사에코가 읽는 수사 서류는 죄다 그해의 사건이거나, 혹은 나카지마 제빵 공갈·사장 살해 사건처럼 사건 발생 이후에 정해진 기간이 지나서 증거품과 수사 서류가 범죄 자료관으로 이제 막 옮겨진 사건으로 국한되었다.

이 '무사시무라야마시 미쓰기 뺑소니 사망 사건'은 1998년에 발생했으니까 라벨 붙이기 작업은 이미 끝났다. 그리고 당시의 뺑소니 사건에는 업무상 과실치사상죄가 적용되어 공소시효가 5년이었으므로, 설령 해결되지 않았어도 2003년에는 범죄 자료관으로 자료가 이동됐을 테니까 이제 와서 히이로 사에코가 수사 서류를 읽을 이유도 없을 것이다. 그런데 왜 지금 이 사건에 관심을 가지고 있는 걸까.

그때 복도 쪽 문이 열리더니 그 사람이 돌아왔다. 허락도 없이 서류를 읽었던 사토시는 당황하여 펄쩍 뛸 듯이 놀랐다.

"……도리이 경위와 다카기 유스케를 만나고 와서, 보고를 드리러 왔습니다."

"그래, 고생했어. 앉아서 이야기해 봐."

히이로 사에코는 관장실 구석에 있는 낡은 소파를 가리켰다.

사토시가 자리에 앉자 소파에서 바람 빠지는 소리가 났다. 나카지마 제빵 회사의 사장실에서 앉았던 소파와는 하늘과 땅만큼 차이가 났다.

도리이 경위, 다카기 유스케와의 회견 내용을 히이로 사에코에게 이야기해 줬다. 그 사람은 묵묵히 듣고 있었다. 그 하얀 얼굴은 시종일관 무표정해서 과연 사토시의 보고가 마음에 드는지 안 드는지 알 수가 없었다. 히이로 사에코는 이야기를 끝까지 듣고 나서 조용히 생각에 잠겼다.

사토시는 방에서 나가도 되는지 알 수 없었다. 그래서 책상 위에 놓여 있는 수사 서류만 힐끔힐끔 보고 있었다.

"이 수사 서류가 궁금한가?" 하고 히이로 사에코가 말했다.

"아, 네. 그런 수사 서류를 읽으시는 이유가 뭡니까?"

"아마도 이 사건이 나카지마 제빵 공갈 · 사장 살해 사건의 원인일 테니까."

"……네?"

사토시는 제 귀를 의심했다. 어째서 그런 결론이 나오는 걸까. 애초에 그 뺑소니 사망 사건이 일어났던 2월 12일에는 이미 첫 번째 협박장이 나카지마 제빵 회사에 도착했었는데. 그러니까 그게 원인이 될 수는 없었다.

"관장님은 나카지마 제빵 회사 사건의 진상을 파악하신 겁니까?"

"파악했다고 생각한다."

"그게 뭔지 말씀해 주실 수 없나요?"

어차피 현장에 대해 잘 알지도 못하는 커리어의 망상을 듣게 될 테지만, 이 사람이 어떤 생각을 피력할지 좀 궁금하기는 했다.

"내가 이 사건에서 신경 쓰였던 것은 1억 엔이 폐가에 남아 있었다는 사실이었다. 범인이 사장에게 방공호를 통과해 밖으로 나오라고 쪽지로 지시했을 경우에는 굳이 1억 엔을 놔두고 오라고 지시한 셈이고, 범인이 폐가에서 사장을 기다리고 있다가 둘이서 방공호로 빠져나갔을 경우에는 범인이 스스로 1억 엔을 두고 간 셈이니까. 왜 그런 짓을 했는지, 그것이 궁금했어."

"그러니까 그건, 기업 공갈 사건이 위장술에 불과했다는 사실을 보여 주는 거잖아요?"

"위장술이라면 어째서 좀 더 철저히 하지 않았을까?"

"네?"

"위장술이었다면 그 1억 엔을 폐가에서 들고 나갔어야지. 1억 엔을 놔두고 갔기 때문에 기업 공갈이 위장술이었다는 것이 탄로 나 버렸다. 가지고 갔으면 아무도 그걸 위장술이라고 생각하진 않았을 테지. 게다가 설령 기업 공갈이 위장술이었다 해도, 1억 엔을 갈취할 수 있는 기회를 자진해서 포기할 리는 없어. 합리적인 사고를 하는 범인이라면 반드시 1억 엔을 가지고 갔을 거다."

"물론, 그건 그렇지만……."

"그래서 나는 이렇게 생각을 해 봤어. 1억 엔이 폐가에 남아 있었던 것은 범인이 그것을 가져갈 수 없었기 때문이 아닐까."

"가져갈 수 없었다고요? 그게 무슨 말씀이세요. 설마 범인이 힘이 없어서, 가방이 무거워서 가져갈 수 없었다는 겁니까?"

"그건 아니야. 범인이 힘이 없어도 사장에게 들게 하면 되니까."

"그렇죠."

"그런데도 1억 엔은 어느 곳으로도 옮겨지지 않았어. 이유가 뭘까? 생각할 수 있는 가능성은 딱 하나밖에 없어. 아무도 방공호를 통해 폐가에서 나가지 않았기 때문이야. 그래서 1억 엔은 그 자리에 있었다."

사토시는 히이로 사에코가 무슨 말을 하는지 이해할 수 없었다.

"아니, 잠깐만요. 아무도 방공호를 통해 폐가에서 나가지 않았다고요? 하지만 실제로 사장은 방공호를 통해 그곳을 떠났잖아요."

"그렇다면 1억 엔은 폐가에 남아 있지 않을 거야. 그것이 남아 있는 이상, 사장은 방공호를 통해 떠나지 않았다는 뜻이다."

"……떠나지 않았다면, 어디로 간 겁니까. 설마 폐가 안에 숨어 있었다는 겁니까? 저기요, 생각을 해 보세요. 현장을 감시하고 있던 세 명의 수사관들이 폐가를 샅샅이 뒤지고 다녔단 말입니다. 사장이 폐가 안에 숨어 있었다면 금방 발견됐을 겁니다."

"맞아. 금방 발견됐을 거야. 단 하나의 예외를 제외하면."

"예외?"

"그 사장이, 현장을 감시하고 있던 수사관이 됐을 경우."

사토시는 히이로 사에코가 정신이 나갔다고 생각했다.

"……사장이, 현장을 감시하고 있던 수사관이 됐을 경우라고요? 그건 말도 안 돼요. 나머지 두 명의 수사관들이 눈치챌 게 뻔하잖아요. 애초에 원래 있었던 수사관은 어디 가고요?"

"그럼 좀 더 정확하게 고쳐 말해 볼까. 현장을 감시하고 있던 수사관이 실제로는 사장과 수사관의 1인 2역을 수행해서, 사장으로서 폐가에 들어간 다음에 변장을 그만두고 수사관으로 돌아온 경우다."

"……사장과 수사관의 1인 2역?"

"사장이 폐가에 들어갔을 때의 시각은 오후 8시 30분이어서 주위는 어둠에 감싸여 있었어. 더구나 사장은 안경을 쓰고, 꽃가루 대책으로 마스크를 쓰고 있었지. 다른 사람이 '사장'으로 변장하는 것은 충분히 가능했을 거야."

"셸시오에서 내려 폐가로 들어간 사장이 가짜였다는 겁니까?"

"그래. 그리고 사장으로 변장할 수 있었던 사람은, 같은 차에 타고 있었던 도리이 경위밖에 없어."

"도리이 경위가……?"

"셸시오는 오후 7시에 사장의 집에서 출발한 다음부터는 줄곧 밀착 추적반 차량한테 감시당하고 있었다. 고로 사장의 집에서 나온 다음에, 밀착 추적반의 수사관에게 들키지 않고 차에서 내리는 것은 불가능했어. 즉, 셸시오가 사장의 집에서 출발했을 때 이미 사장은 그 차에 타지 않았었고, 차를 운전했던 사장은 가짜였던 거지."

"사장의 집에서 출발했을 때 그 차를 운전하던 사장이 가짜였다고요? 그럼 언제 바꿔치기 된 겁니까?"

"도리이 경위의 이야기에 의하면 7시 오 분 전에 사장은 1억 엔이 든 하드 케이스 서류 가방을 가지고 경위와 함께 차고로 향했다고 한다. 이때 차고로 향한 사람은 그들 두 사람밖에 없었어. 바꿔치기를 할 수 있는 장소는 그 차고밖에 없다. 경위는 여기서 가발, 안경, 마스크를 착용하여 재빨리 사장으로 변장한 거야. 자, 그때 사장이 몸에 걸쳤던 것을 떠올려 봐. 녹색 계통의 군복 무늬를 겉으로 내놓은 리버시블 점퍼를 양복 위에 걸치고 있었지. 안감은 검은색이었고. 그리고 경위는 아마도 양복 위에 똑같은 리버시블 점퍼를 검은색이 겉으로 나오게 입었을 거야. 경위가 점퍼를 뒤집어 입으면 그것은 사장의 군복 무늬 점퍼로 바뀌는 거지. 이 상황에서 경위는 사장의 휴대폰을 넘겨받았어. 사장으로 변장한 경위는 운전석에 앉아 차를 몰고 차고에서 나갔다.

도리이 경위는 수사1과 특수범 수사1계의 주임으로서, 납치 사건이나 기업 공갈 사건이 일어나면 항상 현금 운반차에 탑승하여 수사본부에 상황을 전달하는 중요한 임무를 맡았었지. 그래서 이번 사건에서 사장의 셀시오에 타는 역할을 그가 맡게 되리란 것은 사전에 충분히 예측할 수 있었을 거야.

셀시오가 사장의 집을 떠나자 밀착 추적반 차량이 그 뒤를 쫓아갔다. 그런데 밤이라 차 안이 잘 보이지 않았고, 또 마스크를 쓰고 있어서 그 차를 운전하는 '사장'이 도리이 경위라는 사실은 다른 수사관들도 눈치채지 못했어. 설마 차고 안에서 두 사람이 바꿔치기 된 줄은 꿈에도 몰랐을 테지. 사장의 집에서 현금 운반차가 출발하는 시각을 오후 7시로 지정한 것은, 밤의 어둠을 이용해 변장을 들키지 않게 하기 위함이었던 거야.

한편 사장은 차고에서 차를 떠나보낸 후에 몰래 자택에서 빠져나왔다. 셀시오가 사장의 집에서 나간 다음부터는 경찰의 시선이 온통 그쪽으로 쏠렸으니까, 누군가가 사장의 집에서 나가는 모습을 경찰은 눈치채지 못했어."

"……말씀을 들어 보면, 마치 피해자인 나카지마 사장이 스스로 이 사건을 꾸민 거라고 생각하시는 것 같은데요. 그것도 사건의 수사관 중 한 명과 짜고."

"그렇다."

설녀는 무표정하게 고개를 끄덕였다.

"아니, 아무리 그래도 그건 말이 안 되잖아요?"

"1억 엔이 폐가에 남아 있었다는 사실을 합리적으로 설명하고자 한다면 이렇게 생각할 수밖에 없어."

사토시는 입을 다물었다. 히이로 사에코의 추리는 지나치게 대담하지만 일단 논리적이기는 했다. 현장을 잘 모르는 커리어의 망상일 가능성은 있어도, 좀 더 이야기를 들어 볼 만한 가치는 있었다.

"사장으로 변장한 도리이 경위는 차를 운전하는 동시에 수사관으로서 수사본부와 무선 연락을 하기도 했다. 그때는 운전석에 있는 사장에게 뭔가 물어보는 척하거나 '괜찮으십니까?', '진정하세요.'란 대사를 읊기도 하면서, 틀림없이 사장이 운전석에 존재한다는 인식을 남들에게 심어 줬을 테지. 한술 더 떠서 '지금 이 차는 어디를 달리고 있습니까?' 하고 사장에게 질문함으로써 마치 자기는 뒷좌석의 바닥에 엎드려 있는 듯한 상황을 연출했을 거야."

"그런 게 가능한가요? 운전을 하면서 무선 연락을 하려면 한 손으로 핸들을 붙잡고 나머지 한 손으로 무전기의 핸드 마이크를 잡아야 했을 텐데요. 사장이 그런 동작을 취했다면, 셀시오를 따라가던 밀착 추적반의 수사관이 의심을 했을 겁니다."

"'사장'이 쓴 마스크가 입체였다는 사실을 떠올려 봐. 도리이 경위는 입체 마스크의 불룩한 공간 속에 무전기의 핸드 마이크를 집어넣고, 무전기 본체는 홀더에 넣어서 점퍼 밑에 숨겼을 거야. 그런 식으로 양손으로 핸들을 잡아도 말을 할 수 있는 상태로 만들어 둔 거지. 핸드 마이크는 입체 마스크의 불룩한 공간 속에 쏙 들어가서 안 보이게 됐을 테고, 핸드 마이크에서 무전기

본체로 이어진 코드는 어두운 차 안의 특성상 밖에서는 알아볼 수 없었을 거야. 마스크는 사장으로 쉽게 변장하기 위한 아이템인 동시에, 양손으로 핸들을 잡은 채 이야기할 수 있게 해 주는 도구이기도 했어. 나는 사건의 증거품들 중에 입체 마스크가 있는 것을 보고 이 수법을 눈치챘다."

사토시는 사건의 증거품을 조수실로 옮겼을 때 히이로 사에코가 증거품을 가만히 들여다보던 것을 기억해 냈다. 그때 이 사람은 입체 마스크에 시선을 고정하고 있었던 것이다.

"음, 물론 그렇게 하면 양손으로 핸들을 잡은 채 무전기로 이야기할 수는 있겠지만……."

"범인이 휴대폰에 전화를 걸면 '사장'은 그 휴대폰을 손에 들고 대화를 나눴다. 이때 도리이 경위는 무전기 스위치를 일시적으로 껐을 거야. 스위치를 끄지 않으면, 대화를 나누는 경위의 목소리가 입체 마스크 밑에 숨겨 둔 무전기의 핸드 마이크를 통해 수사본부로 흘러 들어가서 '사장'이 경위란 사실이 들통날 테니까. 게다가 '사장'이 귀에 대고 있는 휴대폰에서 나온 범인의 목소리가 입체 마스크 안의 핸드 마이크에 잡혀서 그대로 수사본부까지 흘러 들어간다면, 경위가 가지고 있는 핸드 마이크와 '사장'이 귀에 댄 휴대폰이 서로 가까이 있다는 사실, 경위와 '사장'이 동일 인물이라는 사실이 밝혀질 거야. 그래서 이때는 무전기의 스위치를 일시적으로 껐을 테지. 물론 무전기 스위치를 끄는 대신에 경위와 범인이 둘 다 아무 말 없이 가만히 휴대폰을 통화 상태로 놔둔다는 방법도 있지만, 이 경우에는 우연히 범인의 휴대폰에 주변의 잡음이 포착되어 무전기를 통해 수사본부까지 흘러 들어간다면, 결국 범인의 목소리가 흘러 들어간 것과 같은 문제가 발생할 거야. 고로 무전기의 스위치를 끄는 것이 더 안전한 방법이지.

설령 무전기 스위치를 껐다는 사실을 수사본부 측이 알게 되더라도, 도리이 경위는 '사장이 범인과 대화하는 동안에 무전기 음성이 사장의 휴대폰을 통해 범인에게 들린다면 경찰의 개입을 들킬 가능성이 있으므로, 사장이 휴대폰으로 이야기하는 동안에는 무전기를 꺼 놨습니다.'라고 변명할 수 있었을 거야.

'사장'은 범인과의 통화를 마치면 휴대폰을 내려놓고 무전기 스위치를 다시 켠 뒤 차를 출발시켰다. 그리고 운전을 하면서 도리이 경위로서 범인과의 통화 내용을 수사본부에 무전기로 보고했다. 운전을 하고 있는 '사장'이 실제로는 마스크 밑에서 경위로서 떠들고 있다는 사실을, 그 차를 쫓아가는 밀착 추적반의 수사관들은 알아차리지 못했어.

이렇게 도리이 경위는 1인 2역(모습은 사장인데 목소리는 자신)을 하면서 사장이 차 안에 있는 듯한 상황을 연출했다. 한편 그때 사장은 다른 곳으로 가고 있었어."

그렇다면 차 안에서 사장이 어땠는지 도리이 경위가 설명해 줬던 것은 죄다 거짓말이었단 말인가. 사토시는 시나가와 경찰서 응접실에서 들은 경위의 이야기를 떠올렸다. 그것이 전부 다 연극이었다니, 믿을 수가 없었다.

"차를 운전하는 '사장'의 휴대폰에 전화를 걸었던 범인은, 차에서 벗어나 따로 행동하던 사장 자신이었다. 도리이 경위와 사장 이외에 제삼의 범인이 있어서 그자가 휴대폰에 전화를 거는 역할을 담당했을 가능성도 있지만, 고작 그런 역할 때문에 공범자를 늘리는 것은 어리석은 짓이지. 공범자는 적으면 적을수록 좋거든. 그렇다면 전화를 거는 역할은 사장이 담당했다고 보는 것이 타당한 추리일 거야.

범인은 2월 21일 오후 7시 10분에 사장의 휴대폰에 전화를 걸 때까지는 전혀 연락을 취하려고 하지 않았다. 이는 '자동차가 사장의 집을 출발하기 전에 휴대폰에 전화를 걸면, 경찰이 그 휴대폰에 녹음 장치를 접속시켜 목소리를 녹음할지도 모른다.'라는 식으로 범인이 경계를 했기 때문이라고 추측되었는데, 실제로는 그게 아니었어. 자동차가 사장의 집에서 출발하기 전에 사장의 휴대폰에 전화를 걸려면 그 역할은 도리이 경위가 담당할 수밖에 없는데, 그때 경위는 사장의 집에서 계속 대기 중이었기 때문에 다른 수사관에게 들키지 않고 전화를 걸 수가 없었던 거야. 자동차가 사장의 집에서 출발했을 때 비로소 경위가 '사장'인 척하고 사장은 따로 행동할 수 있게 되었으니, 사장이 휴대폰에 전화를 걸 수 있게 된 거지.

　제삼의 범인이 있으면 이런 일은 없었을 거야. 도리이 경위가 사장의 집에서 대기하는 단계에서도 자유롭게 전화를 걸 수 있었을 테지. 이 점을 봐도 범인은 사장과 경위, 두 사람밖에 없다고 생각해도 될 거야."

"사장과 도리이 경위가 도대체 왜 이런 짓을 한 거죠?"

"사장의 알리바이를 만들기 위해서야. 경찰이 알리바이를 묻는 시간대에, '자신은 경찰의 감시하에 공갈범이 시키는 대로 현금을 가져다주려고 차를 몰고 가는 중이었다.'라는 것은 최고의 알리바이가 될 테니까."

"아니, 그럼 그 알리바이 공작을 준비하기 위해 나카지마 제빵 회사를 공갈했다는 겁니까? 하지만 자사 상품에 바늘을 집어넣는 것은 아무리 그래도 너무 심한 짓이 아닌가요? 그것 때문에 나카지마 제빵 회사는 어쩔 수 없이 상품 회수 및 판매 중지를 하느라 큰 손해를 봤습니다. 목적과 수단의 균형이 안 맞는 것 같은데요."

"그래, 확실히 목적과 수단의 균형이 안 맞는 것처럼 보이지. 이 점에 관해서는 나중에 언급하겠다. 지금은 사장이 알리바이를 확보하고 어디에 무엇을 하러 갔는지, 그것을 검토해 보자. 이렇게까지 애써서 알리바이를 확보한 것을 보면, 사장이 하려는 행위는 매우 중대한 일이었을 테지. 그것은 아무리 생각해 봐도 살인밖에 없어."

"……살인이라고요?"

"사장은 상대를 죽인 뒤 몰래 자택으로 돌아왔다가, 도리이 경위가 운전하는 차가 돌아오면 차고 안에서 또다시 바꿔치기를 해서 원래 모습으로 경위와 함께 수사반 앞에 나타나 알리바이를 만들 예정이었다. 1억 엔이 들어 있는 서류 가방은 경위가 폐가에 놔두고, '범인은 결국 가지러 오지 않았다.'라는 식으로 할 계획이었을 거야."

"그런데 실제로는 사장이 살해됐잖아요."

"그럼 생각할 수 있는 것은 하나밖에 없지. 사장은 살해하러 갔던 상대에게 거꾸로 살해를 당한 거야."

"거꾸로 살해를 당해요……?"

"그래. 죽기 직전에 사장은 자신이 가지고 있던 선불 폰으로 도리이 경위에게 전화해서 무슨 일이 일어났는지 알려 줬다. 범인이 마지막으로 사장의 휴대폰에 걸었던 전화는 오후 8시 20분 전화였는데, 그것이 바로 사장이 죽기 직전에 걸었던 전화야.

도리이 경위의 진술에 의하면 8시 20분 전화에서 범인은 '1억 엔은 제대로 준비했지?'라고 말했다고 하는데, 곰곰이 생각해 보면 이것은 부자연스러워. 사장이 자택을 출발한 지 한 시간 이십 분이 지났잖아. 범인이 1억 엔이 제대로 준비됐는지 궁금했다면, 사장이 자택을 출발한 직후인 7시 10분에 전화했을 때 그것을 물어보면 됐을 거야. 출발한 지 한 시간 이십 분이나 지난 다음에 왜 굳이 전화를 걸어서 '1억 엔은 제대로 준비했지?'라는 질문을 할 필요가 있었을까? 마치 적당히 꾸며낸 것 같잖아. 그것은 8시 20분 전화가 처음부터 계획했던 전화가 아니라, 범행 대상에게 거꾸로 살해당한 사장이 그 사실을 전하려고 계획 없이 걸었던 전화라서 그랬던 거야. 도리이 경위는 이 전화를 받은 뒤 수사본부에 보고하기 위해 서둘러 통화 내용을 지어냈지. 하지만 충분히 생각할 시간이 없었기 때문에 부자연스러운 내용이 되어 버린 거야."

8시 20분 전화의 내용이 부자연스럽다는 것은 듣고 보니 확실히 이해가 갔다. 히이로 사에코의 추리는 맞을지도 모른다. 사토시는 그런 생각을 하기 시작했다.

"사장이 거꾸로 살해됐다는 사실을 알게 된 도리이 경위는 폐가 쪽으로 차를 몰고 가면서 앞으로 어떻게 하면 좋을지 생각했어. 이렇게 된 이상, 계속 사장으로 변장하고 있을 수는 없어. 머잖아 사장의 시체가 발견될 테니까. 사장의 사망 추정 시각의 한계선 이후에도 계속 사장으로 변장하고 있으면, 그 시간이 지난 이후의 '사장'은 가짜란 것이 들통나 버릴 거야. 그리고 사장으로 변장할 수 있었던 사람은 같은 차에 탔던 도리이 경위밖에 없다는 사실도 알려질 테지. 그럼 어떻게 하면 좋을까.

궁지에 몰린 도리이 경위의 뇌리에 아주 대담한 계획이 퍼뜩 떠올랐다. 자동차가 폐가 앞에 도착하자, 그는 그것을 실행에 옮겼어.

경위는 사장으로 변장한 채 1억 엔을 넣은 서류 가방을 들고 폐가에 들어가서 그곳의 홀 한가운데에 서류 가방을 놔뒀어. 이때 장갑을 꼈다는 것은 말할 필요도 없겠지. 수사반이 나중에 서류 가방의 지문을 조사했을 때, 사장이 들었어야 할 서류 가방에서 경위의 지문이 나오면 곤란하니까.

그 후 경위는 사장의 변장을 그만두고 가발, 마스크, 안경 같은 변장 도구를 모조리 자기 주머니에 쑤셔 넣었어. 그리고 리버시블 점퍼를 뒤집어 입었어. 사장이 되기 위한 복장이었던 녹색 계통의 군복 무늬 점퍼를, 자신이 입고 있던 검은색 점퍼로 되돌린 거지.

그러는 사이에 경위는 무전기로 적당히 수사본부와 이야기를 나누면서 마치 자신이 셀시오의 뒷좌석에 숨어 있는 것처럼 연기를 했어.

사장이 폐가에서 나오지 않는 것을 이상하게 여긴 수사본부는 이윽고 폐가 옆의 밭에 숨어 있는 거래 현장 감시반의 수사관 두 명에게 폐가를 살펴보라고 지시했어. 그 이야기를 무전기로 들은 경위는, 문이 열렸을 때 사각지대가 되는 위치에 가 있었어.

폐가에 들어온 수사관 두 명은 홀 한가운데에서 서류 가방이 굴러다니고 있는 것을 발견하고 그쪽으로 뛰어갔다. 열린 문 뒤에 숨어 있던 경위는 그 틈에 몰래 밖으로 빠져나갔다가, 얼른 자신도 차에서 내려 상황을 살펴보러 온 척하면서 출입구에 섰어. 서류 가방이 홀 한가운데에 나뒹굴고 있었던 것은, 거래 현장 감시반의 수사관을 그쪽으로 뛰어가게 만들어 놓고 자신은 그 틈에 문 뒤에서 밖으로 빠져나갈 기회를 얻기 위해서였어.

세 명의 수사관은 사장을 찾아다니기 시작했지만 당연히 찾을 수 없었다. 이윽고 방공호가 발견되자, 그들은 사장이 이곳을 통과해 떠난 것이라고 추측했어. 이런 식으로 경위는 '사장이 거꾸로 살해됐다.'라는 예상외의 사태에 대처했던 거야."

"만약에 수사본부가 맨 처음 폐가를 살펴보는 역할을 거래 현장 감시반의 수사관이 아니라 경위에게 시켰더라면, 대체 어쩌려고 그랬을까요?"

"그렇게 될 가능성도 없지는 않았지. 그러나 폐가 앞의 도로는 밭을 사이에 두고 폐가와 20미터쯤 떨어져 있었으니까, 폐가 앞에 도착한 자동차도 당연히 폐가와 그 정도로 떨어져 있었을 거야. 그 자동차 안에 있는 경위보다는, 밭에 엎드려 있는 거래 현장 감시반의 수사관이 폐가에 더 가까워. 즉, 거래 현장 감시반의 수사관이 폐가를 살펴보라는 지시를 받을 가능성이 더 높았다. 경위는 그 가능성을 믿고 도박을 한 거야."

"위험한 도박이네요."

"맞아. 하지만 경위는 그렇게 할 수밖에 없었어."

"그럼 사장이 죽이려고 했던 상대, 즉 거꾸로 사장을 죽여 버린 상대는 누구입니까?"

"범인은 선불 폰으로 '사장'의 휴대폰에 세 번 전화를 걸었다. 7시 10분에 JR 오모리역 부근에서, 8시 10분에 JR 무사시사카이역 부근에서, 8시 20분에 무사시노시 교난초 부근에서. 다시 말해 범인은 오모리역에서 JR을 타고 무사시사카이역으로 가서, 그 역의 남쪽에 있는 교난초로 이동했다고 볼 수 있어.

좀 전에 설명했듯이 세 번째 전화를 건 사람은 나카지마 사장이었다. 그렇기에 사장은 이런 식으로 이동한 거지. 오모리역은 사장의 집이 있는 산노에서 가장 가까운 역이니까, 7시 넘어서 자택 차고에서 몰래 빠져나온 사장이 7시 10분에 오모리역 부근에서 전화를 걸었다는 것은 시간적으로 말이 돼.

사장이 이런 식으로 이동한 것은, 자신이 죽이려고 하는 상대를 찾아가기 위해서였다. 이동 수단으로 전차를 이용한 것은, 자동차는 주차할 장소가 문제가 되는 데다가 그 주차된 자동차를 누군가에게 목격당할 위험도 있었기 때문일 거야.

8시 20분에 사장이 무사시노시 교난초 부근에서 걸었던 전화는 자신이 상대에게 반격당했다는 사실을 도리이 경위에게 알려 주는 것이었어. 그러니까 범행 현장은 교난초 부근이었던 거지. 사장은 상대의 집을 범행 현장으로 삼으려고 했을 거야. 그렇다면 그 사장을 거꾸로 살해한 인물은 교난초 부근에 집을 소유하고 있다는 뜻이다. 그리고 사건 관계자 중에는 그런 인물이 한 명 있었어."

"야스다 슌이치 말씀이십니까. 그는 사건 후 자택의 욕조에서 익사했습니다. 자신을 죽이려던 사장을 거꾸로 죽인 사람이, 야 스다였던 겁니까?"

"그래. 사장은 야스다의 집에 들어가자마자 나이프를 들고 야 스다를 덮쳤는데, 오히려 반격을 당해 버렸어. 사장은 가지고 있 던 선불 폰으로 도리이 경위에게 연락했다. 자신이 반격을 당해 죽어 간다는 사실을 알리고 숨을 거뒀어. 좀 전에 설명했듯이 이 게 바로 범인이 8시 20분에 걸었던 전화야. 그리고 그 바로 직 후인 8시 25분에 다카기 유스케 전무가 바둑을 두려고 야스다의 집을 찾아왔다."

"사장이 조금만 더 늦게 야스다의 집에 왔으면 사촌 동생과 딱 마주쳤을 수도 있겠네요."

"맞아. 사장도 매주 토요일에 사촌 동생이 바둑을 두러 야스다 의 집을 방문한다는 것을 미리 알았더라면 이날 범행을 저지르 지는 않았을 거야. 사장과 다카기는 사이가 나빴으니까. 혹시 자 신이 다카기와 매주 바둑을 둔다는 사실을 사장이 알게 되면 미 운털이 박힐까 봐, 야스다는 사장에게는 바둑에 관한 이야기를 하지 않았을 거야.

야스다는 태연한 얼굴로 다카기를 맞이하고 11시 이후까지 그와 같이 있었다. 바로 그 집 안에 사장의 시체를 놔두고 있었으니, 틀림없이 야스다는 속으로는 제정신이 아니었을 거야. 다카기의 이야기에 의하면 사건 당일 밤에는 컨디션이 좋아서 연승을 했다던데, 그것은 살인을 저지른 야스다가 동요하는 바람에 게임에 집중을 못 했기 때문일 거다. 그런데 다카기가 와 준 덕분에 야스다는 알리바이를 얻게 되었어."

그렇구나. 8시 25분부터 11시 이후까지 다카기 유스케는 야스다 슌이치와 함께 있었으므로 다카기의 알리바이가 성립됐는데, 그와 동시에 야스다의 알리바이도 성립됐던 것이다.

히이로 사에코가 재수사를 하면서 사토시를 다카기에게 보냈던 것은 다카기를 범인이라고 의심했기 때문이 아니라, 다카기와 함께 시간을 보냈던 야스다를 범인이라고 의심했기 때문이었다. 다카기와 야스다 중 누가 바둑에서 이겼는가? 하는 질문은, 야스다가 살인을, 그것도 반격했다가 사람을 죽인다는 예상외의 형태로 살인을 해 버렸다면, 반드시 그 불안한 심리 상태가 승부에 반영됐으리라는 추측에 바탕을 둔 것이었다.

"다카기 유스케가 집으로 돌아간 후, 심야에 야스다는 사장의 시체를 차에 싣고 아라카와 하천부지의 고호쿠바시 녹지에 버리러 갔다. 어쩌면 도리이 경위는 야스다에게 전화해 '네가 사장을 죽인 것을 알고 있다.'라고 협박하면서 시체를 버릴 장소를 구체적으로 지시했을지도 몰라. 경위는 사장의 시체가 어디서 발견될지 모른다는 상황이 몹시 불안했을 테니까. 그리고 선불 폰은 사장의 시체와는 다른 곳에서 처분하라는 말도 했을 거야. 선불 폰이 사장의 시체와 함께 발견된다면 그것으로 통화한 사람이 사장이라는 사실, 즉 셀시오를 운전하는 '사장'의 휴대폰에 전화를 걸었던 범인이 실은 사장이었다는 사실이 들통나 버릴 테니까.

그리고 범인이 사장의 휴대폰을 가져갔던 이유도 수수께끼였는데, 사장은 자신으로 변장한 도리이 경위에게 자기 휴대폰을 넘겨줬으므로 실제로 야스다에게 반격당해 죽었을 때에는 그것을 안 가지고 있었던 거야. 범인이 가져갔던 게 아니었던 거지.

그로부터 약 한 달 후에 야스다는 만취 상태로 자택의 욕조에 들어가 익사했다. 죽기 직전에 야스다는 신경증에 걸려 술을 퍼마시게 되었다고 하는데, 그것은 사건을 수습하기 위해 영업부장으로서 정신없이 뛰어다녔기 때문이 아니라 실은 사장을 죽였다는 죄책감 때문이었을 거야."

"그런데 이해가 안 가는 점이 있어요. 사장은 왜 야스다 순이치를 죽이려고 했을까요? 도리이 경위는 왜 사장의 범행 계획에 가담한 거죠? 사장이나 야스다와 도리이 경위는 서로 아무 상관도 없었을 텐데요."

"협박장이 날아오기 전까지는 사장이나 야스다와 도리이 경위는 서로 상관없는 사람들이었지. 그러나 협박장이 날아온 다음부터는 피해자 기업의 사장, 영업부장과 수사관으로서 서로 관계를 맺게 되었다. 그렇다면 사장과 도리이 경위가 야스다를 죽이려고 했던 이유는, 협박장이 날아온 이후에 생겼다 생각할 수 있지."

"물론 그렇게 생각할 수도 있지만……. 그래도 살해할 이유가 생긴 시기는 알았어도, 그게 어떤 이유였는지는 알 수가 없잖아요."

"어느 정도 추측은 할 수 있어. 야스다는 자신을 죽이려던 사장을 죽였다는 사실을 경찰한테 말하지 않았다. 야스다의 행위는 정당방위로 인정받을 수 있는데, 설령 과잉방위라고 간주되더라도 어차피 죄는 감면될 테니까 경찰한테 말해도 됐을 거야. 그런데 야스다는 그렇게 하지 않았어. 이는 사장이 야스다를 죽이려고 했다는 사실이 경찰한테 알려지면, 그 이유도 밝혀야 해서 그랬던 게 아닐까. 사장이 자신을 죽이려고 했던 이유를 야스다는 절대로 밝히고 싶지 않았던 거야."

"사장이 야스다를 죽이려고 했던 이유는, 야스다 자신의 비밀스런 약점과 관계가 있다는 겁니까?"

"그래. 그리고 야스다 자신의 약점은 그 협박장이 날아오고 나서 생겼을 거야. 그것도 사장이나 도리이 경위와도 관련된 약점일 테지. 그렇다면 이런 식으로 추측해 볼 수 있지 않을까. 야스다와 사장과 경위, 세 사람이 같이 있었을 때 어떤 죄를 저지르고 말았다. 세 사람은 입 다물고 있기로 했는데 이윽고 야스다가 못 견디게 되어서 그냥 사실대로 말하자고 주장했다. 사장과 경위는 그것을 막으려고 야스다를 죽이기로 결심했다…….

그런데 여기서 생각나는 것이 있어. 야스다가 영업부장으로서 특수범 수사계의 수사관, 사장과 함께 바로 그 바늘이 들어간 빵이 발견된 슈퍼마켓의 현장검증에 입회했다는 사실 말이다. 현장검증을 하러 왔다 갔다 할 때에는 당연히 수사관이 운전하는 경찰차에 사장과 야스다를 태웠을 거야. 그런데 그 수사관이 도리이 경위였다면? 그리고 그 경찰차가 뺑소니 사건을 일으켰다면 어떻게 될까?"

"……뺑소니?"

사토시는 히이로 사에코의 책상 위에 놓인 '무사시무라야마시 미쓰기 뺑소니 사망 사건' 수사 서류를 힐끔 봤다.

"너무 대담한 가설일지도 몰라. 그래도 그에 해당하는 뺑소니 사건이 정말로 있는지 없는지 조사해 보기로 했어. 그 뺑소니 사건이 충족시켜야 할 조건은 두 가지. 첫째, 나카지마 제빵 회사의 상품에 바늘이 들어가는 사건이 시작된 2월 1일 이후부터 나카지마 사장이 사망한 2월 21일 이전까지, 그 사이에 일어난 사건이어야 한다. 둘째, 바늘이 들어간 상품이 발견된 슈퍼마켓의 현장검증을 하느라 왔다 갔다 할 때 일어난 사건이라면, 그런 슈퍼마켓들을 서로 연결해 주는 길이거나, 아니면 슈퍼마켓과 사장의 집 또는 나카지마 제빵 회사 본사를 연결해 주는 길 위에서 일어난 사건이어야 한다. 이 두 가지 조건을 충족시키는 뺑소니 사건이 있는지 CCRS에서 찾아봤어. 그랬더니 이 사건이 나온 거야."

히이로 사에코는 책상 위에 있는 수사 서류를 가리켰다.

"미쓰기에는 바늘이 들어간 상품이 발견된 '다니가와'라는 슈퍼마켓이 있어. 나카지마 제빵 공갈·사장 살해 사건의 수사 서류에 의하면 2월 12일 오후 5시대에 나카지마 사장과 야스다는 이 슈퍼마켓에서 현장검증에 입회했고, 그 후 도리이 경위가 두 사람을 시나가와역 앞에 있는 나카지마 제빵 본사까지 데려다 줬다고 해. 이때 뺑소니 사망 사건을 일으켰다고 생각하면 앞뒤가 맞지. 경위는 사장과 야스다에게 이 사고를 비밀로 하라고 했다. 사장과 야스다는 물론 자신이 사고를 일으키진 않았지만, 지금 이렇게 힘든 시기에 사고가 표면화되면 나카지마 제빵 회사의 이미지가 더욱 악화될까 봐 두려워서 비밀을 지키는 것에 동의했어. 이리하여 두 사람은 뺑소니의 사후종범이 된 거지.

얼마 후 야스다는 침묵하는 것을 견디다 못해 결국 자수하겠다고 도리이 경위와 사장에게 말했어. 그런 짓을 했다가는 자신은 파멸한다. 그래서 경위와 사장은 서로 상의한 끝에, 기업 공갈을 이용해 알리바이 공작을 하고 야스다를 죽이기로 결정한 거야."

"도리이 경위와 나카지마 사장은 그때 거래 현장으로 사용한 폐가의 존재를 어떻게 알게 됐을까요?"

"솔직히 말하자면 잘 모르겠다. 어쩌면 나카지마 제빵 회사는 이전에 그 폐가를 포함한 일대에 공장을 세울 계획을 가지고 있었을지도 몰라. 미무라 부동산이 그 일대에 아웃렛 쇼핑몰을 지었는데, 그것은 거기에 넓은 토지가 있을 뿐만 아니라 조금만 더 가면 간선도로가 나오기 때문이었어. 이는 아웃렛 쇼핑몰과 마찬가지로 공장을 짓기에도 적합한 입지 조건이지. 공장 건설 계획을 세웠던 시절에 나카지마 사장은 시찰을 하러 그곳을 방문했었고, 그때 그 폐가의 존재를 알게 되었을지도 몰라. 결국 공장을 세운다는 계획은 어떤 이유로 폐기됐지만, 사장은 폐가의 존재를 기억했다가 범행에 이용했을 가능성도 있어. 아무튼 두 사람은 그 폐가를 거래 장소로 이용하는 알리바이 공작을 고안했고, 그 계획의 첫 단계로서 두 번째 협박장을 보냈다."

"두 번째 협박장이라고요? 첫 번째가 아니라?"

"그래. 자네는 좀 전에 알리바이 공작을 준비하기 위해 자사의 상품에 바늘을 집어넣는다는 것은 목적과 수단의 균형이 안 맞는 것 같다는 의문을 제기했었지. 실제로 그것은 균형이 맞지 않아. 그렇다면 상품에 바늘을 집어넣고 첫 번째 협박장을 보낸 범인은 사장이 아니었다고 생각하는 것이 타당할 테지. 도리이 경위와 사장은, 현재 나카지마 제빵 회사가 휘말려 든 기업 공갈 사건에 편승하는 형태로 두 번째 협박장을 보냈던 거다.

첫 번째 협박장에 사용된 종이와 봉투와 프린터가 어떤 것이었는지, 어떤 폰트와 레이아웃으로 협박 문장이 인쇄됐는지, 그런 것은 수사본부의 일원인 도리이 경위라면 당연히 알고 있었을 테지. 그래서 그 모든 것을 완벽하게 흉내 내어 두 번째 협박장을 만들 수 있었던 거다.

첫 번째 협박장은 1억 엔을 지불하라는 말밖에 없었지, 구체적으로 돈을 건네줄 방법은 전혀 적혀 있지 않았어. 두 번째 협박장에 비로소 구체적인 이야기가 적혀 있었다. 두 통 다 동일한 범인이 보냈다면, 구체적인 이야기를 두 번째에서 적은 것이 이상해. 첫 번째 협박장에 적으면 됐을 텐데. 두 통으로 나눠 보낼 필요는 전혀 없어. 그렇다면 첫 번째와 두 번째는 범인이 다르다. 두 번째 협박장은 뒤늦게 편승한 범인이 보냈다는 뜻이 돼. 그리고 두 번째 협박장을 첫 번째와 똑같은 형태로 제작할 수 있는 것은 수사본부의 일원밖에 없다."

"그렇군요……."

"첫 번째 협박장의 범인은 구체적인 돈 전달 방법을 적지 않았다는 점에서 볼 때, 단순히 못된 장난이나 쳐 보려고 상품에 바늘을 집어넣거나 협박장을 보냈을 뿐이지 실제로 돈을 받을 마음은 없었을 거야. 그런데 그 후 두 번째 협박장이 날아왔고 그로부터 사흘 후에는 사장이 살해된 데다가 경찰이 공갈범을 그 살인범으로 지목하고 있다는 것을 언론 보도에 의해 알게 되었으니, 그는 겁이 나서 침묵하게 되었다. 결국 첫 번째 협박장의 범인, 즉 상품에 바늘을 집어넣은 범인이 누구인지는 아쉽지만 이제 와서는 더 이상 알아낼 수 없을 테지…….”

그리고 히이로 사에코는 사토시를 쳐다봤다.

“이것으로 내 추리는 끝이다. 자네 생각은 어떤가?”

“그 추리가 옳다고 생각합니다.”

방금 그 추리는 사건의 온갖 요소를 모순 없이 설명해 주는 것이었다. 사토시가 히이로 사에코의 능력에 대해 품었던 의심은 이제 완전히 사라져 버렸다. 비록 수사1과에 소속되지는 않았어도 이 여자는 분명히 훌륭한 수사관, 그것도 천재적이라고 할 만한 수사관이었다. 의사소통 능력에는 다소 문제가 있어서 탐문 수사에는 적합하지 않을지도 모르지만…….

“관장님은 이제부터 어떻게 하실 겁니까?”

“감찰 쪽에 알리고, 도리이 경위에게는 자수를 권할 거야.”

“하긴, 도리이 경위가 있는 계속 수사반에는 알리지 않는 편이 좋을지도 모르겠네요. 그들도 동료가 범인이란 이야기는 처음부터 무시해 버릴 가능성도 있으니까요. 그런데 감찰 쪽이 이 추리를 들어줄까요?”

“감찰 쪽에 아는 사람이 있어.”

설녀한테 아는 사람이라고 할 만한 인물이 존재한다는 것이 놀라웠다.

사토시는 말했다.

"도리이 경위가 자신이 계속 수사반에 지원하여 수사1과에서 시나가와 경찰서로 이동한 것은, 속수무책으로 사장이 범인에게 살해되도록 내버려 뒀던 것이 분해서 그랬다고 했습니다. 그런데 실제로는 자신이 범인인 사건의 수사 과정에서 만에 하나라도 진상이 밝혀지는 일이 없도록 감시하기 위해서였을지도 모르겠네요."

'그렇겠지.' 하고 히이로 사에코는 고개를 끄덕였다.

"하지만 범인에 대한 분노를 터뜨리면서 사건을 해결하겠다고 맹세하는 동료들 사이에서, 비밀을 감춘 채 하루하루를 보내는 것은 무척 괴로운 일이었을 거야. 이 미해결 상태가 끝나기를 누구보다도 간절히 바랐던 것은, 어쩌면 도리이 경위 자신이었을지도 몰라……."

문득 사토시는 자신이 수사 서류를 실수로 깜빡했던 그 경사였다는 사실을 경위가 눈치챘을 때, "누구나 실패는 할 수 있지."라고 위로의 말을 해 줬던 것이 기억났다. 그때 그는 경찰차로 뺑소니 사망 사건을 일으켰던 자신의 실패를 염두에 두고 있었던 게 아닐까.

　그로부터 이틀 후.

　사토시가 평소처럼 조수실에서 증거품 라벨 붙이기와 데이터 입력 작업을 하고 있는데 돌연 휴대폰이 울리기 시작했다. 화면을 봤더니 '이마오 마사유키'라고 표시되어 있었다. 제3강력범수사 제8계장. 사토시의 옛 상관이었다. 도대체 무슨 볼일일까. 다소 긴장하면서 전화를 받았다.

　"안녕하십니까. 데라다입니다."

　"오늘 아침에 도리이 경위가 사표를 내고 자수했다."

　이마오는 서론도 없이 본론부터 이야기했다.

　"네?"

　"어젯밤에 도리이가 우리 집에 찾아왔다. 십오 년 전 나카지마 제빵 공갈·사장 살해 사건의 범인은 자기라고 하더군."

　도리이 경위가 이마오랑은 경찰학교 동기로서 친하게 지내고 있다고 말했던 것을 사토시는 기억해 냈다.

　"그것은 도리이가 담당했던 사건이지 않은가. 이해가 안 가서 캐물었더니, 그 녀석은 십오 년 전에 무슨 짓을 했는지 자세히 이야기했다. 나는 왜 이제 와서 그걸 이야기하느냐고 물었지. 그냥 계속 입 다물고 있으면 되는 거 아니냐고. 그랬더니 그쪽의 관장님께서 도리이에게 전화해서 그 녀석이 범인이란 사실을 지적했다는 거야. 완벽하게 들켰다고 도리이는 말하더군. 그 관장님은 감찰 쪽에는 이미 보고했지만, 이틀 이내에 자수하면 그쪽도 적당히 눈감아 줄 거라고 도리이에게 말한 뒤 전화를 끊었다고 한다. 그래서 그 녀석은 사표를 내고 자수하기로 결심했다는 거야. 사표를 낸 것은, '현직 경찰관 체포'라는 사태를 피하기 위해서였다."

사토시는 묵묵히 휴대폰을 움켜쥐고 있었다. 아무 말도 할 수 없었다.

"도리이가 한 짓은 물론 용서할 수 없어. 하지만 그 녀석은 정말로 우수한 형사였다. 나와 동기였고, 우리 둘 다 최선을 다해 일에만 몰두했어. 심지어 그 녀석은 일을 너무 열심히 하느라 가정을 소홀히 하는 바람에 아내한테 이혼까지 당했어. 어린 딸이 있었는데도 말이지. 물론 친권은 어머니가 가져갔기 때문에 도리이는 딸도 만나지 못하게 됐어. 그 녀석은 몹시 낙담했었지. 그게 정확히 십오 년 전의 그 사건 직전이었을 거다. 도리이가 그런 사건을 일으킨 이유는 그것 때문이었을지도 몰라……."

사토시는 여전히 침묵을 지켰다.

"도리이는 지금도 혼자 살고 있어. 다 큰 딸을 만나지도 못해. 그 녀석의 삶의 보람은 오로지 형사라는 것밖에 없었어. 그런데 너희 관장님이 그것을 빼앗아 간 거야. 도리이가 얼마나 우수한지 알지도 못하는 덜떨어진 커리어가, 심심풀이 탐정 놀이나 하면서 도리이가 범인이란 것을 폭로했다고. 그리고 너는 그것을 도왔지. 난 너를 절대로 용서할 수 없어."

"……황당한 원한이군."

이마오의 메마른 웃음소리가 울려 퍼졌다.

"황당한 원한이라고? 아, 그럴지도 몰라. 하지만 너는 절대로 용서하지 않을 거야. 넌 언젠가는 수사 현장으로 돌아올 생각일 테지만, 그렇게 놔두지 않을 거다. '붉은 박물관'에서 얌전히 지내면 다시 돌아오게 해 줄 마음도 없지는 않았는데, 네가 덜떨어진 커리어의 심심풀이 장난을 도와준 것이 치명적인 실수였어. 네가 수사 현장으로 돌아오는 것은 무조건 막을 거다."

"……당신한테 그럴 권한은 없을 텐데."

"나를 얕보지 마. 너는 두 번 다시 거기서 이쪽으로 돌아올 수 없어. 너는 퇴직하는 날까지 끝내 수사 현장으로 돌아오지 못하고 절망하면서 거기서 산송장처럼 사는 거야."

상대가 전화를 끊었다.

사토시는 오랫동안 휴대폰을 꽉 붙잡고 있었다. 문득 휴대폰에서 시선을 떼고 위를 봤더니, 어느새 옆의 관장실로 이어지는 문이 열려 있었고 히이로 사에코가 물끄러미 이쪽을 바라보고 있었다. 차가운 느낌이 들 정도로 이목구비가 반듯한 그 얼굴은 평소보다 더 하얘 보였다. 마치 창백하게 질린 것처럼.

"……미안하다."

붉은 입술이 살짝 움직였다. 이마오와 했던 대화가 저쪽에 들렸나 보다.

"아뇨, 관장님이 사과하실 필요는 없습니다. 사건의 진상이 뭐든지 간에 그것을 밝혀내는 것이 경찰관의 사명이니까요."

"……그렇지."

"그래요."

"그럼…… 앞으로도 나와 같이 일해 줄 건가?"

"당연하죠."

사토시는 그때 처음으로 관장의 얼굴에 미소가 떠오르는 것을 봤다. 어색하긴 해도 그것은 진짜 미소였다.

고마워. 그 사람은 그렇게 말했다.

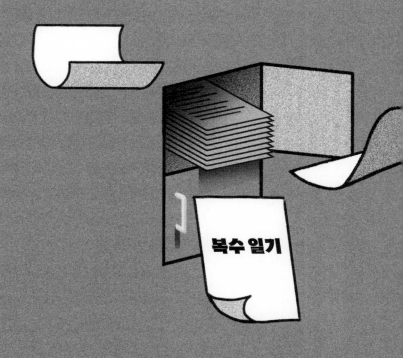
복수 일기

1

9월 1일

마이코가 살해됐다.

오후 2시에 나의 자취방에 전화 한 통이 걸려 왔다.

"저, 고레에다 마이코인데요. 기억하세요?"

작고 조심스러운 목소리였다. 반년 만에 듣는 그리운 목소리,
두 번 다시 듣지 못할 거라 생각했던 목소리였다. 나는 망연자실
하여 대답도 못 하고 수화기를 움켜쥐고 있었다.

"……미안해요."

내 침묵을 오해했는지 상대가 전화를 끊으려는 기색이 느껴졌다.

잠깐만, 그렇게 나는 상대를 막았다. '너를 잊어버릴 리가 없잖아.'라고 말하고 싶었지만, 실제로 입에서 나온 것은 아주 평범한 말이었다.

"오랜만이네. 웬일이야?"

"……실은 부탁이 있어서요."

"뭔데?"

"당신에게 이런 부탁을 하는 것이 정말 염치없지만…… 오늘 저녁 5시에 만나 주실 수 없을까요?"

"……만나 달라고?"

"미안해요. 완전히 제멋대로 굴어서. 내가 먼저 헤어지자고 했으면서, 이제 와서 이런 말을 하다니……. 하지만 이런 문제로 상담할 수 있는 상대는 당신밖에 없어요."

"그래, 당연히 만나야지. 어디가 좋은데?"

마이코는 머뭇거리면서 말했다.

"내가 사는 아파트로 와 주실 수 있어요?"

"응, 좋아."

"그럼 이따 봐요. 이기적인 부탁을 해서 미안해요."

상대가 전화를 끊은 뒤에도 나는 수화기를 움켜쥐고 있었다. 방금 그 전화는 정말로 마이코가 걸었던 걸까. 내 소망이 빚어낸 환청이 아니었을까.

아니, 환청 따위가 아니다. 정말로 마이코의 전화였다. 그 사람의 그리운 목소리가 틀림없이 내 귀에 남아 있었다.

그런데 상담하고 싶은 문제가 도대체 뭘까. 나는 의아하게 여겼다. 어쩌면 상담하고 싶다는 것은 구실에 불과하고 실은 나와 재결합하고 싶은 게 아닐까.

아니, 자만심은 금물이다. 나는 자조했다. 넌 그렇게 매력 있는 남자가 아니잖아.

반년 전에 마이코와 헤어졌을 때가 생각났다.

3월 초, 봄이라는 게 무색할 정도로 쌀쌀한 날이었다. 우리는 도쿄도 미술관에 갔다가 우에노 공원을 산책하면서 전시품에 관한 감상을 이야기하고 있었다. 미술관을 구경하는 것이 우리의 기본 데이트 코스였다.

그날 마이코는 상태가 이상했다. 평소처럼 해맑은 미소를 지으려고 했지만, 그것은 아무리 봐도 억지웃음이었고 이따금 눈물을 글썽이기도 했다. 사실 이상하다고 하면 그보다 몇 주 전부터도 쭉 이상했었지만, 그날은 특히 심했다.

걷다가 지친 우리는 벤치에 앉았다. 마이코가 갑자기 나를 쳐다보더니 "……미안해."라고 말했다.

"미안하다니, 뭐가?"

"더 이상은 당신과 사귈 수 없어."

무슨 말을 들었는지 이해하지 못하고 멍하니 마이코를 바라봤다. 아기 사슴 같은 눈동자에 눈물이 고여 있었다.

"……왜? 내가 뭔가 잘못했어?"

"아니, 당신은 아무것도 잘못하지 않았어. 내가 잘못했지."

"네가 뭘 잘못했는데? 자세히 설명을 해 주지 않으면 나도 모르잖아."

그러나 마이코는 뭘 물어봐도 더 이상은 당신과 사귈 수 없다, 잘못한 사람은 나다, 오직 그런 말만 되풀이했다. 나는 걱정하다가 이윽고 화가 나서 벤치에서 벌떡 일어나 마이코를 내버려 두고 떠났다. 문득 뒤를 돌아보니 마이코는 고개를 숙이고 혼자 벤치에 앉아 있었다. 그 모습이 무척 고독해 보여서 나는 당장 뛰어 돌아가고 싶었지만, 결국 분노에 몸을 맡긴 채 그곳을 떠났다.

다음 날 나는 화해하려고 전화를 걸었는데 마이코의 마음은 변하지 않았다. 그리고 더 이상 만나지 말자고 했다. 이유를 물어봐도 그냥 자기가 잘못했다는 대답밖에 안 했다.

나는 '나 말고 좋아하는 사람이 생겼구나?' 하고 추궁했다. 내가 아무리 둔감해도 그 정도는 짐작할 수 있었다. 마이코는 입을 다물더니 "미안해."라는 말을 중얼거렸다. '상대가 누군데?' 하고 나는 말했다. 그러나 마이코는 사과만 하고 대답해 주지 않았다. 나는 수화기를 쾅 하고 거칠게 내려놨다.

이리하여 우리는 헤어졌다. 나는 법학부이고 마이코는 교육학부라서 캠퍼스에서 서로 마주칠 기회는 거의 없었다. 학생 식당이나 생협(생활협동조합) 매장에서 한두 번 그 사람의 모습을 본

적은 있지만, 그때마다 나는 욱신거리는 가슴의 아픔을 느끼면서 슬그머니 그곳을 떠났다…….

마이코가 상담하려고 하는 문제가 뭔지 궁금해서, 선풍기밖에 없는 더운 집 안에 더는 가만히 있을 수 없었다. 나는 자전거를 타고 대학교로 향했다.

오쿠무라 연구회의 연구실은 에어컨이 열심히 가동되고 있어서 시원했다. 아직 여름방학 기간이라 그곳에는 석사과정 2학년생인 고바야카와 씨밖에 없었다.

"오쿠무라 교수님은 안 계세요?" 하고 나는 물어봤다.

"아침 10시 전에 자료를 가지러 오셨다가 다시 집에 가셨어. 이번 달 7일에 학회 발표가 있는데, 준비가 전혀 안 돼서 오늘부터 집에 틀어박혀 죽어라 준비할 거라고 하셨어. 오쿠무라 교수님은 성실해 보이는데 실제로는 별로 그렇지도 않잖아? A형인데도 참 신기해."

"전에 연구회 감사 파티에서 교수님이 스스로 그 점을 언급하시면서 '혈액형 성격 진단이 엉터리라는 증거다.'라고 하셨잖아요."

"혈액형 성격 진단은 엄연한 과학이거든?"

고바야카와 씨는 입을 삐죽거렸다.

"아, 맞다. 교수님이 〈국제법학〉 90년 5월 호를 찾고 계시더라. 학회 발표에서 그것도 자료로 쓰고 싶은데, 여기서도 집에서도 못 찾으셨대."

"90년 5월 호요? 그건 제가 빌려 갔을지도 몰라요. 집에 가면 한번 찾아볼게요."

"혹시 그거 가지고 있는 사람이 있으면, 미안하지만 자기 집까지 직접 가져다주면 좋겠다고 교수님이 그러셨어."

"알았어요."

고바야카와 씨는 책상 위에 책과 노트를 펼쳐 놓고 있었지만 공부할 마음은 사라졌는지 나를 붙잡고 잡담을 하기 시작했다. 나도 5시까지 초조한 기다림의 시간을 이렇게 보내는 것은 환영이었다.

2시 30분경부터 3시 30분경까지 그런 식으로 연구실에서 잡담을 하면서 보냈는데, 이윽고 고바야카와 씨가 "아, 나 공부해야겠다." 하고 책상 앞에 제대로 앉았으므로 나는 연구실을 떠났다.

오쿠무라 교수님이 찾고 있는 자료가 우리 집에 있는지 확인하려고 공동주택으로 돌아갔다. 〈국제법학〉 90년 5월 호를 찾았기에, 나는 그 잡지를 가방에 집어넣고 오와다마치에 있는 교수님의 아파트, '메종 로렐'로 향했다. 이 아파트 603호가 교수님의 집이었다.

교수님은 서재 책상 위에 자료와 노트를 펼쳐 놓고 한창 학회 발표를 준비하는 중이었다. 내가 잡지를 드리자 "덕분에 살았어." 하고 기뻐하더니 커피를 내 주셨다.

나는 커피를 마시면서도 5시에 마이코와 만나기로 한 약속을 생각하자 마음이 초조해져서 몇 번이나 손목시계를 봤다. 교수님이 그걸 눈치챘는지 "무슨 약속이라도 있어?" 하고 물어봤다.

"죄송합니다. 저, 실은 5시에 친구랑 만날 약속이 있어서⋯⋯."

교수님은 히죽 웃었다.

"가라, 너는 그 사람 때문에 늦고, 그 사람 때문에 모든 것보다 먼저 서두른다⋯⋯."

"네?"

"시의 한 구절이야. 그 친구란 사람은 여자가 아닌가?"

나는 수줍게 웃으며 고개를 끄덕였다.

"그러고 보니 한 일 년 전에 대학교 근처의 카페에서 자네가 여자애랑 같이 있을 때 딱 마주쳐서, 소개를 받고 인사한 적이 있었지. 혹시 그 여자애인가?"

"네."

교수님은 기억을 더듬는 것처럼 눈을 감고 말했다.

"분명히 특이한 이름이었는데. 고레에다 씨라고 했었나?"

"잘 기억하고 계시네요. '고레에다 마이코'라고 하는데, 우리 대학교 교육학부 3학년생입니다."

"그렇군. 그럼 커피 마시고 어서 가 봐."

나는 또다시 수줍게 웃은 뒤 커피를 다 마시고, "실례하겠습니다."라는 말을 남기고 교수님의 집에서 나왔다.

나카노카미초에 있는 마이코의 아파트까지 나는 자전거를 타고 갔다. 하늘은 끝없이 푸르고 맑았고, 강렬한 햇빛 때문에 온몸에서 미친 듯이 땀이 났다. 손목시계를 보니 오후 5시 전이었다. 상담하고 싶은 문제가 뭘까. 나는 그걸 궁금해하면서 소년처럼 내 가슴이 두근거리는 것을 느꼈다.

'하이츠 나가이'는 5층짜리 아파트였다. 가까이 다가가 보니 아파트 앞에 사람들이 모여 있었고, 제복 차림의 경찰관이 서 있었다. 의아하게 생각한 나는 자전거를 세워 놓고 경찰관에게 물어봤다.

"무슨 일 있습니까?"

"어, 4층에 사는 사람이 자기 집에서 뒷마당으로 떨어졌어."

4층에 사는 사람? 나는 불길한 예감을 느꼈다.

"이름이 뭔데요?"

"고레에다 마이코라고 하는 것 같던데."

나도 모르게 경찰관을 밀치고 현관으로 뛰어 들어갔다. 등 뒤의 고함 소리를 들으면서 복도를 뛰어갔다. 뒷문을 열고 뒷마당으로 뛰쳐나갔다.

50평쯤 되는 넓이의 뒷마당. 군데군데 화단이 만들어져 있었고 해바라기가 활짝 피어 있었다. 그리고 아파트 건물에서 대략 1미터 떨어진 지면에 하얀 물체가 쓰러져 있었다.

마이코였다. 마이코가 똑바로 눕듯이 쓰러져 있었다. 하얀 원피스를 입고 발에는 샌들을 신고 있었다.

그쪽으로 뛰어가려다가 그곳에 있던 형사들에게 제압당했다. 오른팔이 뒤로 확 꺾이자 엄청난 아픔이 느껴졌다.

"뭐야, 넌 누구야!"

얼굴이 긴 사십 대 말상 형사가 소리쳤다.

"마이코, 고레에다 마이코의 지인입니다. 오후 5시에 만나기로 약속했었어요."

"……피해자의 지인이라고?"

뒤로 꺾였던 오른팔이 자유로워지고, 나를 붙잡아 누르던 손의 힘이 약해졌다.

"이름이 뭔데?"

"다카미 교이치입니다."

나는 말상 형사에게 오후 2시의 전화에 관해 이야기했다.

"상담하고 싶은 거라고? 무슨 일로 상담하고 싶은지, 그건 말했어?"

"자세한 내용은 아무것도 말해 주지 않았습니다. 그보다 마이코가 어떻게 된 건지 가르쳐 주세요. 대체 무슨 일이 있었던 겁니까?"

"자기 집 베란다에서 떠밀려 추락했어. 오후 4시 30분 정도에 이 아파트의 관리인이 평소 일과대로 뒷마당 화단에 물을 주러 갔다가 시체를 발견하고 경찰에 신고했다."

그리고 형사는 나를 똑바로 응시했다.

"그런데 댁이 피해자의 지인이라고? 혹시 애인인가? '마이코'라고 친근하게 부르던데."

"⋯⋯옛 애인입니다. 반년 전에 헤어졌어요."

"옛 애인이라고? 피해자는 옛 애인에게 상담을 요청했다는 건가."

형사는 노골적으로 의심하는 표정을 지었다.

"오늘 오후 3시경에는 어디서 뭐 하고 있었나?"

나는 머리가 확 뜨거워지는 것을 느꼈다.

"⋯⋯오후 3시경이라니, 그게 뭡니까. 설마 마이코가 떠밀려 추락했던 시각입니까?"

"그래. 검시관이 판단한 피해자의 사망 추정 시각이다."

"내가 그런 짓을 했다고 의심하는 거예요?"

"형식적인 질문을 하는 것뿐이야."

"오후 3시경에는 대학 연구실에 있었습니다. 아마 대학원생 선배님이 증인이 되어 주실 겁니다."

"연구실에는 언제부터 언제까지 있었는데?"

"2시 30분경부터 3시 30분경까지 한 시간쯤 있었습니다."

"의심하는 것은 아니지만, 혹시 모르니까 한번 조사를 해 봐야겠어. 그게 어느 대학의 어떤 연구실인가?"

"메이오 대학교 법학부의 국제법 연구실입니다. 오쿠무라 준이치로 교수님이 지도 교수님이십니다."

말상 형사는 그곳을 떠났고, 나는 그대로 무더운 뒷마당 한구석에서 대기하게 되었다.

구름 한 점 없이 푸르고 맑은 하늘에는 황혼의 빛이 어렴풋이 스며들고 있었다. 이따금 바람이 불어 화단의 해바라기를 흔들었다. 그 너머에는 감식반 직원들이 뒷마당 곳곳의 사진을 찍는 모습과 형사들이 바쁘게 들락날락하는 모습이 보였다.

마이코의 시신은 이미 확인이 끝났는지, 잠시 후 들것에 실려 밖으로 운반되었다. 나는 넋 놓고 그 광경을 바라보고 있었다.

믿을 수 없었다. 겨우 세 시간 전에 나는 마이코의 그리운 목소리를 들었다. 그 목소리는 지금도 귀에 남아 있었다. 그러나 그 사람은 이제 두 번 다시 말을 하지 않는다. 맑고 다정한 그 목소리를 들을 기회는 영원히 없을 것이다.

"자네의 증언이 사실이란 것을 확인했다."

약 삼십 분 후에 나타난 말상 형사가 말했다.

"정말로 자네는 2시 30분경부터 3시 30분경까지 연구실에 있었군. 고바야카와라는 대학원생이 증언해 줬어."

"범인은 누굽니까?"

"아직 몰라. 아파트 안에서 탐문 수사를 하고 있는데, 목격 정보는 얻지 못했다. 이 아파트 사람들은 죄다 학생이거나 독신 직장인이라서, 가정이 있는 사람이 없다 보니 지금 이 시간대에는 대부분의 집이 비어 있어. 게다가 맞은편 아파트는 리모델링 중이라 양생 시트*로 전체를 덮어 놨기 때문에, 그쪽에서도 목격 정보는 얻을 수 없을 거야."

나는 뒷마당을 살펴봤다. '하이츠 나가이' 건물과 그 맞은편에 있는 아파트 건물 사이, 양옆에 2층짜리 가정집 두 채가 둘러싼 직사각형 공간이었다. '하이츠 나가이' 건물과 접해 있는 한쪽 면 이외의 세 면은 높은 콘크리트 담으로 둘러싸여 있었다. 이래서야 확실히 목격 정보는 얻기 어려울 것이다.

"현장에 범인의 지문은 남아 있었나요?"

"아쉽지만 없었어. 범인은 현관문 손잡이를 깨끗이 닦아서 자기 지문을 지웠어. 그리고 피해자의 집 테이블에는 보리차가 담긴 컵이 하나 있었고, 부엌의 식기 건조대에는 씻은 컵이 하나 놓여 있었다. 이게 무슨 뜻인지 알겠나?"

"마이코가 범인을 집 안에 들이고 자신과 상대가 마실 보리차를 준비했는데, 범인은 범행 후 자신의 컵에 지문이 남아 있을까 봐 부엌에서 컵을 씻어 지문을 지워 버렸다는 겁니까?"

"그래. 범인은 대낮에 베란다에서 피해자를 밀어 떨어뜨릴 정도로 대담하면서도 또 한편으로는 용의주도하기도 해."

"마이코는 죽기 전에 괴로운 일을 겪었나요?"

● 콘크리트가 충분히 굳을 때까지 보호해 주는 덮개

폭행을 당한 흔적은 없느냐고 넌지시 물어본 것이었다.

"피해자의 옷과 몸에는, 범인과 싸운 흔적은 남아 있지 않았어. 아마도 범인은 베란다에 나란히 섰을 때 빈틈을 노려서 피해자를 밀어 떨어뜨렸을 거야."

'앞으로 뭔가 더 물어볼 것이 있을지도 모른다.'라고 하면서 말상 형사는 내 주소와 전화번호와 학번을 메모한 후, 나를 보내줬다.

현재 시곗바늘은 8시 5분을 가리키고 있다. 주위는 밤의 정적에 감싸여 있어서 희미하게 선풍기 돌아가는 소리만 났다.

마이코의 아파트에서 돌아오는 길에 나는 문구점에 들러 이 캠퍼스 노트를 샀다. 그리고 오늘 있었던 일을 기록하기 시작했다.

이 노트에 기록하는 것은 마이코를 죽인 범인을 찾아내기 위해서이다. 노트에 기록함으로써 사건을 냉정하게 돌아보고, 거기서 단서를 찾아내기 위해서이다.

경찰은 믿을 수 없다. 그 말상 형사는 내가 마이코와 반년 전에 헤어졌다고 말하자마자, 마이코가 나에게 상담을 요청했다는 것은 거짓말이라고 단정 짓는 듯한 표정을 지었고, 더 나아가 내가 범인일지도 모른다고 의심하기도 했다. 그런 경찰한테 의지할 수는 없다.

법학부 학생으로서 논리적으로 생각하는 훈련은 쭉 해 왔다.

지금이야말로 그것을 활용할 때이다.

마이코는 나에게 무엇을 상담하려고 했던 걸까. 마이코의 상담 내용은 아마도 마이코가 살해된 것과 관계가 있을 것이다.

내가 반드시 마이코를 죽인 범인을 찾아내겠다.

9월 2일

아침 9시가 지나서 마이코의 어머니인 후미코 아주머니한테서 전화가 왔다.

'오랜만이네.' 하고 후미코 아주머니가 말했다. 억지로 밝은 목소리로 말하려는 것 같았다.

"자네도 알 테지만, 어제 마이코가 세상을 떠났어."

'네.' 하고 나는 대답했다.

"우리 딸이 뭔가 상담하고 싶은 것이 있어서 자네에게 전화해서 만나고 싶다고 했다던데. 그래서 자네는 우리 딸이 사는 아파트로 갔다가 사건을 알게 되었다고……. 형사님이 가르쳐 주셨어."

"그랬군요……."

"경찰이 뭔가 실례되는 질문도 한 것 같던데, 미안해."

"아뇨, 전 신경 쓰지 않아요."

"오늘 오후에 우리 딸이 병원에서 돌아올 거야. 오늘 밤에는 우리 집에서 밤샘을 하고, 내일 오후 2시부터 장례식장에서 장례식을 하기로 했어. 이런 부탁을 하면 뻔뻔한 걸지도 모르지만,

혹시 괜찮다면 자네도 와 주지 않을래?"

반년 전 마이코와 헤어지기 전까지, 나는 몇 번인가 시미즈시에 있는 마이코의 고향 집에 놀러 간 적이 있었다. 어머니인 후미코 아주머니는 명랑하고 다정한 분이셔서 언제나 나를 환대해 주셨다. 중학생 시절에 교통사고로 부모님을 여의고 먼 친척에게 맡겨져 짐짝 취급을 당하며 자랐던 나에게는, 마이코의 고향집이 진짜 우리 집처럼 느껴졌었다.

마이코와 헤어져서 괴로웠던 점은 마이코를 만나지 못하게 된 것뿐만 아니라, 두 번 다시 마이코의 고향 집에 가서 후미코 아주머니의 환대를 받지 못하게 된 것 또한 있었을지도 모른다.

감사합니다. 꼭 가겠습니다. 나는 그렇게 대답했다.

그 후 나는 집에서 한 발짝도 나가지 않고 오로지 계속 생각만 했다. 9월이 되었어도 햇살은 조금도 약해지지 않았고 선풍기밖에 없는 실내는 몹시 더웠는데, 생각에 몰두한 나는 그런 것에 전혀 신경 쓰지 않았다.

마이코의 몸에는 범인과 싸운 흔적은 없었다고 한다. 그러니까 범인은 허를 찔러 마이코를 확 밀어 떨어뜨렸을 것이다.

이를테면 범인은 베란다에 나와 뒷마당을 내려다보다가 뭔가 발견한 척하면서 '이리 와서 저것 좀 봐.' 하고 마이코를 불렀을 것이다. 마이코도 베란다로 나와 난간에 기대어 밑을 내려다본다. 그때 범인은 재빨리 쪼그려 앉아 마이코의 두 다리를 껴안고 일어난다. 그러면 밑을 내려다보느라 이미 몸을 앞으로 기울이고 있던 마이코는 완전히 균형을 잃고 낙하할 것이다⋯⋯.

그렇다면 범인은 남자였을까, 여자였을까. 체력적으로는 남자의 범행 같아 보이기도 하는데, 그렇다고 여자가 범인일 가능성을 제외하는 것은 위험하다. 논리적으로 생각할 필요가 있다.

내가 사귀었을 무렵에 마이코의 집 베란다에는 마이코의 발 크기에 맞는 여성용 샌들밖에 없었다. 지금도 그렇다고 가정해보자. 만약에 범인이 여자라면 그 샌들을 신고 있었을 테니까, 마이코를 베란다로 불렀을 때 마이코는 신을 것이 없었을 것이다. 고로 마이코는 베란다로 나올 때 일부러 현관에 가서 자기 신발을 가지고 와야 했을 것이다. 그렇다면 마이코가 낙하했을 때에는 신발을 신고 있었을 테고.

그러나 실제로 떨어진 마이코는 샌들을 신고 있었다. 다시 말해 마이코를 베란다로 불렀을 때 범인은 샌들 이외의 뭔가를 신고 있었다는 뜻이다. 샌들 이외의 뭔가. 그것은 현관에 놔뒀던 자기 신발일 것이다. 그리고 처음부터 샌들이 아니라 자기 신발을 신고 베란다로 나왔다는 것은, 범인은 애초에 마이코의 샌들을 신지 못할 정도로 발이 크다는 뜻, 즉 남자라는 뜻이다.

물론 범인이 여자여도 처음부터 베란다로 나갈 때 샌들이 아니라 현관에 있는 자기 신발을 신고 나갔을 가능성도 있다. 그러나 이 경우에는 베란다에 샌들이 있는데 왜 일부러 현관에 가서 신발을 가져오는 걸까? 하고 마이코에게 의심받을 위험이 있었다. 범인이 그렇게 의심받을 만한 행동을 할 것 같지는 않았다. 그렇다면 역시 범인은 남자였다고 생각해도 될 것이다.

범인은 남자……. 그런 가능성이 내 마음을 요동치게 했다. 그 남자는 마이코가 자기 집에 들이고 베란다까지 보여 줄 정도로 친한 상대였던 것이다. 남자 친구, 어쩌면 애인이었을지도 모른다.

지금은 오후 10시가 넘었다. 좀 전까지 마이코의 죽음을 애도하는 밤샘을 하다가 이제 막 돌아왔다. 시즈오카역 앞에 있는 비즈니스호텔의 한 객실에서 이 일기를 쓰고 있다.

마이코가 살해된 이유를 알았다. 그 이유가 나에게는 너무나 충격적이었다.

내가 마이코의 고향 집에 도착한 것은 오후 7시 이후였다. 마이코를 따라 이 집에 왔을 때가 생각났다. 그때 마이코의 웃는 얼굴과 경쾌한 발걸음. 겨우 반년 전 일인데도 아주 먼 옛날 일처럼 느껴졌다.

현관의 초인종을 누르자 문이 열리더니 상복을 입은 후미코 아주머니가 얼굴을 내밀었다. 마이코와 많이 닮은 얼굴, 마이코보다는 조금 작은 몸집. 나를 보더니 그 야윈 얼굴에 억지로 미소를 띠었다.

"······와 줘서 고마워. 자, 들어와."

관은 1층 거실에 안치되어 있었다. 관 옆에는 양복을 입은 오십 대 남자가 맥없이 앉아 있었다. 처음 보는 남자였다.

"······마이코의 부친이야."

후미코 아주머니가 살짝 말해 줬다.

부친에 관한 이야기는 마이코에게 조금 들은 적이 있었다. 직장의 사무원과 바람이 나서, 마이코가 고등학생일 때 집을 나가 그 불륜 상대와 동거하고 있다고 했다. 팔 개월 전에 후미코 아주머니는 결국 남편과 이혼했고, 그 전까지 '하라다'였던 마이코의 성은 어머니의 성인 '고레에다'로 바뀌었다.

부친은 나를 보고 고개를 깊이 숙이더니 "하라다 히로아키입니다."라고 말했다. 나도 허둥지둥 고개를 숙이고 내 이름을 밝혔다.

후미코 아주머니가 머뭇머뭇 입을 열었다.

"이건 자네한테 괴로운 이야기일 테지만, 그래도 모든 것을 알아 두는 편이 좋을 것 같으니까 말해 줄게. 형사님한테 들은 이야기인데, 사법해부 결과, 마이코는 임신 삼 개월이었다는 사실을 알게 되었어. 배 속의 아이는 사내아이였대."

"임신 삼 개월······."

예리한 칼에 심장이 베인 듯한 기분이었다. 반년 전에 마이코와 헤어졌을 때부터 나는 마이코가 다른 남자를 좋아하게 됐다는 사실을 눈치챘지만, 그것이 임신이라는 형태로 증명되는 것은 고통스러웠다.

"형사님은 마이코가 살해된 이유가 그게 아닐까 하고 말씀하셨어. 범인은 마이코의 배 속 아이 아버지인데, 마이코가 임신한 것 때문에 입장이 난처해져서 마이코를 죽인 게 아닐까 하는 거야."

나는 베란다의 샌들을 가지고 추리하여 '범인은 마이코와 친한 남자다.'라고 결론을 내렸는데, 이 추리는 정답이었나 보다.

"……마이코 씨의 새 애인이 누구인지는 아시나요?"

"안 그래도 형사님이 딸의 연애 상대에 관해 물어보셨는데, 나도 하라다도 아는 것이 없었어. 마이코는 아무것도 가르쳐 주지 않았거든. 자네와 사귀었을 때에는 자주 전화를 걸어서 즐겁게 자네에 관해 이것저것 알려 줬는데……. 형사님은 마이코의 친구에게도 물어본 것 같은데, 마이코는 친구에게도 이야기를 하지 않았대."

"마이코 씨는 어째서 어머님이나 친구한테도 이야기를 하지 않았던 걸까요?"

후미코 아주머니는 서글프게 고개를 흔들었다.

"모르겠어. 자네 이야기는 자주 해 줬던 마이코가, 어째서 새로 사귀는 상대에 관해서는 이야기해 주지 않았는지……."

"실례지만 마이코 씨 배 속에 있었던 아이의 혈액형은……."

"AB형이었대."

마이코는 B형이었으니까 배 속의 아이의 아버지는 A형 또는 AB형일 것이다. 나는 O형이다. 혈액형조차도 '너는 마이코와 맺어질 수 없다.'라고 나를 부정하는 듯한 느낌이 들었다.

후미코 아주머니가 불쑥 중얼거렸다.

"그런데 마이코가 자네와 상담하고 싶어 했던 일은 대체 뭐였을까……."

"혹시 배 속의 아이에 관한 상담이 아니었을까요."

"그건 아닐 거야. 배 속의 아이에 관해 상담하고 싶었다면, 어머니인 나에게 맨 먼저 상담을 요청했을 테니까."

"그건 그렇죠……."

문득 아주 나쁜 상상을 했다. 마이코는 배 속의 아이의 존재를 나에게 밝히고, 친아버지가 아니란 사실을 알면서도 자식으로서 인지해 달라고 부탁하려고 했던 게 아닐까…….

그런 상상을 하고 나서 자신의 천박함에 혐오감을 느꼈다. 마이코는 절대로 그런 짓을 하는 여자가 아니다. 마이코와 사귄 기간은 짧았을지 모르지만, 성실한 성격이란 것을 알기에는 충분한 기간이었다. 내가 한순간이라도 이런 상상을 한 것을 안다면 후미코 아주머니는 나한테 실망할 것이다.

그럼 마이코가 나와 상담하고 싶어 했던 일은 무엇일까. "이런 문제로 상담할 수 있는 상대는 당신밖에 없어요."라고 마이코는 말했었다. 오직 나하고만 상담할 수 있는 문제라니, 그게 도대체 뭘까?

　비즈니스호텔 객실에서 나는 오로지 생각에만 골몰했다.

　마이코의 새 애인은 누구였을까. 마이코가 나보다 더 좋아하게 된 사람은 어떤 남자였을까.

　그런 생각을 하는 것은 제 살을 깎아 내는 것처럼 괴로운 일이었다. 그러나 마이코를 죽인 범인을 밝혀내려면 반드시 이런 생각을 해야만 했다.

　우선은 혈액형.

　마이코의 배 속에 있었던 아이의 혈액형과 마이코의 혈액형을 보면, 새 애인의 혈액형은 A형이거나 AB형이란 것을 알 수 있다. 이것이 새 애인의 첫째 조건이다.

　다음은 연령.

　마이코는 자주 나에게 "당신은 어른스러워서 좋아."라고 말했다. 실제로 나는 다른 학생들에 비하면 어른스러울지도 모른다. 대부분의 동급생보다 나이가 서너 살쯤 더 많으니까. 부모님이 돌아가신 뒤 먼 친척에게 맡겨진 나는 고등학교를 졸업하자마자 그 집에서 뛰쳐나왔다. 그리고 철공소에서 사 년 동안 먹고, 자고, 일하면서 학비를 모아 대학에 들어갔다. 나이가 많을 뿐만 아니라 사회인으로서의 경험이 있는 것도, 내가 다른 학생들에 비해 어른스러워 보이는 이유일 것이다.

그런데 헤어지기 직전에는 마이코가 종종 "당신은 어린애 같아."라는 말을 하곤 했다. 어쩌면 마이코는 새로 좋아하게 된 남자와 나를 비교했던 게 아닐까. 그 남자는 다른 학생들에 비해 어른스러운 나를 어린애처럼 보이게 만들 정도로 성숙한 어른이었던 것이다. 당연히 학생은 아닐 테고, 나이도 마이코보다 훨씬 많을 것이다. 이것이 둘째 조건이다.

게다가 또 하나의 조건을 도출하는 것도 가능하다. 어머니인 후미코 아주머니의 설명에 의하면, 마이코는 어머니나 친구에게도 새 애인에 관한 이야기는 하지 않았다고 한다. 계속 비밀로 했던 것이다. 내 이야기는 어머니와 친구한테 다 했으면서, 새 애인 이야기는 어째서 하지 않았던 걸까. 그것은 새 애인이 떳떳하지 못한 연애 상대였기 때문이 아닐까.

떳떳하지 못한 연애 상대. 이것이 셋째 조건이다.

그럼 떳떳하지 못한 연애 상대는 구체적으로 어떤 인물일까. 당장 떠오르는 것은 아내가 있는 남자였다. 나이가 마이코보다 훨씬 많다는 둘째 조건도 충족시킨다. 마이코는 불륜을 하고 있었던 게 아닐까.

그러나 마이코는 불륜에 대해 비판적이었다. 아버지의 불륜 때문에 어머니가 몹시 괴로워하는 모습을 몇 년이나 지켜봐 왔기 때문이다. 그런 마이코가 불륜을 했다고는 생각하기 어려웠다.

아니면 혹시 마이코의 새 애인은 조폭 같은 사람이 아니었을까? 그 정도면 떳떳하지 못한 연애 상대일 테고, 친구들이 무서워할까 봐 그들에게 이야기하지 않았던 것도 이해가 간다.

아니, 이것은 어리석은 상상이다. 마이코는 조폭은 물론이고 폭력적인 것 자체를 싫어했다. 그 사람은 지적이고 평화로운 것을 좋아했다.

모르겠다. 떳떳하지 못한 연애 상대는 도대체 어떤 인물일까?

9월 3일

마이코의 장례식은 오후 2시부터 시미즈시에 있는 공영 장례식장에서 진행됐다.

내가 장례식장에 들어간 것은 1시 40분 정도였다. 그 안에는 검은색과 흰색으로 된 장례식용 막이 걸려 있었고, 접의자가 줄줄이 배치되어 있었다. 그 의자는 이미 절반 가까이 채워져 있었다.

서른 명쯤 되는 젊은 남녀는 마이코의 친구이거나 같은 연구회 사람일 것이다. 여자들은 대부분 울어서 눈이 발갛게 부어 있었다. 그들과 간간이 이야기를 나누고 있는 나이 든 남녀는 연구회의 지도 교수이거나 초등학교, 중학교, 고등학교 시절의 담임일지도 모른다.

아무리 봐도 마이코랑은 상관없어 보이는 눈매가 날카로운 중년 남자 세 명도 검은색 양복을 입고 참석했다. 그중 한 명은 저번에 본 그 말상 형사였다. 피해자의 장례식에 범인이 오는 경우가 있으므로 형사는 장례식에 꼭 참석한다는 이야기를 들어 본 적이 있었다. 세 사람은 눈에 띄지 않게 조문객들을 관찰하고 있었다.

친족 자리에는 후미코 아주머니와 하라다 히로아키 씨가 나란히 앉아 있었다. 어깨를 축 늘어뜨리고 등을 둥글게 굽히고 있는 그 모습은 무척 나이 들어 보였다.

정면에 있는 제단에는 관이 안치되어 있었고, 마이코의 영정 사진이 놓여 있었다. 해맑게 웃는 얼굴로 이쪽을 보고 있었다. 자신의 인생이 어느 날 갑자기 끝나 버릴 거라는 생각 따위는 하지도 않는 것처럼 행복하게 웃는 얼굴이었다. 가슴이 콱 막히는 기분이 들었다.

그 웃는 얼굴을 보니까 마이코와 처음 만났던 날이 뇌리에 떠올랐다.

이 년 전 5월 19일 오후, JR 하치오지역의 주오선 상행 열차 플랫폼에서 있었던 일이다. 나는 열차를 기다리는 줄의 맨 앞에 서 있었다.

그 무렵에 나는 울증에 걸려 있었다. 부모님을 여의고 대학에 들어갈 때까지 나는 언제나 불안과 긴장에 시달렸었다. 나를 맡아 준 친척 앞에서는 언제나 속마음을 숨겨야만 했다. 공장 직원이었을 때는 하루 종일 기진맥진할 정도로 일하고 나서 혼자 한밤중까지 입시 공부를 했었다. 힘들었지만 그래도 생활비와 학비를 벌기 위해서 철공소를 그만둘 수 없었다. 내가 과연 원하는 대로 대학에 들어가 연구자가 될 수 있을까, 평생 이대로 사는 건 아닐까, 날마다 불안에 짓눌려 쓰러질 것 같았다. 그 후폭풍이 대학에 입학하자 뒤늦게 나타난 것이다.

마음이 납덩이같이 무거워지고 눈앞의 풍경이 회색으로 뒤덮이는 느낌이었다. 세계의 모든 것이 무의미하게 느껴졌다. 자신이 지금까지 무엇을 위해 노력해 왔는지, 그것조차도 알 수 없게 되었다.

상담할 수 있는 상대는 없었다. 열심히 동아리 활동을 하는 학교 친구들 사이에서 생활비를 벌기 위해 날마다 죽어라 아르바이트를 하는 나는 완전히 이질적인 존재였다.

그날은 아르바이트를 쉬는 날이었다. 나는 비좁은 내 방에 염증을 느끼고 공동주택에서 나왔다. 바다가 보고 싶어서 도쿄만의 부두에나 가 볼까 했던 것이다.

열차가 플랫폼 한쪽 끝에 나타났을 때, 불현듯 선로에 뛰어들고 싶은 충동이 솟구쳤다. 그러면 모든 것을 끝낼 수 있을 것이다. 납덩이같이 무거운 마음을 주체하지 못해 괴로워할 필요도 없고, 의미가 없는 세계에 고통받을 필요도 없다. 나는 발을 내디디려고 했다.

그때였다. 누군가가 내 어깨를 조심스럽게 두드렸다.

깜짝 놀라 돌아봤더니, 몸집이 작은 젊은 여성이 수줍게 웃으면서 서 있었다.

"죄송해요. 옷깃이 세워져 있는데 모르시는 것 같아서……."

내가 입고 있는 반팔 셔츠의 옷깃을 만져 봤더니 정말로 옷깃이 세워져 있었다. 마음이 우울해서 옷깃을 제대로 접는 것조차 깜빡했나 보다.

'감사합니다.' 하고 나는 조그맣게 인사를 했다. 등 뒤에서 열차가 플랫폼으로 미끄러져 들어오는 소리가 들렸다. 한순간의 충동은 사라졌고, 나는 내가 하려고 했던 짓을 떠올리자 몸이 떨렸다.

그리고 눈앞에 있는 여성을 새삼스레 바라봤다. 짧은 쇼트커트 머리, 하얗고 청초한 얼굴, 아기 사슴 같은 눈동자. 흰색 블라우스와 파란색 체크무늬 플리츠스커트를 입고 핸드백을 손에 들고 있었다. 이 여성이 내 어깨를 두드려 주지 않았다면 나는 선로에 뛰어들어 치여 죽었을 것이다. 이 여성이 내 목숨을 구해 준 것이다. 그때 그 사람은 살풍경한 플랫폼 위에서 스포트라이트를 받는 것처럼 밝게 빛나 보였다.

열차 문이 열리자 나와 그 사람은 차 안으로 들어갔다. 붙어 있는 의자 두 개가 비어 있어서 우리는 그곳에 나란히 앉았다.

"저, 입학식에서 신입생 대표로 인사하셨던 분이죠?"

그 사람이 그렇게 말을 걸었으므로 나는 깜짝 놀랐다.

"아, 네, 그런데요……."

입학식에서 신입생 대표가 됐던 내가 그 후 울증에 걸리다니. 웃기는 이야기였다.

"실은 저도 메이오 대학교 1학년생이거든요. 교육학부. 하라다 마이코라고 해요."

"저는 법학부의 다카미 교이치라고 합니다."

"신입생 대표라니, 굉장하시네요. 입학시험 성적이 무척 좋으셨나 봐요."

"그건 아니에요. 그냥 신입생들 중에서 제일 나이가 많아서 선택된 거겠죠."

그 사람은 쿡쿡 웃다가 "아, 죄송해요." 하고 얼굴을 붉혔다.

"아뇨, 괜찮습니다. 정말로 나이가 많거든요. 아마 다른 사람들보다 서너 살은 더 많을 거예요."

철공소에서 사 년 동안 일했다는 이야기를 하자, 그 사람은 놀라서 눈을 동그랗게 떴다.

어느덧 나는 그 사람과 이야기하는 것이 즐거웠다. 납덩이같이 무거웠던 마음이 점점 풀리고, 온통 회색이었던 광경이 환하게 밝아지는 기분이 들었다. 그 사람이 자기도 모르는 사이에 내 목숨을 구해 준 순간, 나는 그 사람에게 반해 버렸던 것이다.

"오늘은 어디 가시는 거예요?" 하고 나는 물어봤다.

"우에노의 서양미술관에 가요. 저는 미술관을 구경하는 것이 취미라서. 도쿄의 대학에 입학한 것도 반쯤은 그런 목적 때문이

기도 했어요."

"미술관에는 혼자 가는 거예요?"

"네. 같이 가기로 했던 친구가 갑자기 볼일이 생겨서……."

그때 나는 아주 대담한 제안을 해 봤다.

"저, 혹시 괜찮으시다면 같이 가도 될까요?"

조금이라도 더 오랫동안 그 사람과 같이 있고 싶은 마음밖에 없었다. 그 말을 하고 나서 '아차, 이러면 상대가 싫어할지도 모르는데.' 하고 후회했다. 그 사람의 얼굴에서 웃음기가 사라지는 것을 두려운 마음으로 기다렸다.

그러나 그 얼굴에서 웃음기는 사라지지 않았다.

"그런데 다카미 씨. 당신도 볼일이 있는 거 아니었어요?"

"볼일은 없어요. 그냥 심심해서 전철을 타러 온 거예요."

"아, 그럼 같이 갈까요?"

그 사람은 스스럼없이 그렇게 말했다.

그날 오후에 나는 그 사람과 함께 서양미술관에서 시간을 보냈다. 관람을 마치고 카페에 들어가 홍차와 케이크를 먹으면서 전시품에 관한 감상을 이야기했다. 하치오지역으로 돌아와 서로 전화번호를 가르쳐 주고, 내가 다음에 아르바이트를 쉬는 날에 우리끼리 또 미술관을 순회하자고 약속한 뒤 헤어졌다.

이렇게 나는 도움을 받아 목숨을 건졌고, 사랑하는 상대를 만났다. 더 이상 이 세계는 무의미하지 않았다.

그런데 나는 마이코를 도와주지 못했다. 마이코는 나를 도와 줬는데, 그 사람이 가장 힘들었을 때 나는 아무것도 해 주지 못 했던 것이다.

장례식이 끝나고 출관을 할 시간이 왔다.

"이것이 마지막 작별입니다."

그러더니 장례식장 직원이 관 뚜껑을 열었다. 조문객들은 한 명 한 명 제단에 장식되어 있던 꽃을 집어 관에 넣었다. 나도 백 합꽃을 손에 들고 관으로 다가갔다.

곱게 화장한 마이코는 꽃에 파묻혀 마치 잠든 것처럼 평온하 게 눈을 감고 있었다. 얼굴 옆에 백합꽃을 살며시 내려놓았다.

안녕, 마이코. 나는 속으로 중얼거렸다. 너를 만나 네 도움으 로 목숨을 건지고, 짧은 시간 동안이나마 연인이 될 수 있어서 나는 진심으로 행복했어.

모든 조문객들이 꽃을 다 넣자, 직원이 관 뚜껑을 닫고 못질을 했다. 후미코 아주머니가 양손으로 얼굴을 감쌌고 조문객들은 흐느껴 우는 소리를 냈다.

장례식장 출입구에는 이동용 손수레가 준비되어 있었다. 제단 에서 거기까지 관을 옮기는 사람은 누구일까. 멍하니 그런 생각 을 하고 있는데 후미코 아주머니가 나에게 손짓을 했다. 나는 그 쪽으로 다가갔다.

"교이치 씨, 관 옮기는 것을 부탁하고 싶어."

"……저 같은 놈이 해도 되겠습니까?"

"당연하지."

하라다 히로아키 씨, 후미코 아주머니의 남동생, 마이코의 연구회 교수님, 중학교 시절의 담임선생님, 장례식장 직원 그리고 나. 그렇게 여섯 명이 관을 들고 손수레 쪽으로 운반했다. 화장터가 병설되어 있는 장례식장이라서 그 관은 이 시설 안에서만 이동했다. 장례식장 직원이 손수레를 밀면서 화장터로 향했고, 그 뒤는 영정 사진을 든 히로아키 씨와 후미코 아주머니를 앞세운 조문객들이 줄줄이 따라갔다.

손수레가 화장터의 소각로 앞에 도착하자, 직원이 소각로 문을 열고 관을 안으로 넣었다. 문이 닫히는 소리가 무정하게 울려퍼졌다.

닫힌 소각로 문을 보면서 나는 자신이 앞으로 무엇을 해야 하는지 깨달았다.

처음 만났던 그날 마이코는 내 목숨을 구해 줬는데, 나는 마이코의 목숨을 구하지 못했다. 그렇다면 내가 할 수 있는 일은 오직 하나밖에 없다. 마이코를 죽인 범인을 죽이는 것이다.

범인을 밝혀내서 경찰에 신고해 봤자 범인은 겨우 몇 년 동안 교도소에 들어갈 뿐이다. 형기를 마치면 출소하여 또다시 자유를 누리게 될 것이다. 마이코는 영원히 목숨을 빼앗겨 버렸는데.

지독하게 불공평하다.

마이코가 목숨을 빼앗겼다면, 범인도 목숨을 빼앗겨야 한다.

내가 경찰에 의지하지 않고 범인을 찾아내기로 마음먹은 것은 실은 그런 목적 때문이었다. 사람을 죽인다는 생각이 너무나 무서워서 나는 그것을 무의식의 밑바닥에 묻어 놨었다. 그리고 경찰에 의지하지 않는 것은 '경찰이 못 미더워서.'라는 식으로 이유를 꾸며 냈었다.

하지만 그게 아니었다. 실은 범인을 죽이기 위해서였다.

범인을 죽이면 나는 경찰한테 쫓기게 될 것이다. 하지만 그렇게 돼도 상관없다.

나는 마이코를 지키지 못했다. 마이코가 나를 가장 필요로 했을 때, 범인으로부터 그 사람을 지켜 주지 못했다.

그런 내가 할 수 있는 일은 범인에게 복수하는 것밖에 없다.

마이코의 시신이 재로 변할 때까지 조문객들은 장례식장의 대기실에서 기다렸다.

히로아키 씨는 종종 후미코 아주머니에게 신경 써 주는 것처럼 다정하게 말을 걸었다. 아이러니하게도 마이코를 잃은 슬픔이 두 사람을 다시 하나로 연결해 주는 것 같았다. 처음부터 이랬으면 마이코의 성이 하라다에서 고레에다로 바뀔 일도 없었을 텐데…….

그렇게 생각했을 때였다. 문득 기묘한 점을 깨달았다.

그저께 오쿠무라 교수님에게 〈국제법학〉을 갖다 드렸을 때의 일이다. 5시에 마이코와 만나기로 약속한 것을 생각하면서 안절부절못하고 있는 나의 상태를 눈치챈 교수님은 내가 여자와 만난다는 것을 알게 되자, 일 년 전 대학교 근처의 카페에서 나와 마이코가 같이 있을 때 우연히 만났던 것을 떠올렸다. "분명히 특이한 이름이었는데. 고레에다 씨라고 했었나?"라고 말했었다.

하지만 오쿠무라 교수님이 마이코와 만났던 일 년 전에는 마이코의 부모님이 아직 이혼하지 않았으므로 마이코는 아버지의 성인 하라다를 쓰고 있었다. 그러니까 혹시 기억하더라도 오쿠무라 교수님은 마이코의 성을 '하라다'라고 기억할 것이다.

그런데 '고레에다'라고 말했다.

생각할 수 있는 가능성은 하나밖에 없었다. 오쿠무라 교수님은 팔 개월 전에 부모님이 이혼하는 바람에 '고레에다'라는 성을 쓰게 된 마이코를 만난 적이 있는 것이다.

그럼에도 불구하고 그런 티를 전혀 내지 않았다. 교수님은 일 년 전 카페에서 마이코를 우연히 만났던 그날 이후에도 또다시 마이코를 만났다는 사실을 숨기려고 했던 것이다.

그럼 왜 숨기려고 했을까?

나의 뇌리에 말도 안 되는 가능성이 떠올랐다.

마이코의 새 애인, 마이코의 배 속에 있는 아이의 아버지는 오쿠무라 교수님이 아닐까?

교수님은 마이코의 새 애인으로서의 조건 세 가지를 전부 만족시킨다. 나는 그 사실을 깨달았다.

첫째, 혈액형이 A형이다. 연구회 감사 파티에서 혈액형 성격 진단에 관한 이야기가 나왔을 때, 그는 그것이 순 엉터리라고 강하게 주장하면서 그 증거로 자신은 A형이지만 전혀 성실하지 않다고 말했었다. 마이코의 배 속에 있는 아이의 아버지는 A형 또는 AB형이니까 조건은 충족된다.

둘째, 그는 52세이니까 마이코보다 훨씬 나이가 많다. 지적이고, 온화하기도 했다. 마이코가 좋아하는 타입이다.

셋째, 떳떳하지 못한 연애 상대. 마이코는 독신 교수님, 그것도 다른 학부의 교수님과 사귀는 것은 전혀 문제없는 일이라고 생각했을지도 모르지만, 오쿠무라 교수님은 대학교 측이 이것을 문제로 삼을까 봐 두려워했을 것이다. 교수와 학생의 연애가 불상사를 초래한 사례는 과거에 얼마든지 있었기 때문에 대학교 측은 교수와 학생이 연애하는 것을 싫어한다. 마이코와 사귄다는 사실이 알려지면 교수님은 대학교 측의 엄중한 경고를 받을 것이다. 그래서 교수님은 '우리의 연애는 너희 어머니나 친구에게도 말하지 마.' 하고 마이코를 입막음했던 게 틀림없다.

게다가 교수님은 마이코가 내 애인이었다는 사실을 알고 있었다. 만약에 마이코의 새 애인이 교수님이란 이야기가 내 귀에 들어간다면, 연구회나 연구실에서 나와 만나는 것이 몹시 불편해질 것이다. 그런 사태를 피하기 위해서라도 교수님은 마이코에게 자기들의 연애는 비밀로 하라고 입단속을 시켰을 것이다. 마이코가 새 애인에 관한 이야기를 어머니나 친구에게 하지 않았던 이유가 바로 그것이었다.

더 나아가 마이코가 나와 상담하고 싶어 했던 문제가 무엇이었는지 이제는 알 것 같았다.

마이코는 역시 자신의 임신에 관해 나랑 상담하고 싶었던 것이리라. 배 속에 있는 아이의 아버지가 오쿠무라 교수님이었다면, 마이코가 나에게 전화해서 "이런 문제로 상담할 수 있는 상대는 당신밖에 없어요."라고 말한 이유도 이해가 갔다. 나는 오쿠무라 교수님의 연구회에 소속된 사람이니까 교수님을 잘 아는 입장일 거라고 마이코는 생각한 것이리라. 솔직히 말해 교수님은 여학생들에게 인기가 있었다. 그러니까 교수님이 전에도 자기와 같은 여학생과 사귄 적이 있는지, 있다면 그 여학생과는 어떤 식으로 헤어졌는지, 그중에 임신한 학생은 없었는지, 그런 것을 물어보고 싶었던 것이 틀림없다.

물론 나는 그런 것은 모른다. 그러나 마이코는 교수님의 아이를 임신해서 어쩔 줄 모르다가, 지푸라기라도 잡는 심정으로 나에게 전화한 것이리라.

헤어진 애인인 나에게 그런 질문을 한다는 것은 큰 용기가 필요한 일이었을 것이다. 마이코는 그 정도로 궁지에 몰렸던 걸까. 그렇게 생각하니 너무 불쌍했다.

아무튼 마이코가 나와 상담하고 싶어 했던 것도 오쿠무라 교수님이 마이코의 새 애인이었다는 가설을 뒷받침하는 증거였다.

나는 오쿠무라 교수님을 진심으로 존경했다. 그런 교수님이 마이코를 죽였다고? 불쑥 찾아온 무시무시한 의혹에 나는 정신이 멍해졌다.

그때 후미코 아주머니가 다가오더니 "하고 싶은 이야기가 있는데. 이쪽으로 와 주지 않을래?" 하고 속삭였다. 그 뒤를 따라 대기실에서 나와 로비의 벤치에 앉았다.

후미코 아주머니는 나를 바라봤다. 눈과 코가 빨갛게 되어 있었다. 한동안 나를 가만히 응시하더니, 이윽고 조용히 말을 꺼냈다.

"아마도 지나친 걱정일 테지만…… 자네, 혹시 어리석은 짓을 하려는 건 아니지?"

"어리석은 짓이라니, 그게 뭡니까?"

"잘은 몰라도…… 목숨을 끊는다거나…… 혹은…….""

"혹은? 뭔데요."

"마이코를 죽인 범인을 찾아내 복수하려고 한다거나, 그런 거 말이야."

내심 뜨끔했지만 억지로 웃었다.

"그런 짓은 안 해요. 범인은 밉지만, 그놈을 찾아낼 능력은 없으니까 경찰한테 맡길 겁니다. 게다가 저는 사람을 죽인다는 것은 생각만 해도 싫어요."

후미코 아주머니는 애써 스스로 납득하려는 것처럼 고개를 끄덕였다.

"응, 그래, 그렇겠지. 미안해. 이상한 말을 해서."

"아뇨, 전 괜찮습니다."

"다만…… 자네 상태를 보니까 저절로 걱정이 돼서."

"제 상태가 어떤데요?"

"심각하게 혼자 생각에 잠겨서…… 뭔가 터무니없는 결심이라도 한 것처럼 보였어. 뭔가 돌이킬 수 없는 짓을, 자네 인생을 반드시 불행하게 만드는 짓을 하기로 결심한 것처럼……."

"아뇨, 괜찮습니다. 걱정하지 마세요."

"그 말을 믿게 해 줘. 난 자네를 친아들처럼 생각하고 있거든. 이미 딸을 잃었는데 아들까지 잃게 하지는 말아 줘. 부디 자신을 소중히 여기렴."

"감사합니다."

갑자기 눈물이 나올 것 같아서 나는 고개를 딴 데로 돌렸다. 중학생이었을 때 부모님을 여읜 나의 마음에 후미코 아주머니의 말이 깊숙하게 파고들었다. 한순간 복수의 결심이 흔들릴 뻔했다. 그러나 복수를 그만둘 수는 없다. 이것은 내가 마이코를 위해 해 줄 수 있는 유일한 일이니까.

지금은 오후 9시가 넘었다. 고속철도인 신칸센을 타고 도쿄로 돌아와 내 자취방에서 노트에 글을 적고 있다.

  아무리 생각해 봐도 마이코를 죽인 범인은 오쿠무라 교수님이다. 그럼 교수님에게 복수를 하면 될까.

  교수님은 이러니저러니 해도 나의 은사님이시다. 과연 죽일 수 있을까.

  더구나 범인이 교수님이란 사실을 알았어도, 그것을 증명해 주는 확실한 증거는 없다. 마이코의 성을 '고레에다'라고 말했던 그의 실언도, 그가 "자네가 잘못 들었다."라고 주장하면 그걸로 끝이다.

  '교수님이 마이코를 죽였지요?'라고 대뜸 물어보는 수밖에 없다. 그때의 반응을 보면 진실을 알 수 있을 것이다.

  만약에 결백하다면 교수님은 내가 무슨 말을 하는지 이해하지 못하고 의아한 얼굴로 나를 쳐다볼 것이다. 그때는 사죄하자. 상대가 과연 용서해 줄지 모르겠지만, 그래도 진심으로 사과하자. 그런데 혹시 범인이라면 교수님의 얼굴에는 경악과 낭패의 감정이 떠오를 것이다. 그때는, 나는 교수님에게 복수할 것이다.

  지금 나는 마이코를 처음 만난 날 입었던 반팔 셔츠를 입고 있다. 옷깃이 세워져 있다고 마이코가 가르쳐 줬던 그 추억의 셔츠. 그 사람이 내 목숨을 구해 주는 계기가 되었고, 서로 친해지는 계기가 되었던 셔츠. 이 셔츠가 나에게 힘을 줄 것이다.

모든 것이 끝났다. 나는 오쿠무라 준이치로를 죽였다.

오와다마치에 있는 '메종 로렐'에 도착한 것은 오후 9시 30분이었다.

"밤늦게 와서 죄송합니다. 교수님과 꼭 상담하고 싶은 일이 있어서…….'

내가 그렇게 말하자, 오쿠무라는 의아해하는 표정을 지으면서도 일단 나를 안으로 들여보내 줬다.

나는 서재로 안내됐다. 7일 학회 발표를 준비하는 중이었는지 책상 위에는 자료와 노트가 널려 있었다. 오쿠무라는 소파에 앉으라고 나에게 권유한 뒤 말을 꺼냈다.

"그래, 상담하고 싶은 일이란 게 뭔가?"

"교수님이 마이코를 죽였죠?"

나는 대뜸 그렇게 말했다. 오쿠무라의 얼굴이 순식간에 파랗게 변했다.

"……무슨 말을 하는 건가. 바보 같은 소리는 그만하게."

오쿠무라는 그렇게 말했는데, 방금 그 반응을 통해 나의 추리가 옳았다는 사실을 분명히 알 수 있었다.

나는 베란다의 샌들에 관한 추리를 설명하고, 마이코를 죽인 사람은 마이코와 아주 친한 남자였을 거라고 말했다. 그리고 마이코가 임신 삼 개월이었다는 사실을 밝히고, 그 애인이 마이코를 죽였다고 생각할 수밖에 없다고 말했다.

"……애인이 그 사람을 죽였다고 생각할 수밖에 없다고? 그런데 어째서 내가 그 사람의 애인이라는 건가?"

나는 그저께 만났을 때 오쿠무라가 했던 실언을 지적했다. 오쿠무라가 일 년 전 마이코와 우연히 마주쳤을 때 마이코의 성은 하라다였는데, 오쿠무라는 "고레에다 씨라고 했었나?"라고 말했다는 것. 마이코의 배 속에 있는 아이의 부친의 혈액형은 A형 또는 AB형인데, A형인 오쿠무라는 그 조건을 만족시킨다는 것. 새 애인은 마이코보다 훨씬 나이가 많다는 것. 마이코가 새 애인에 관한 이야기를 어머니와 친구에게 하지 않았던 것을 보면, 상대는 연애한다는 것이 공공연히 밝혀지면 입장이 곤란해지는 인물이라는 것.

"내가 '고레에다'라고 말했다고? 그건 자네가 잘못 들은 거야. 그 사람의 부모님이 이혼해서 성이 하라다에서 고레에다로 바뀌었다는 것은 지금 처음 알았어."

예상대로 오쿠무라는 내가 잘못 들었다고 주장했다.

"교수님. DNA 검사라는 게 뭔지 아십니까?"

"DNA 검사?"

"이 기법을 사용하면 부모 자식 관계를 확인할 수 있습니다. 마이코의 배 속에 있었던 아이가 교수님의 자식인지 아닌지 알 수 있단 말입니다. 교수님이 아니라고 하신다면, 저는 경찰에 DNA 검사를 해 달라고 요청할 겁니다."

"하지만 DNA 검사를 받을지 말지는 임의로 선택할 수 있을 텐데. 나는 검사를 받을 마음이 전혀 없어."

"마이코의 배 속에 있었던 아이가 교수님의 자식이 아니라면, 그것을 증명하기 위해서라도 DNA 검사를 받아야 하는 거 아닌가요? 왜 받으려고 하지 않는 겁니까?"

오쿠무라는 입술을 깨물고 눈동자를 이리저리 굴리면서 침묵했다. 반박할 말을 생각하고 있는 것이리라. 그러나 마침내 체념한 것처럼 중얼거렸다.

"······그래. 내가 했다."

"어쩌다 마이코와 사귀게 된 겁니까?"

오쿠무라는 띄엄띄엄 설명을 하기 시작했다.

일 년 전 대학교 근처의 카페에서 나와 마이코가 오쿠무라와 우연히 마주쳐서 내가 마이코를 소개해 줬을 때, 오쿠무라는 마이코에게 반했다. 그래서 그 후 우연인 척 마이코를 만나 식사에 초대했다. 그때 "다카미 군한테 괜히 신경 쓰게 하기는 미안하니까, 나랑 만난 것은 비밀로 해 줘." 하고 입막음을 했다. 그 후 오쿠무라는 미술전이나 영화 감상에 마이코를 초대하면서 점점 더 깊은 관계를 맺어 갔다.

마이코는 차츰 오쿠무라에게 호감을 느끼게 되었고, 그와 반비례하게 나에 대한 사랑은 식어 갔다. 그래서 마이코는 몹시 괴로워했다. 나에 대한 사랑이 식은 채 계속 사귀는 것은 나한테

못 할 짓이다. 마이코는 고민하다가 결국 반년 전, 나에게 헤어지자고 했다. 그때 오쿠무라를 좋아하게 되어서 그렇다는 사실은 밝히지 않았다. 마이코는 내가 오쿠무라를 진심으로 존경한다는 것을 알고 있었으므로, 자신이 그를 좋아한다는 사실을 밝히면 나에게 더 큰 상처를 주게 될까 봐 걱정했던 것이다.

나와 헤어지자 마이코는 죄책감에 시달렸다. 그 죄책감에서 벗어나고 싶어서 마이코는 오쿠무라와 더 가까이 지냈고, 그와 육체관계를 맺었다. 마이코가 임신을 알아차린 것은 그로부터 한 달 후였다. 마이코는 고민 끝에 오쿠무라에게 임신했다는 사실을 알리고 결혼해 달라고 했다.

"……나는 결혼이라는 형태로 속박당하고 싶은 마음이 추호도 없었어. 몇 번이나 애를 지우라고 말했지만 마이코는 말을 듣지 않았지. 그저께도 오전 11시에 그 사람이 나한테 전화를 걸어서 이야기를 좀 하자고 하더군. 그래서 나는 오후 3시 전에 그 사람이 사는 아파트에 찾아갔어. 그랬더니 마이코는 애를 지울 생각은 없다고, 혼자 낳아서 키울 거라고 말하는 거야. 마이코가 그런 짓을 했다가는 난 앞으로 폭탄을 안고 살아가는 거나 마찬가지잖아. 정말이지 그 사람한테 정이 뚝 떨어졌어. 바깥 공기를 마시고 싶어서 베란다로 나가려고 했지. 그런데 베란다에 있는 샌들은 여성용이라 나는 신을 수 없었어. 그래서 현관에 있는 내 신발을 들고 와서 베란다로 나갔어. 그러자 맞은편에 있는 아파트 전면이 양생 시트로 덮여 있는 것이 보였어.

바로 그때였어. 갑자기 뭐에 씐 것처럼, 지금 여기서 마이코를 밀어 떨어뜨리면…… 이라는 생각이 떠올랐어. 양생 시트가 있으니까 맞은편 아파트에 사는 사람한테 목격당할 염려는 없다……. 나는 '뒷마당에 이상한 것이 떨어져 있으니까 한번 봐 봐.'라고 말하면서 마이코를 베란다로 불렀어. 마이코가 샌들을 신고 베란다로 나왔을 때 나는 손가락으로 밑을 가리켰어. 그 사람이 난간에 기대어 밑을 내려다보자, 나는 얼른 몸을 굽혀서 그 사람의 두 다리를 끌어안고 벌떡 일어났어. 그 사람은 비명을 지를 틈도 없이 뒷마당으로 떨어졌다……. 밑을 보니 마이코가 드러눕듯이 쓰러져서 꼼짝도 안 하고 있었어. 4층에서 떨어졌으니 틀림없이 죽었을 테지. 갑자기 걷잡을 수 없는 공포가 나를 덮쳤어. 집 안으로 돌아간 나는 내가 마신 보리차의 컵을 씻어 지문을 없애고, 문손잡이에 있는 지문을 닦아 내고 그 아파트를 떠났어.

내가 여기 돌아오고 나서 잠시 후에 자네가 〈국제법학〉을 가지고 찾아왔어. 자네가 여자랑 만날 약속을 한 것처럼 자꾸만 시간에 신경 쓰고 있어서, 설마 마이코를 만나려는 건가? 하고 슬쩍 떠봤지. 그랬더니 그게 정답이었어. 나는 떨리는 것을 숨기느라 필사적이었어. 의심받으면 안 되니까 자네한테 빨리 가라고 했어……. 그저께부터 나는 단 한순간도 마음이 편한 적이 없었어. 학회 발표 준비도 거의 할 수가 없었어……."

이야기를 마친 오쿠무라는 허탈해진 것처럼 소파에 힘없이 앉아 있었다.

내 마음속에서 모든 것이 하나의 감정으로 응축되어 갔다. 그것은 얼음보다 더 차가운 살의였다. 죽일 수 있다. 나는 그렇게 생각했다. 지금이라면 이 남자를 죽일 수 있다.

"……자네는 이제 어쩔 건가? 경찰한테 이야기할 거야?"

"그런 짓은 안 합니다."

"……그런 짓은 안 한다고? 비밀로 해 준다는 건가?"

이 얼마나 자기중심적인 남자인가. 나는 몸을 일으켰다. 책상 위에 놓여 있는 페이퍼 나이프를 집어 들었다. 그것을 본 오쿠무라의 얼굴이 굳어졌다.

"설마, 자네……."

내가 가까이 다가가자 오쿠무라는 벌떡 일어나 나한테 등을 보이면서 달아나려고 했다. 나는 페이퍼 나이프를 오른손으로 움켜쥐고 그 등에다 꽂았다. 오쿠무라의 몸이 무너지더니 바닥에 털썩 엎어졌다.

맥을 짚어 보니 오쿠무라는 숨이 끊어져 있었다. 우연히 등에 꽂은 페이퍼 나이프가 그의 심장을 꿰뚫은 것 같았다. 내가 몇 시간 전까지는 진심으로 존경했던 남자, 그러나 지금은 분노와 경멸밖에 느끼지 못하는 남자는 경악한 얼굴로 죽어 있었다.

손목시계를 봤더니 오후 10시 이 분 전이었다.

나는 손수건을 꺼내 내 지문이 묻은 것 같은 부분들을 닦았다. 오쿠무라의 등에 꽂힌 페이퍼 나이프의 칼자루. 내가 앉아 있었던 소파. 문손잡이. 전부 닦아 낸 다음에 손수건을 손가락에 감고서 서재의 에어컨을 껐다. 그 후 식당으로 이동해, 문손잡이를 손수건으로 감싸 쥐고 빙글 돌려 현관문을 열고 복도로 나갔다. 복도에서 문손잡이와 초인종 버튼을 닦았다. 이로써 내 지문은 완전히 사라졌을 것이다.

복도에서 막 걸음을 떼려는데, 계단 쪽에서 사십 대 초반의 여성이 걸어오는 것이 보여서 깜짝 놀랐다. 핸드백을 손에 들고 피곤한 얼굴로 걸어오고 있었다. 늦게까지 야근하고 집에 돌아왔나 보다. 나는 얼굴을 마주치지 않으려고 조심하면서 계속 걸었다. 등 뒤에서 문이 닫히는 소리가 났다. 오쿠무라의 옆집에 사는 사람이었다.

내가 오쿠무라의 집에서 나오는 장면을 저 사람이 봤을지도 모른다. 아니, 괜찮을 것이다. 나는 그렇게 나 자신에게 말했다. 저 옆집 여자가 계단에서 복도로 나타난 것은, 내가 이미 현관문을 닫은 다음이었으니까. 그러니까 내가 오쿠무라의 집에서 나왔다는 사실은 모를 것이다.

설령 오쿠무라의 집에서 나오는 장면을 들켰어도, 시체가 발견되어 경찰이 옆집 사람을 상대로 탐문 수사를 하는 것은 적어도 며칠 후일 테니까, 그때는 저 옆집 여자는 어떤 사람이 오쿠무라의 집에서 나왔는지 기억이 잘 나지 않을 것이다. 걱정할 필요 없다.

애초에 내가 오쿠무라를 죽였다는 사실을 누가 알아 봤자 뭐가 문제란 말인가? 나는 외아들이고 형제는 없다. 부모님은 내가 중학생이었을 때 사고로 돌아가셨다. 그래서 나는 먼 친척에게 맡겨졌는데, 고등학교 졸업과 동시에 그 집에서 뛰쳐나온 다음부터는 친척과 한 번도 만나지 않았고 연락도 하지 않았다. 친구들은 내가 한 짓을 알면 놀라고 슬퍼할 테지만, 그것이 그들의 향후 인생에 악영향을 주지는 않을 것이다.

'부디 자신을 소중히 여기렴.'

마이코의 장례식에서 후미코 아주머니가 했던 말이 머릿속에 되살아났다.

나는 그분의 신뢰를 저버렸다. 내가 오쿠무라를 죽였다는 사실을 알게 된다면 후미코 아주머니는 분노하고 슬퍼할 것이다. 그러나 나는 이렇게 할 수밖에 없었다.

마이코. 너는 내가 원수를 갚아 줬다고 기뻐할까.

아니, 기뻐하진 않을 테지.

너는 정말로 마음씨 착한 사람이었으니까, 설령 자신을 죽인 사람의 죽음이라 해도 그것을 원하지는 않았을 것이다.

더구나 나는 헤어진 남자 친구였다. 그런 남자가 네 원수를 갚아 줘 봤자 너는 전혀 기쁘지 않을 테지.

그것은 나도 잘 알았다. 오쿠무라를 죽인 것은 나의 자기만족 행위에 불과했다.

하지만 나는 이렇게 할 수밖에 없었다. 이것은 내가 너에게 해 줄 수 있는 단 하나의 일이니까. 네가 가장 괴로워할 때 네 옆에 있어 주지 못했던 나의, 너를 지키지 못했던 나의, 유일한 속죄 행위니까.

2

데라다 사토시는 오래된 캠퍼스 노트를 살며시 덮었다.

조수실의 좀 지저분해진 작업대 위에는 노트 외에도 흉기인 페이퍼 나이프, 피해자가 입고 있었던 옷 등이 봉지에 들어간 상태로 놓여 있었다. 이십 년 전, 1993년 9월에 하치오지시에서 발생한 살인 사건의 증거품이었다.

방금 사토시가 끝까지 읽은 것은, 사망한 피의자가 남긴 노트였다. 처음에는 굳이 읽어 볼 마음이 없었다. 증거품이 들어 있는 비닐 팩 하나하나에 사무적으로 QR 코드 라벨을 붙이고 있었는데, 그러다 갑자기 호기심이 생겨서 노트를 팩에서 꺼내 표지를 넘겨 본 것이다. 샤프로 쓴 글자는 급하게 갈겨썼는지 다소 흐트러졌는데 거기서 엄청나게 절박한 감정이 느껴졌다. 그것을 눈으로 훑다가 저도 모르게 몰입하게 되었고, 정신을 차려 보니 끝까지 다 읽었다.

사토시가 미타카시에 있는 경시청 부속 범죄 자료관에 배속된 지 삼 개월이 지났다. 사토시의 주된 업무는 라벨 붙이기였다. 범죄 자료관에서는 증거품이 들어 있는 팩에 QR 코드 라벨을 붙여서, 거기에 스캐너를 대면 컴퓨터 화면에 증거품의 기본 정보가 표시되는 시스템을 구축하는 중이었다. 사건의 수사 서류를 읽은 관장이 그 데이터를 정리한 메일을 사토시의 컴퓨터로 보내 주면, 사토시는 그것과 QR 코드를 연결하면서 라벨을 증거품에 붙이는 것이다.

이 시스템을 구축하기 시작한 것은 현재의 관장이었다. 팔 년 전 관장으로 취임하자마자 즉시 경시청의 CCRS(형사사건 검색 시스템)를 바탕으로 이것을 만들기 시작했다고 한다. 최근에 발생한 사건부터 거꾸로 거슬러 올라가고 있는데, 안타깝게도 범죄 자료관에는 관장과 조수 한 명씩밖에 없으므로 작업 속도는 느렸다. 그래서 팔 년이 지난 지금은 겨우 1993년의 사건까지 거슬러 올라왔다. 사토시는 여기에 오고 나서 삼 개월 내내 1993년에 발생했던 사건의 증거품에만 라벨을 붙이고 있었다.

현재 라벨을 붙이고 있는 대상은 1993년 9월에 하치오지시에서 발생한 살인 사건의 증거품이었다.

이 사건에서는 세 명의 사망자가 나왔다. 사건의 발단은 9월 1일에 일어난 여대생 살해 사건이었다. 나카노카미초에 있는 아파트 '하이츠 나가이'에 사는 '고레에다 마이코'라는 여대생이 4층 자기 집 베란다에서 밀려 떨어져 살해됐다. 하치오지시에 캠퍼스가 있는 메이오 대학 교육학부 3학년생. 사망 추정 시각은 오후 3시경인데, 사법해부 결과 임신 삼 개월이었다는 사실이 판명됐다. 배 속에 있는 아이의 아버지가 범인인 것 같았지만 그가 누구인지는 부모님도 친구도 몰랐다.

9월 4일, 모토혼고초에 있는 '천락장(泉樂莊)'이라는 학생 공동주택에서 절도 사건이 발생했다. 집주인이 외출 중이었던 1층의 집 세 채가, 유리창에 유리 절단기로 구멍을 뚫고 손을 집어넣어 문을 따는 수법으로 무단 침입을 당한 것이다. 그 세 집의 주인들은 전부 다 대학생이었는데 예금통장과 현금 등을 도둑맞았다. 그들의 진술을 들은 수사관은 피해자 중 한 명인 '다카미 교이치'라는 메이오 대학 법학부 3학년생이 지나치게 초조해하는 것을 수상하게 여겼다. 나머지 두 명의 피해자는 물건을 도둑맞은 것에 순수하게 분노하고 있었는데, 다카미는 왠지 불안해하는 것처럼 보였던 것이다. 그러나 수사관은 수상하게 여기면서도 그 이유는 추궁하지 않았다. 어쨌든 다카미는 피해자였기 때문이다.

다카미 교이치가 동요했던 이유는 9월 6일에 뜻밖의 형태로 밝혀졌다. 이날 오전에 경시청에 한 통의 우편물이 도착했다. 그 안에는 캠퍼스 노트 한 권이 들어 있었고, "4일에 도둑질을 하러 들어갔다가 이 노트를 발견했는데 경찰이 이 내용에 관심을 가질 것 같아서 보낸다."라고 적힌 메모가 클립으로 첨부되어 있었다. 메모의 글씨는 필적을 숨기기 위해 일부러 평소와 반대되는 손으로 쓴 것 같았고, 지문도 남아 있지 않았다.

수사관은 캠퍼스 노트에 적혀 있는 내용을 보고 경악했다. 그것은 다카미 교이치의 일기였다. 9월 1일에 살해된 고레에다 마이코의 옛 애인이었던 다카미는 마이코의 배 속에 있는 아이의 아버지, 즉 마이코를 죽인 범인이 자기 연구회의 지도 교수인 '오쿠무라 준이치로'라는 사실을 혼자 힘으로 알아내서, 마이코의 장례식이 있었던 3일 밤에 그를 살해했다는 것이다.

즉시 오와다마치에 있는 오쿠무라가 사는 아파트 '메종 로렐'로 수사관이 출동하여 그 집의 서재에서 타살된 그의 시체를 발견했다. 일기에 적혀 있던 대로 페이퍼 나이프에 등이 찔려 사망한 상태였다. 즉사였다. 페이퍼 나이프의 지문은 누군가 닦아 내서 지워져 있었다.

이리하여 4일에 발생했던 '천락장' 절도 사건의 피해자 다카미 교이치가 이상하리만치 동요했던 이유가 밝혀졌다. 그는 일기를 도둑맞았다는 사실을 깨달은 것이다. 그 일기에는 오쿠무라를 살해했다는 사실이 적혀 있으니까 그가 이상하리만치 동요한 것도 당연했다. 절도범은 다카미의 집에서 노트를 발견하고, 범죄자답지 않은 의협심을 발휘해 경시청에 그것을 보낸 것이다.

수사관은 다카미의 진술을 들어 보려고 '천락장'으로 갔다. 때마침 그는 외출하려는 참이었다. 다카미는 수사관을 보자마자 달아났다. 바싹 따라오는 수사관을 피해 도망치려고 다카미는 길모퉁이를 돌았는데 그때 하필 그쪽으로 달려온 트럭에 치였다. 즉사였다.

피의자 사망으로 직접 진술을 듣지 못하게 된 것은 치명적이었지만, 그래도 경찰은 일기를 뒷받침하는 증거를 찾는 작업을 진행했다.

'메종 로렐'에서 오쿠무라의 시체가 발견됐을 때 그 현장인 서재는 에어컨이 꺼져 있어서 마치 찜통처럼 더웠다. 다카미의 일기에 의하면 그는 범행 후 이곳을 떠날 때 서재의 에어컨을 껐다. 그래서 9월 초의 더운 날씨에 밀폐된 방 안의 기온은 30도 전후까지 올라갔다. 그런 환경 속에서 방치된 시체는 사후변화가 꽤 심하게 진행되어 있었다. 그런 상황을 고려한 결과, 오쿠무라의 사망 추정 일시는 시체가 발견된 9월 6일보다 사흘 전인 9월 3일로 산출되었다. 이것은 9월 3일 오후 10시 전에 오쿠무라를 살해했다고 하는 일기의 기술과 합치했다.

탐문 수사 결과, 9월 3일 밤 10시가 넘었을 때 다카미 교이치로 추정되는 인물이 오쿠무라의 집 앞 복도를 걷고 있는 모습이 옆집 여성에게 목격됐다. 이것도 일기의 기술과 합치했다.

오쿠무라 준이치로와 고레에다 마이코 각각의 전화 통화 기록을 살펴봤더니 그 두 사람 사이에서 빈번하게 전화 연락이 이루어졌다는 사실이 밝혀졌다. 또 오쿠무라와 마이코의 집에서는 서로의 잠재 지문이 여러 개 발견됐다. 두 사람이 사귀었다는 것은 확실했다. 마이코의 배 속에 있는 아이의 아버지는 A형 또는 AB형이었고, 오쿠무라는 A형이었다. 게다가 DNA 검사 결과에 의해서도 마이코의 배 속의 아이의 아버지는 오쿠무라란 것이 확인됐다.

오쿠무라 준이치로는 교수였다. 연령은 52세. 전공은 국제법. 사 년 전에 이혼해 사건 당시에는 독신이었다. 키가 크고 얼굴은 이목구비가 뚜렷했으며, 말투가 지적이고 온화해서 여학생들에게 인기가 있었다. 다만 여자관계가 좋지 않아서 과거에도 몇 번이나 여학생과 사귀었다는 소문이 있었다. 이혼의 원인도 그것이라고 한다.

통화 기록을 보면 9월 1일 오전 11시에 마이코는 자기 집에서 오쿠무라에게 전화를 걸었다. 이때 통화하면서 오쿠무라가 오후에 마이코의 집을 방문하기로 약속했을 것이다. 오쿠무라는 마이코의 집을 방문해 둘이서 마지막으로 대화를 했다. 마이코는 낙태에 동의하지 않았고, 오쿠무라는 마이코를 죽이기로 결심했다. 그리고 오후 3시경에 베란다에서 마이코를 떨어뜨렸다…….

한편 통화 기록에 의하면 마이코는 오후 2시에 자기 집에서 이번에는 다카미에게 전화를 걸었다. 다카미의 일기를 보면 이때 마이코는 상담하고 싶은 문제가 있으니까 오늘 저녁 5시에 만나 달라고 부탁한 것 같았다. 다카미가 일기에서 추측한 것처럼 그 것은 아마 오쿠무라에 관한 상담이었을 것이다. 오쿠무라가 지 금까지 여학생들과 사귀어 온 이력이 어땠는지, 또 그 연애 상대 인 여학생은 어떻게 됐는지 물어보고 싶었던 것이리라.

다카미는 5시에 옛 애인의 집으로 향했는데, 그때 이미 마이코 는 살해된 상태였다. 맨 처음 다카미를 상대했던 수사관의 이야 기에 의하면, 다카미는 마이코가 죽었다는 소식을 듣자 경찰관 의 제지를 뿌리치고 시신을 향해 뛰어가려고 했을 정도로 평정 을 잃었다고 한다. 이것도 일기에 적혀 있는 내용과 같았다.

경찰은 마이코의 부모님에게도 물어봤다. 밤샘을 할 때도, 또 장례식을 할 때도 다카미는 혼자 깊은 생각에 잠겨 있었다고 한 다. 마이코의 어머니는 다카미가 뭔가 엄청난 짓을 저지르지 않 을까? 하고 불안해하다가 "혹시 어리석은 짓을 하려는 건 아니 지?"라고 확인하듯이 물어봤을 정도였다. 그러나 그 사람의 말 도 다카미를 막지는 못했다.

임신한 마이코가 결혼을 종용하자 오쿠무라는 마이코를 살해 했고, 그것을 알게 된 다카미는 오쿠무라를 살해한 뒤 교통사고 를 당했다. 피의자 사망으로 이렇게 사건은 종결됐다.

미제 살인 사건의 경우에는 증거품이 범죄 자료관에 들어오는 것은 사건이 발생한 지 15년 후인데, 종결된 사건의 경우에는 종결 후 몇 달이면 들어온다. 이 사건의 경우에도 다카미의 일기나 흉기인 페이퍼 나이프 등 사건의 모든 증거품은 사건이 종결된 후 금방 범죄 자료관으로 들어왔고, 그 후 이십 년 동안 보관실에서 조용히 잠들어 있었다.

*

문득 화장실에 가고 싶어진 사토시는 백의를 벗고 화장실로 향했다. 범죄 자료관에서는 일할 때 백의를 착용해야 했다. 의복에 부착된 온갖 이물질로 증거품이 오염되는 것을 막기 위해서였다.

화장실에는 미화원인 나카가와 기미코가 대걸레로 바닥을 미는 중이었다. 쉰이 넘은 파마머리 여성이었다.

"데라다 군, 안녕? 오늘은 더 잘생겨 보이네. 자, 사탕 받아."

허리에 찬 작은 가방 속에서 늘 그렇듯이 사탕을 꺼내 건네줬다. 손에는 고무장갑을 낀 채. 사토시는 늘 그렇듯이 정중하게 사양하고 나서 물어봤다.

"1993년 9월에 하치오지시에서 발생한 사건 중에 대학 교수가 사귀던 여학생을 죽였는데, 그 여학생의 옛 애인이었던 남학생이 교수가 범인이란 것을 알아내고 그에게 복수했던 사건, 기억하세요? 여학생은 임신 삼 개월이었는데 그 배 속의 아이의 아버지가 교수였거든요."

"1993년? 무려 이십 년 전이잖아. 내가 서른네 사…… 아니, 열네 살이었을 때야. 어, 으음, 잠깐만."

무서울 정도로 대담하게 나이를 속인 나카가와 기미코는 눈을 감더니 잠시 기억을 더듬어 보는 것 같았다.

"……아, 기억났어. TV 정보 프로그램이랑 주간지에서 크게 떠들어 댔었지. 대학교 교수님과 여학생의 연애, 임신, 살인, 전 남친인 남학생의 복수. 자극적인 요소만 잔뜩 모여 있었잖아? 더구나 그 교수님이 제법 잘생긴 로맨스그레이*였으니. 오죽하면 그걸 재현한 드라마까지 만들어졌을까."

"그랬어요?"

1993년에는 사토시는 아직 열 살이었다. 이제 막 발족된 J리그나 만화에 푹 빠져서 현실의 살인 사건에는 전혀 관심도 없었으므로 당연히 그 사건은 기억하지 못했다.

"그런데 그 사건이, 왜?"

"지금 그 사건의 증거품에 QR 코드 라벨을 붙이고 있거든요. 그러다가 증거품인 일기에 완전히 몰입해서, 그 사건에 관심이 생겼어요."

"아, 그래. 전 남친이었던 남학생이 범인을 알아내 복수하는 과

● 머리가 희끗희끗한 매력 있는 노신사

정을 일기에 적어 놨었지? 일기 자체는 공개되지 않았지만, TV 정보 프로그램에서 해설자가 온갖 방향으로 상상의 나래를 펼쳐 댔었지. 그나저나 전 남친이 자기를 위해 원수를 갚아 준다니, 진짜 최고 아냐? 나도 그동안 많은 남자들을 사귀었지만 전부 다 한심한 놈들이라, 혹시나 내가 살해되더라도 범인을 알아내 원수를 갚아 줄 정도로 능력 있는 남자는 한 놈도 없었어. 데라다 군, 내가 살해되면 원수를 갚아 줄래?"

뜬금없는 그 소리에 사토시는 당황했다.

"네? 아니, 거기서 제가 왜 튀어나와요. 나카가와 씨, 저는 당신의 전 남친이 아닌데요."

"현재 남친이어도 괜찮아."

"말도 안 되는 소리는 하지 마세요."

"어휴, 하기야 나 같은 사람은 안 될지도 모르지만, 그래도 관장님 같은 미인이라면 전 남친도 원수를 갚아 주지 않을까?"

"······그런가요?"

관장인 히이로 사에코 경정의 모습이 뇌리에 떠올랐다. 그 관장과 복수라는 조합은 냉동고와 용광로의 조합보다 더 상상하기 어려웠다. 애초에 그 관장은 지금 사귀는 사람은 물론이고 전 남친이라는 게 있을 것 같지가 않았다.

볼일을 보고 조수실로 돌아왔다. 호랑이도 제 말하면 온다더니, 옆에 있는 관장실과 연결된 문이 열리고 문제의 그 관장이 조수실로 들어왔으므로 사토시는 내심 찔끔했다.

날씬한 몸매와 그 위에 걸친 백의만큼이나 하얀 피부. 어깨까지 길게 기른 매끄러운 검은 머리카락. 나이를 짐작할 수 없는 인형같이 차갑고 단정한 외모. 긴 속눈썹으로 에워싸인 쌍꺼풀진 커다란 눈. 설녀가 현실 세계에 존재한다면 아마도 이럴 것 같은 분위기였다.

"1993년 9월 하치오지시의 사건 말인데, 라벨 붙이기 작업은 어떻게 되고 있나?"

무테안경을 살짝 밀어 올리더니 히이로 사에코는 낮은 소리로 질문했다.

"지금 붙이고 있습니다. 관장님은 사건의 기본 정보는 다 정리하셨어요?"

"실은 하다가 중단했어. 사건의 기본 정보를 정리하려고 피의자의 일기를 읽다가 이상한 점을 발견했거든."

"……이상한 점? 어디가 이상한데요?"

"피의자의 일기는 읽었나?"

"좀 전에 읽었습니다."

"읽었는데도 이상한 점을 눈치채지 못한 건가."

"네, 딱히 없던데……."

사토시는 일기에 기술된 내용을 되짚어 봤다. 별로 이상한 점은 없었던 것 같다. 어디가 이상한지 이야기해 줄 줄 알았는데,

히이로 사에코는 무표정하게 "재수사를 한다."라고 말을 이었다. 사토시는 깜짝 놀라 되물었다.

"……재수사라고요? 설마 사건의 진상은 따로 있다는 겁니까?"

"그래."

관장은 아무렇지 않게 말했다.

올해 2월에 히이로 사에코는 미궁에 빠졌던 사건 하나를 해결했다. 1998년 2월에 일어난 나카지마 제빵 공갈·사장 살해 사건이다. 살인 사건이 해결되지 않았을 경우에는 그 사건의 증거품은 사건 발생 후 15년이 지났을 때 범죄 자료관에 들어오는데, 히이로 사에코는 그런 식으로 들어온 증거품 중 하나를 보고 엄청나게 대담한 추리를 해서 사건을 해결했다. 그때 의사소통 능력이 부족해서 탐문 수사에는 영 소질이 없는 그 사람을 대신해 정보를 입수한 사람이 사토시였다.

하지만 아무리 그래도 하치오지시 사건의 진상이 따로 있다는 것은 말도 안 되는 이야기였다. 사건의 사실관계는 당시의 수사반에 의해 제대로 증명됐고, 다카미 교이치의 일기에도 별로 이상한 점은 없었던 것이다.

"일기의 어디가 이상하다는 겁니까?"

다시 한 번 물어봤지만 히이로 사에코는 대답하지 않았다.

'비밀주의인 것도 적당히 해라, 나는 전직 수사1과 형사거든? 수사 경험은 당신보다 훨씬 더 풍부하다고.' 머릿속에서는 그렇게 독설을 뱉어 댔지만, 히이로 사에코가 거의 천재적이라고 할 만한 추리 능력의 소유자라는 사실은 나카지마 제빵 공갈·사장 살해 사건을 통해 이미 잘 알고 있었다.

사토시는 한숨을 쉬었다.

"······알았어요. 구체적으로 뭘 조사하면 됩니까?"

3

범죄 자료관에 보관된 수사 서류에는 고레에다 마이코의 고향 집 주소와 전화번호가 기입되어 있었다. 마이코의 어머니인 후미코는 지금도 여기 살고 있을지도 모른다. 그 번호로 전화를 걸어 봤더니 나이 든 여성의 목소리가 "여보세요, 하라다입니다." 라고 말했다. 사토시는 "죄송합니다, 잘못 걸었네요."라고 말하고 전화를 끊을 뻔했는데, 그러고 보니 하라다가 마이코의 아버지의 성이었다는 것을 기억해 냈다.

'하라다 후미코 씨, 맞으십니까?' 하고 물어봤더니 상대는 '네.' 하고 대답했다. 후미코는 그 사건의 팔 개월 전에 이혼하고 옛날 성인 고레에다로 돌아갔을 텐데, 그 후에 또다시 남편의 성을 쓰게 되었나 보다.

사토시는 경시청 범죄 자료관 직원이라고 자기소개를 했다.

그리고 이십 년 전 따님의 사건에 관해 데이터베이스를 구축하는 중인데, 몇 가지 형식적인 기재 사항이 누락되어 있어서 그것을 채우기 위해 이야기를 듣고 싶다는 식으로 적당히 구실을 대면서 내일 만날 약속을 잡았다.

하라다의 집은 시즈오카시 시미즈구 야치요초에 있었다. 지은지 삼십 년쯤 되어 보이는 2층짜리 양산형 주택이었다. 사건이 일어난 1993년 당시에 이곳은 시미즈시였지만, 2003년에 시즈오카시와 합병해 지금은 시즈오카시 시미즈구가 되었다.

'마이코의 고향 집은 진짜 우리 집처럼 느껴졌었다.' 다카미 교이치의 일기에 적힌 내용이 머릿속에 떠올랐다. 매우 평범한 집처럼 보이는데, 중학교 시절에 부모님을 여의었던 다카미에게는 이곳이 둘도 없이 소중한 장소였을지도 모른다. 사토시는 지금으로부터 이십 년 전 이 집의 모습을 상상해 보려고 했다.

현관문을 열어 준 사람은 육십 대 후반의 여성이었다.

"경시청 부속 범죄 자료관의 데라다 사토시라고 합니다. 시간을 내 주셔서 정말 감사합니다."

사토시는 고개를 숙였다.

"저는 하라다 후미코입니다."

그 여성은 그렇게 말했다. 머리가 희끗희끗해진 우아한 외모의 여성이었다.

"고레에다라는 성을 쓰시는 줄 알았는데, 이전의 남편분의 성을 다시 쓰시게 된 겁니까?"

"네. 그 사건이 있고 나서 일 년 후에 남편과 재결합했습니다. 다시 한 번 남편과 둘이서 잘해 보기로 했어요. 그것이 세상을 떠난 딸의 가장 큰 소원일 것 같아서요……."

"그런가요. 저, 그럼 지금은 남편분도 여기 계시나요?"

"네. 오시기를 기다리고 있습니다."

거실로 안내되어 들어갔다. 그곳에는 칠십 대 초반의 남성이 테이블 앞에 앉아 있었다.

"저는 하라다 히로아키라고 합니다."

키가 크고 체격이 좋은 남자였다. 머리는 거의 새하얬지만 젊은 시절에는 상당히 이성에게 인기가 있었을 것 같은 단정한 외모의 소유자였다.

"실례지만 범죄 자료관이라는 시설은 처음 들어 봤습니다. 어제 아내한테서 그 이야기를 들었을 때 처음에는 악질적인 장난이나 사기일지도 모른다고 생각했을 정도예요. 경시청에 전화해서 그런 시설이 실제로 있다는 사실을 확인하고 겨우 진짜라는 것을 믿게 되었습니다."

"아마 모르시는 분들이 많을 겁니다. 과거의 사건의 증거품을 분석해서 향후 수사에 도움을 준다는 중요한 역할을 수행하고 있으므로, 좀 더 홍보를 해야 한다고 생각합니다만."

사토시는 스스로도 믿지 않는 이야기를 그럴싸하게 늘어놨다.

'실제로는 그냥 커다란 보관고입니다!'라는 말은 죽어도 할 수 없었다. 마치 삼류 홍보원이 된 듯한 기분이었다.

"따님이 돌아가신 후에 다카미 교이치 씨의 상태는 어땠습니까?"

후미코가 대답했다.

"밤샘을 할 때에도, 또 장례식을 할 때에도 다카미 씨는 혼자 진지하게 생각에 잠긴 것처럼 보였습니다. 뭔가 돌이킬 수 없는 짓을, 그러니까 자기 인생을 틀림없이 불행하게 만드는 짓을 하기로 결심한 것처럼 보여서……. 원래 제가 알고 있던 어른스럽고 차분한 사람이 아니라 딴사람이 된 것 같았어요. 그래도 어리석은 짓은 하지 않겠다고 말했으니까, 저는 그 말을 믿었는데요. 그것은 저를 안심시키기 위한 거짓말이었던 거죠. 그는 우리 딸을 위해 복수를 해 버렸던 거예요. 다카미 씨는 그 후 금방 교통사고를 당해 돌아가셨지만, 그게 아니었어도 그 후의 인생은 완전히 엉망이 되어 버렸을 겁니다. 어째서 저는 그 장례식 날 좀 더 강하게 말하면서 다카미 씨를 말리지 못 했을까요……. 그 사건 이후로 날마다 저는 그것을 후회하고 있습니다."

'당신 탓이 아니야.' 하고 위로해 주는 것처럼 히로아키가 후미코의 어깨에 손을 얹었다. 아내는 고맙다는 듯이 남편을 쳐다봤다.

히로아키가 말했다.

"부끄러운 이야기입니다만, 저는 제 딸이 고등학생이 되었을 때부터 몇 년 동안 불륜 상대의 집에서 살았습니다. 그래서 다카미 군이 이 집에 놀러 왔을 때 저는 없었고, 그를 만난 것은 밤샘할 때가 처음이었습니다. 아내의 말처럼 그는 혼자 깊은 생각에 잠긴 것처럼 보였어요……."

"다카미 씨를 만난 것은 장례식 때가 마지막이었습니까?"

'네.' 하고 후미코가 대답했다.

"그때가 마지막이었어요. 그다음에 만났을 때는 다카미 씨가 교통사고로 영원히 침묵을 하게 되었으니까요……. 부모님은 다카미 씨가 중학생이었을 때 돌아가셨고, 친척과도 사이가 소원해졌으므로 그 사람의 장례식은 저희가 맡아서 했습니다. 쓸쓸한 장례식이었죠. 이유가 뭐든 간에 오쿠무라를 죽인 살인자였기 때문에, 친척은 물론이고 다카미 씨의 친구들도 거의 오지 않았거든요. 저는 마이코와 헤어지고 나서도 다카미 씨를 제 아들처럼 여겼으니까, 딸에 이어 아들까지 잃은 것 같아서 정말로 괴로웠어요……."

그 당시의 기억이 떠올랐는지 후미코는 눈물을 글썽거렸다.

슬슬 히이로 사에코가 시킨 질문을 해야 한다.

"죄송하지만 이것은 형식적인 질문이니 불쾌하게 여기지 말아 주셨으면 좋겠습니다만…… 오쿠무라 준이치로가 살해된 당일 9월 3일 오후 10시경에 두 분은 어디서 무엇을 하고 있었는지 기억하고 계십니까?"

"아니, 이봐요. 뭘 물어보는 거요? 설마 우리가 오쿠무라를 죽였다고 생각하는 건가?"

하라다 히로아키가 사토시를 노려봤다.

"아뇨, 이건 정말로 형식적인 질문이니까······."

사토시는 그렇게 변명하면서 속으로는 히이로 사에코를 원망했다. 제기랄, 그 설녀는 도대체 나한테 무슨 질문을 시키는 거야. 이런 질문을 받으면 상대도 화내는 것이 당연하잖아. 애초에 왜 마이코의 부모님의 알리바이를 물어봐야 하는 걸까. 히이로 사에코는 다카미 교이치의 일기에 이상한 점이 있다고 말했는데, 그 이상한 점에 대한 고찰이 '마이코의 부모님이 오쿠무라를 살해했다.'라는 의혹으로 발전한 걸까.

상대는 계속 불평하려고 했는데, 후미코가 그런 남편을 달래려는 것처럼 그의 팔에 손을 올렸다.

"······알겠습니다. 이야기할게요. 벌써 이십 년이나 지나긴 했지만, 그날은 딸의 장례식이었으니까 지금도 똑똑히 기억합니다. 오후 5시경에 장례식장을 나와서 이 집으로 돌아온 것이 5시 30분 정도였습니다. 그 후에는 간단히 저녁을 먹었고, 밤 12시 전에 잠들 때까지 쭉 여기에 있었어요."

"남편분과 같이 있으셨습니까?"

"당연하지."

히로아키가 화난 것처럼 끼어들었는데, 후미코는 남편을 보면서 타이르듯이 미소를 짓더니 말했다.

"여보, 뭐든지 숨기지 않는 편이 나아요. ……아뇨, 저희는 같이 있지 않았습니다. 그 당시에 저희는 이혼한 상태였고 남편은 따로 살고 있어서 그쪽 집으로 돌아갔어요. 그러니까 그날 집에 돌아온 다음부터 잠잘 때까지 저는 계속 혼자 있었습니다."

"그럼 아버님은 어떠셨습니까?"

히로아키가 내키지 않는 것처럼 대답했다.

"저도 오후 6시 정도에 당시 동거했던 불륜 상대의 집으로 돌아갔습니다. 실은 아내 곁에 있어 주고 싶어서 이 집에서 자고 싶었지만, 그 여자가 그걸 싫어해서……. 정말로 나쁜 남편이자 나쁜 아버지였지요."

"집에 돌아간 다음에는 그 당시의 동거인과 계속 함께 있으셨던 거죠?"

"아뇨, 그건 아닙니다. 집에 돌아가자마자 딸의 장례식에 참가했다는 이유로 그 여자한테 잔소리를 듣고, 울컥 화가 치밀어서 대판 싸우고 집에서 뛰쳐나와 번화가를 이리저리 돌아다녔거든요. 딸의 장례식이 있었던 날인데 술이나 마시고 다녔던 겁니다. 오후 10시 정도에는 어느 술집에서 술을 마시고 있었을 겁니다. 이제는 가게 이름도, 장소도 기억이 안 나지만……. 그리고 자정이 넘어 택시를 타고 집에 돌아갔습니다."

히로아키는 자조적으로 웃었다.

"그때 그 싸움으로 겨우 정신을 차렸습니다. 그래서 불륜 상대와 관계를 딱 끊었어요. 그랬더니 아내가, 우리 다시 한 번 해보자고 저에게 말을 걸어 줬습니다. 그것이 마이코의 가장 큰 소원이었을 거라고……. 그 말이 옳다고 생각했습니다. 그리고 아내와 재혼을 한 겁니다. 아내에게는 진심으로 고마워하는 마음뿐입니다."

"고맙긴요……. 나야말로 고마워요."

후미코가 미소를 지으며 말했다.

"다만…… 딸이 죽기 전에 이렇게 했으면 좋았을 텐데, 아니, 애초에 이혼을 안 했으면 좋았을 텐데 하고 후회는 하고 있습니다. 저희가 이혼해서 딸이 얼마나 마음의 상처를 입었을까요. 그걸 생각하면 후회하고 또 후회해도 모자랄 지경이에요……."

어쩌면 마이코가 오쿠무라에게 호감을 가진 것은, 집에 없는 아버지를 대신해 줄 존재를 무의식중에 원했기 때문이 아닐까. 사토시는 그런 생각을 했다. 너무 어설픈 심리학적인 생각일지도 모르지만…….

사토시는 두 사람에게 고맙다고 인사한 후 하라다네 집에서 나왔다. 늙은 부부는 현관에 서서 사토시를 배웅해 줬다. 그 모습은 평온해 보였지만, 그와 동시에 고독한 그림자도 강하게 느껴졌다. 두 사람의 노후 생활이 부디 평안하기를 바랄 뿐이었다.

4

범죄 자료관으로 돌아온 데라다 사토시는 관장실에서 히이로 사에코에게 보고했다.

"……그러니까 오쿠무라 준이치로가 살해된 9월 3일에는 하라다 후미코는 장례식장을 떠난 오후 5시 이후부터, 또 히로아키는 동거인과 싸우고 집에서 뛰쳐나온 6시 이후부터 각각 혼자 행동했기 때문에 알리바이는 없습니다. 시즈오카역에서 신칸센을 타고 신요코하마로 간 다음에 거기서 JR 요코하마선으로 갈아타고 하치오지에 도착한 뒤, 그 역 앞에서 택시를 잡아타고 오쿠무라가 사는 아파트까지 간다면 두 시간 반이면 충분할 테죠. 둘 다 오후 10시경에 오쿠무라를 죽이는 것은 가능했을 겁니다."

"수고했어."

히이로 사에코는 무표정하게 말했다.

"관장님은 둘 중 누군가가 오쿠무라를 죽였다고 생각하시는 겁니까?"

사토시가 물어봤지만 대답은 없었다.

"슬슬 이야기해 주시면 안 됩니까? 다카미 교이치의 일기에서 이상한 점이 뭐였는데요?"

히이로 사에코의 붉은 입술이 드디어 움직였다.

"그건 두 가지야. 첫 번째 의문점, 오쿠무라는 자택 서재에 있었던 페이퍼 나이프에 찔려 죽었다. 다카미가 범인이라면, 오쿠무라의 집으로 가는 시점에서 복수를 계획하고 있었으니까 흉기를 가져갔을 거야. 그런데 왜 그곳에 있는 페이퍼 나이프를 흉기로 사용한 걸까."

"막상 복수하는 순간이 되니까 당황해서, 가져간 흉기를 사용하는 것을 깜빡한 게 아닐까요."

"그랬을 가능성도 있지. 그러나 그의 일기에는 흉기를 가져간다는 묘사는커녕, 흉기를 무엇으로 할지 고민하는 묘사도 없어. 계획 살인이라면 당연히 흉기를 무엇으로 할지 고민해 볼 텐데."

들고 보니 지극히 타당한 의문이었다.

"두 번째 의문점은 뭡니까?"

"두 번째 의문점, 9월 3일의 기술에 의하면, 다카미는 오쿠무라를 살해한 뒤 집에서 나올 때 에어컨을 껐다. 왜 이런 짓을 했을까. 보통은 범행 현장의 에어컨 따위를 범인은 신경 쓰지 않아. 그런데도 다카미는 마치 자기 집에서 외출하는 사람처럼 에어컨에 신경을 썼어. 이 행위는 몹시 부자연스러워."

"외출할 때의 습관이 튀어나와서 무의식적으로 에어컨을 끈 게 아닐까요?"

"무의식적으로 에어컨을 껐다면 애초에 그 행위를 인식하지도 못했을 테니까, 일기에는 적지 못했을 거야."

"……그러네요."

"설령 무의식적으로 껐다는 것을 뒤늦게 깨달았다 해도, 그 행위를 일기에 적을 때 '외출할 때의 습관이 튀어나와서'라는 식으로 이유를 설명했을 거야. 아니면 '왜 그랬는지는 몰라도'라는 말을 덧붙이거나. 범행 현장의 에어컨을 끈 행위가 이상하다는 것은 다카미도 스스로 적으면서 눈치챘을 거야. 그 행위에 대한 이유를 설명하지 않은 채, 또는 그 행위에 대한 의문을 드러내지 않은 채 행위만 서술하는 것은 이상해. 일기에 적음으로써 사람은 자신의 행위 하나하나의 의미를 새삼스레 점검하게 되거든. 사람은 무의미한 것을 견디지 못하는 생물이야. 자신의 행위가 무의미하다는 사실을 깨달으면, 그 행위에 의미를 부여하려고 하거나 그 행위의 무의미함에 의문을 품게 된다. 완전히 무의미해 보이는 행위를 그냥 무의미하게 기록할 리는 없어."

"아, 하긴……. 그럼 관장님은 그 두 가지 의문점에 관해 어떻게 생각하십니까?"

"첫 번째 의문점, 다카미 교이치는 오쿠무라의 집으로 가는 시점에서 복수를 계획하고 있었는데도 왜 미리 흉기를 가져가지 않고 현장에 있던 페이퍼 나이프를 사용한 걸까. 또 수기에는 흉기를 가져가는 묘사는커녕, 흉기를 무엇으로 할지 고민하는 묘사도 없는 이유가 뭘까.

여기서 생각할 수 있는 것은 하나밖에 없어. 다카미가 현장에 도착했을 때 오쿠무라는 이미 다른 인물에 의해 페이퍼 나이프

로 살해됐던 거야. 그 인물은 계획적이 아니라 충동적으로 오쿠
무라를 살해했기 때문에 그 자리에 있는 페이퍼 나이프를 사용
한 거겠지. 다카미는 진범을 감싸 주기로 마음먹고 일기에는 마
치 자신이 오쿠무라를 살해한 것처럼 써 놓았다. 그래서 계획적
인 범행일 텐데도 현장의 페이퍼 나이프를 흉기로 사용한다는
모순이 생겨나 버린 거야. 다카미 본인도 이 모순은 눈치챘을 테
지. 그러나 '계획적인 범행에서 현장에 있는 물건을 흉기로 사용
하는 행위의 이점'을, 그 일기의 독자도 납득할 수 있게 설명해
주는 설득력 있는 이야기를 생각해 내지 못했어. 그래서 흉기에
관한 묘사는 최소한으로 줄여서, 독자가 흉기의 모순을 가능한
한 눈치채지 못하게 하려고 했던 거야."

"그래서 오쿠무라를 죽인 범인은 따로 있다고 생각하신 거군
요……. 그런데 방금 '일기의 독자'라고 하셨는데요. 다카미는 누
군가가 그 일기를 읽을 것을 상정했던 건가요?"

"그렇다. 그게 경찰이야. 다카미는 경찰한테 그 일기를 읽게
해서, 자신이 범인이라는 생각을 심어줌으로써 진범을 감싸려고
했던 거야."

"그럼 다카미는 처음부터 경찰한테 보여 주려고 일기를 썼던
건가요."

"9월 3일에 오쿠무라를 죽이러 갔다가 진범이 선수 쳤다는 사실
을 눈치채고 진범을 감싸 주기로 결심했다면, 다카미는 9월 3일

에 비로소 경찰한테 그 일기를 보여 주기로 마음먹은 셈이야. 처음에는 범인을 추리하기 위한 메모로서 일기를 썼을 테지만, 9월 3일의 중간부터 그 일기의 목적은 '경찰한테 보여 줘서 진범을 감싸기 위한 것'으로 변경됐다고 추측할 수 있다."

"그렇군요……. 그럼 진범은 누구라고 생각하십니까?"

"진범은 다카미가 감싸고 싶어 하는 인물이다. 마이코를 위해 복수하려고 할 정도로 마이코를 사랑했던 인물이다. 마이코를 죽인 사람이 오쿠무라란 것을 아는 인물이다."

"마이코를 위해 복수하려고 할 정도로 마이코를 사랑했던 인물…… 마이코의 어머니인 후미코인가요?"

"방금 설명한 진범의 조건에서 도출되는 인물은 후미코다. 그 사람은 경찰과 다카미에게는 자기 딸의 새 애인이 누구인지 모른다고 말했지만, 실제로는 딸의 언동이나 유품을 통해 새 애인이 '오쿠무라 준이치로'라는 대학 교수란 사실을 알았을지도 몰라. 마이코가 임신 삼 개월이었다는 이야기를 들었을 때 후미코는 자기 딸을 죽인 사람이 오쿠무라란 것을 알았다. 9월 3일, 딸의 장례식이 끝나자 후미코는 오쿠무라의 집에 찾아가 그에게 따졌다. 그것이 말다툼으로 발전했고, 후미코는 충동적으로 페이퍼 나이프로 오쿠무라를 죽이고 그곳을 떠났을지도 몰라.

그 후 오쿠무라를 죽이기 위해 다카미가 현장을 방문했다가 시체를 발견했다. 아마도 다카미는 현장을 떠나는 후미코의 모습을 목격했을 거야. 후미코가 오쿠무라를 살해했다는 것을 알아차린 다카미는 그 사람을 감싸 주기로 결심하고 9월 3일 일기에는 자신이 오쿠무라를 살해한 것처럼 기록했다. 하지만 그러는 바람에, 분명히 계획적인 복수일 텐데도 그냥 현장에 있는 페이퍼 나이프를 흉기로 사용한다는 모순이 생기고 말았다.

'마이코를 위해 복수하려고 할 정도로 마이코를 사랑했던 인물'이란 조건은 마이코의 아버지인 하라다 히로아키도 충족시킬지도 몰라. 하지만 그가 오쿠무라를 살해했다면 다카미는 굳이 감싸 주려고 하지 않았을 거야. 한편 일기를 읽어 보면 알 수 있듯이 다카미는 마이코의 어머니 후미코에게는 애정을 느끼고 있었다. '마이코와 헤어져서 괴로웠던 점은 마이코를 만나지 못하게 된 것뿐만 아니라, 두 번 다시 마이코의 고향 집에 가서 후미코 아주머니의 환대를 받지 못하게 된 것 또한 있었을지도 모른다.'라고 적었을 정도니까. 다카미가 누구를 감싼다면, 그 상대는 후미코밖에 없을 거야."

그래서 히이로 사에코는 후미코의 9월 3일 밤 10시경의 알리바이를 물어보게 했던 것이다. 그 사람이 범인이었던 건가······.

"자, 그럼 일기의 두 번째 의문점을 검토해 보자. 9월 3일의 기술에 의하면 다카미 교이치는 오쿠무라 준이치로를 살해한 뒤 집에서 나올 때 에어컨을 껐다. 왜 이런 짓을 했을까. 보통은 범행 현장의 에어컨 따위에는 범인은 신경도 쓰지 않을 거야. 그런데도 다카미는 마치 자기 집에서 외출하는 사람처럼 에어컨에 신경을 썼다. 이 행위는 매우 부자연스러워. 다카미도 스스로 적으면서 부자연스러움을 눈치챘을 테지만, 그 행위에 대한 이유를 전혀 적지 않았어."

"일기에 이유를 적지 않았다는 것은, 다카미로선 에어컨을 꺼야만 하는 이유가 있었지만 그 이유를 밝힐 수는 없었다는 뜻일까요."

"이유를 밝히고 싶지 않다면, 애초에 에어컨을 껐다는 글을 일기에 안 썼으면 됐을 거야. 그러면 그 행위의 부자연스러움을 누가 눈치챌 염려도 없어질 테니까."

"……그렇죠."

"그러니까 생각할 수 있는 가능성은 이거야. 다카미는 '에어컨을 껐다.'라고 **일기에 적어야만 하는 이유**가 있었는데, 그 이유를 밝힐 수는 없었다."

"……일기에 적어야만 하는 이유라고요?"

"일기에 그렇게 기록한 결과, 어떻게 되었는가. 경찰은 에어컨이 꺼진 것은 9월 3일 오후 10시경일 거라고 판단했다. 그리고 오쿠무라의 시체가 발견된 9월 6일까지 삼 일 동안에 그 현장은 에어컨이 꺼져서 더운 상태였다고 간주됐다. 오쿠무라의 시체의 사후변화는 그렇게 더운 상태에서 진행됐다고 상정되었고, 이런 상정에 바탕을 둔 사법해부가 이루어져서 사망 추정 일시는 9월

3일이라고 산출됐다. 그런데 에어컨이 9월 3일 오후 10시경에 꺼졌다는 것은 일기에만 적혀 있을 뿐이지 그 외에는 증거가 없어. 만약에 그것이 거짓말이고 실제로는 훨씬 더 나중에 꺼졌다면, 그러니까 9월 3일 오후 10시 이후에도 실내는 계속 에어컨으로 냉각되고 있었다면, 과연 어떻게 될까."

"……그보다 더 오래 냉각됐다고요?"

"이를테면 오쿠무라의 시체가 발견된 9월 6일 당일까지 말이지. 일기의 기술을 토대로 에어컨은 9월 3일 오후 10시경에 꺼졌고, 그 후 6일까지 시체는 밀폐된 실내에서 기온이 30도쯤 되는 무더위 속에 방치되어 있었다고 간주됐어. 오쿠무라의 시체의 사후 변화가 진행된 것은 그런 고온 상태에 있었기 때문이라고 여겨졌고, 그 점을 감안하여 사망 추정 일시가 9월 3일이라고 산출된 거지. 그러나 만약에 에어컨이 9월 6일까지 가동되고 있어서, 실내는 에어컨으로 설정 가능한 최저 온도인 16도 정도로 냉각되어 있었다면? 오쿠무라의 시체에 사후변화가 진행된 것은 무더위 속에 방치되었기 때문이 아니라, 그보다 훨씬 전인 9월 3일 이전에 사망했기 때문이라는 결론이 나와. 거꾸로 말하자면 9월 3일 오후 10시경에 에어컨을 껐다는 선입견을 심어줌으로써, 사망 일시를 실제보다 더 나중으로 조작할 수 있다는 거지."

사토시는 깜짝 놀랐다.

"다카미가 일기에 에어컨을 껐다는 거짓 정보를 적어 놓고, 실제로는 에어컨을 최저 온도로 설정해 쭉 가동시킴으로써 사망 일시를 나중으로 미뤄서 진범에게 알리바이를 만들어 줬다는 겁니까?"

"그래. 고로 진범은 다카미가 오쿠무라를 살해했다고 일기에 적어 놓은 9월 3일 오후 10시경에 알리바이가 있는 인물이야. 그런데 후미코는 이 시각에 알리바이가 없었어. 오쿠무라의 사망 일시를 9월 3일 오후 10시경으로 조작하더라도 그 사람의 알리바이는 성립되지 않아. 그렇다면 후미코는 진범이 아니라는 거지."

사토시는 무심코 자신의 귀를 의심했다.

"……후미코는 진범이 아니라고요? 말도 안 돼요. 진범은 마이코를 위해 복수하려고 할 정도로 마이코를 사랑했던 인물이고, 마이코를 죽인 사람이 오쿠무라란 것을 아는 인물이며, 다카미가 감싸 주고 싶어 하는 인물이잖아요. 거기 해당하는 사람은 후미코밖에 없어요."

"하기야 진범의 조건을 충족시키는 사람은 후미코밖에 없지. 그러나 알리바이를 보면 후미코는 진범이 될 수 없어. 그렇다면 생각할 수 있는 가능성은 단 하나. **진범의 조건이 잘못된 거다.**"

"……진범의 조건이 잘못됐다고요?"

사토시는 어리둥절해졌다. 그동안 해 왔던 추리를 싹 뒤엎어 버리는 말을 하다니, 히이로 사에코는 도대체 무슨 생각을 하는 걸까?

"진범의 조건은 지금까지 네 가지가 언급됐어.

첫째, 다카미 교이치가 감싸 주고 싶어 하는 인물이다.

둘째, 마이코를 위해 복수하려고 할 정도로 마이코를 사랑하는 인물이다.

셋째, 마이코를 죽인 사람이 오쿠무라란 것을 아는 인물이다.

넷째, 9월 3일 오후 10시경에 알리바이가 있는 인물이다.

이 중에서 첫 번째 조건은 틀림없는 사실이라고 봐도 될 거야. 다카미의 일기에 의하면 오쿠무라 살해는 계획적 범행일 텐데도, 거기 사용된 흉기는 현장에 있었던 페이퍼 나이프였으니까. 이것을 보면 오쿠무라 살해는 충동적인 범행이야. 그것을 일부러 계획적인 범행인 양 기록해 놓은 다카미의 일기는 '진범을 지킨다.'라는 목적으로 작성되었을 거야.

그리고 네 번째 조건도 틀림없는 사실이라고 봐도 된다. 오쿠무라의 집에 있는 에어컨을 껐다는 부자연스러운 기술은, 오쿠무라의 사망 일시를 더 나중으로 조작하기 위한 트릭이었다고 생각할 수밖에 없어. 거꾸로 말하자면 진범은 9월 3일 오후 10시경에 알리바이가 있는 인물이라는 거지.

그런데 두 번째 조건과 세 번째 조건은 곰곰이 생각해 보면 아무 근거도 없어. 그리고 두 번째 조건과 세 번째 조건이 후미코를 진범 후보로 만들었는데 그런 후미코가 네 번째 조건에 의해 부정된다면, 두 번째 조건과 세 번째 조건이 잘못됐다는 뜻이야."

"두 번째 조건과 세 번째 조건이 잘못됐다? 하지만 마이코를 위해 복수하려고 할 정도로 마이코를 사랑한 인물이 아니라면 오쿠무라를 죽일 리가 없잖아요? 그리고 마이코를 죽인 사람이 오쿠무라란 사실을 모른다면 그를 죽일 수도 없는데요."

사토시는 히이로 사에코가 무슨 생각을 하는지 전혀 이해할 수 없었다. 지금까지 했던 추리의 토대를 무너뜨리는 짓을 해서, 도대체 무슨 결론을 이끌어 내려고 하는 걸까?

"두 번째 조건과 세 번째 조건은 빼놓고, 첫 번째 조건과 네 번째 조건만 가지고 진범을 추려 보자. 결국 진범의 조건은 두 가지다. 다카미가 감싸고 싶어 하는 인물이고, 오쿠무라의 사망 일시를 뒤로 늦췄을 때 알리바이가 생기는 인물이다."

"그런 인물이 있어요?"

"딱 한 사람 있지. ……마이코다."

5

사토시는 히이로 사에코가 정신이 나간 줄 알았다.

"마이코가 진범이라면, 다카미는 어떤 희생을 치르더라도 마이코를 감싸 주려고 할 거야. 그리고 오쿠무라가 사망한 진짜 날짜가 실은 마이코가 죽었던 9월 1일이었다면, 사망 일시를 뒤로 늦춤으로써 마이코는 '죽음'이라는 절대적 알리바이에 의해 보호

받게 되는 것이다."

"하지만 오쿠무라가 마이코를 죽였잖아요. 대체 어떻게 마이코가 오쿠무라를 죽일 수 있다는 거죠?"

"오쿠무라가 마이코를 죽였다는 것은 확실한 사실인가?"

"다카미는 그의 일기에서 마이코의 집 베란다 샌들에 관해 추리함으로써, 마이코를 떨어뜨린 범인은 마이코와 가까운 남자라는 결론을 내렸습니다. 다카미의 일기는 신뢰할 수 없을지도 모르지만 적어도 이 추리는 정답이라고 생각해요. '베란다에서 떨어진 마이코가 샌들을 신고 있었다.'라는 객관적 사실에 바탕을 둔 것이니까요.

게다가 마이코는 임신 삼 개월이었으니까 만약에 배 속에 있는 아이의 아버지인 마이코의 애인이 결혼을 원치 않았다면, 그는 마이코를 죽일 유력한 동기가 있었을 겁니다. 그리고 마이코의 애인이 오쿠무라였다는 사실은 전화의 통화 기록, 두 사람의 집에 남아 있는 잠재 지문, 태아의 혈액형, DNA 검사를 통해 명확하게 밝혀졌습니다. 그렇다면 오쿠무라가 마이코를 죽인 것은 틀림없는 사실이라고 해도 될 겁니다."

"마이코의 애인이 오쿠무라였던 것은 확실해. 그것은 나도 인정한다. 그러나 마이코가 임신 삼 개월이었고 오쿠무라가 결혼을 원치 않았다 해도, 그것이 꼭 오쿠무라가 마이코를 죽일 유력한 동기가 된다고 할 수는 없어. 오쿠무라가 결혼을 원하지 않는다는 사실, 심지어 자기를 버리려고 한다는 사실을 알게 된 마이코가 분노와 슬픔에 휩싸여 충동적으로 오쿠무라를 살해했을 가능성도 있어. 흉기가 페이퍼 나이프인 것을 보면 오쿠무라 살해는 충동적인 범행으로 추측된다는 것도 기억해 줘."

사토시는 깜짝 놀랐다.

"네, 물론 그렇게 생각할 수는 있지만……. 그럼 마이코의 죽음은 어떻게 된 겁니까?"

"투신자살이지. 마이코가 누군가에게 떠밀려 떨어졌다면, 마이코를 떨어뜨린 범인이 그 사람과 가까운 남자라는 추리는 타당할 거야. 하지만 투신자살이라면 범인 그 자체가 소멸한다. 애초에 마이코의 죽음이 타살이라고 간주된 것은 마이코의 집 현관문 손잡이에서 지문이 지워졌고, 또 부엌의 식기 건조대에 씻은 컵이 딱 하나 있었기 때문이야. 그런데 그것이 마이코의 죽음을 타살처럼 보이게 하려는 위장 공작이었다면 어떨까?"

"하긴, 위장도 가능하겠네요……."

"다카미의 일기는 진범을 감싸기 위한 것이야. 그렇다면 일기에 적혀 있던 '마이코를 죽인 오쿠무라에 대한 복수'라는 구도 그 자체가 진범을 감싸기 위해 지어낸 픽션일 가능성을 생각해 봐야 해. 두 번째 조건, '진범은 마이코를 위해 복수하려고 할 정도로 마이코를 사랑하는 인물이다.'와 세 번째 조건, '진범은 마이코를 죽인 사람이 오쿠무라란 것을 아는 인물이다.'라는 것은 복수라는 픽션을 토대로 이끌어 낸 가짜 조건이었던 거지."

복수를 위한 살인이라는 구도 그 자체가 사라져 버렸다. 사토 시는 망연자실했다.

"그럼 사건을 재구성해 보자. 통화 기록에 의하면 9월 1일 오전 11시에 마이코는 오쿠무라의 집에 전화를 걸었어. 이때 전화하면 서 마이코는 오쿠무라의 집에서 만날 약속을 잡았을 거야. 마이 코는 오쿠무라의 집에서 그동안 했던 임신과 결혼 이야기를 반복 했는데, 오쿠무라는 그것을 거부했을 뿐만 아니라 마이코와 헤어 지려고 했다. 마이코는 분노와 슬픔에 사로잡혀 충동적으로 그를 죽이고 말았어. 그리고 넋이 나간 채 자기 집으로 돌아왔다.

이제부터 어떻게 하면 좋을까, 하고 마이코는 생각했어. 만약 에 자신이 경찰한테 붙잡힌다면, 배 속의 아이는 살인자의 자식 이라는 오명을 쓰게 된다. 아버지와 어머니에게도 폐를 끼치게 된다. 특히 사람을 죽였다는 죄책감이 강하게 마이코의 마음을 짓눌렀어. 그래서 마이코는 자살하기로 결심한 거야.

그리고 죽기 전에 옛 애인 다카미 교이치에게 전화를 걸었다. 그가 바로 마이코가 이 세상을 떠나기 전에 이야기를 나누고 싶 다고 생각했던 유일한 상대인 거야. 이 통화에서 무슨 이야기를 했는지는 알 수 없어. 이야기의 내용은 중요하지 않고, 그의 목 소리를 듣는 것이 중요했던 걸지도 몰라.

이것이 오후 2시의 전화다. 다카미의 일기에 의하면 그는 오후

2시 전화에서 '5시에 만나서 상담하고 싶은 일이 있다.'라는 마이코의 말을 들었다고 하는데, 사실 그것은 마이코가 죽기 전에 그와 대화하려고 걸었던 전화였어.

그 후 마이코는 오후 3시경에 베란다에서 투신자살을 했다. 한편 다카미는 2시 반경부터 3시 반경까지 대학교의 오쿠무라 연구회의 연구실에 있었는데, 마이코의 전화가 이상했기 때문에 슬슬 불안감을 느끼기 시작했어. 결국 불안감이 걷잡을 수 없을 정도로 커지자, 3시 반경에 연구실에서 나와 마이코의 아파트로 향했다. 일기에 의하면 그는 공동주택으로 돌아가서 자료를 찾아 오쿠무라의 집에 갖다줬다고 하는데, 물론 이것은 거짓말이었어.

마이코의 집 현관문은 잠겨 있지 않아서 다카미는 집 안으로 들어갔다. 마이코는 아마도 유서를 남겼을 거야. 그 유서에는 오쿠무라와 관계를 맺었다는 것, 임신 삼 개월이라는 것, 그가 결혼을 거부하고 헤어지자고 하는 바람에 충동적으로 오쿠무라를 죽이고 말았다는 것이 적혀 있었을 거야. 다카미는 그 유서를 읽고 모든 것을 알았다. 베란다에서 밑을 내려다봤더니 뒷마당에 마이코가 쓰러져 있었어. 다카미는 뒷마당으로 나가서 마이코의 시체 곁으로 뛰어갔다.

다카미는 경찰에 신고하려다가 그만뒀어. 우선 오쿠무라가 정말로 죽었는지 확인해야만 했어. 그래서 다카미는 마이코의 유서를 손에 들고 '메종 로렐'에 있는 오쿠무라의 집을 방문했고, 그가 정말로 살해된 것을 알게 되었다.

만약에 이대로 피살된 오쿠무라의 시체와 자살한 마이코의 시체가 발견된다면 어떻게 될까. 경찰은 오쿠무라와 마이코의 전화 통화 기록을 조사해 두 사람이 서로 관계가 있다는 것을 밝혀낼 것이다. 그리고 마이코가 임신 삼 개월이었다는 사실과 오쿠무라는 살해되고 마이코는 자살했다는 사실을 바탕으로 '오쿠무라에게 결혼을 거부당하고 버림받게 된 마이코가 오쿠무라를 살해하고 자살했다.'라는 올바른 결론을 내리게 될 것 같았어.

이대로 놔두면 마이코는 세상 사람들에게 살인자로 기억될 거야. 그것은 다카미에게는 참을 수 없는 일이었지. 옛 애인을 지키기 위해 그는 대담하기 짝이 없는 계획을 생각해 냈어.

그것은 오쿠무라의 사망 일시를 뒤로 늦춰서 마이코를 '죽음'이라는 절대적 알리바이로 보호하는 것이었다. 그것도 마이코가 오쿠무라를 죽인 것이 아니라, 오쿠무라가 마이코를 죽인 것처럼 꾸며서 범인과 피해자를 뒤바꿔 놓는 것이었어.

그럼 범인과 피해자를 뒤바꿔 놓으려면 어떻게 해야 할까. 오쿠무라는 페이퍼 나이프에 등이 찔려 죽었으니까 아무리 봐도 타살이었어. 그러니까 마이코를 죽인 오쿠무라가 자살한 것처럼 꾸미는 것은 불가능하다. 오쿠무라를 죽인 범인이 따로 있어야해. 그래서 '마이코가 오쿠무라에게 살해됐다.'라는 사실을 알아낸 인간이 오쿠무라에게 복수를 했다는 상황을 꾸며 내기로 한 거야. 복수라는 구도를 도입함으로써 오쿠무라의 사망 일시를 마이코보다 더 뒤로 늦추는 것도 가능해지는 거지. 대학교는 아직 여름방학 중이고, 오쿠무라는 7일의 학회 발표를 준비하느라 집에 틀어박혔으니까 그대로 며칠 동안 연구실에 나타나지 않아도 아무도 의심하지 않을 거야. 그가 죽었다는 사실은 금방 들키진 않을 테지. 그럼 복수하는 사람은 누가 되면 좋을까? 그건 당연히 다카미 자신이었어.

다카미는 짧은 시간 내에 이렇게 엄청난 계획을 세우고 당장 실행에 옮겼다. 우선 오쿠무라의 서재에 있는 에어컨을 최저 온도로 설정하여 시체를 차갑게 식힘으로써 사후변화의 진행 속도를 최대한 늦췄어.

그다음에는 마이코의 죽음을 타살처럼 보이게 하려고 마이코의 아파트로 돌아갔다. 그는 현관문 손잡이를 닦아서 범인이 지문을 없앤 것처럼 꾸몄어. 그리고 컵을 두 개 꺼내서 하나는 보리차를 담아 테이블에 놔두고, 나머지 하나는 씻어서 부엌의 식기 건조대에 올려놨다. 마치 마이코가 범인에게 보리차를 대접했고, 범행 후 범인이 자기 지문이 묻은 컵을 씻은 것처럼 꾸민 거야. 물론 컵을 만질 때에는, 마이코의 아파트로 돌아가는 길에 준비한 장갑을 착용한 것은 두말할 필요도 없지. 보리차를 담은 컵에는 마이코의 지문이 남아 있어야 하는데, 그것은 마이코가 저번에 그 컵을 찬장에 수납했을 때의 지문으로 대신할 수 있었을 거야.

다카미는 반년 전 헤어지기 전까지는 마이코의 아파트에 여러 번 와 본 적이 있었을 거야. 그래서 관리인이 규칙적으로 매일 오후 4시 30분 정도에 뒷마당의 화단에 물을 준다는 사실을 알고 있었을 테지. 그러니까 그때 마이코의 시체가 발견되리란 것은 예측할 수 있었을 거다.

다카미는 오후 4시 30분 전까지 마이코의 집에서 위장 공작을 끝내고, 일단 아파트를 떠났다가 5시에 마이코의 부름을 받은 것처럼 아파트로 왔어. 마이코가 죽었다는 소식을 듣고 당황하여 시체 쪽으로 뛰어가려고 했던 것은 물론 연극이었지. 그리고 수사관의 이야기를 통해 자신의 계획이 자기 뜻대로 잘 시작됐다는 것을 확인했다.

다카미의 계획을 성립시킬 가장 중요한 소도구는 복수의 과정을 적어 놓은 일기였어.

9월 1일의 기술에서 그가 오후 3시 30분경에 연구실을 나온 뒤, 〈국제법학〉이라는 잡지 90년 5월 호를 오쿠무라의 집에 전해 주러 갔다가 서로 대화를 나눈 장면은 픽션이다. 이 장면은 마이코의 사망 시각인 오후 3시 이후에도 오쿠무라가 살아 있었던 것처럼 연출하기 위한 것이었고, 오쿠무라의 실언은 나중에 오쿠무라를 마이코 살인범으로 확정 짓기 위해 다카미가 생각해

낸 것이었어.

〈국제법학〉 90년 5월 호를 오쿠무라가 찾고 있었다는 것, 그 책을 다카미가 빌려서 자기 집에 놔뒀다는 것은 사실이었을 거야. 마이코를 감싸 주는 계획을 실행하기 시작한 다카미는 자기 일기 내용 중 9월 1일의 기술에서 오쿠무라가 살아 있는 모습을 묘사할 필요성을 느꼈을 텐데, 오쿠무라의 집에 찾아갈 구실로 〈국제법학〉이 딱 알맞다는 사실을 깨닫고 그걸 이용한 거지.

일기의 9월 3일 기술에서 오쿠무라를 살해했다는 것은 물론 픽션이다. 이날 오후 10시 정도에 다카미는 오쿠무라의 집 앞에 있는 복도에서 일부러 옆집 사람에게 목격당해, 자신이 오쿠무라에게 복수를 했다는 픽션을 좀 더 보강하려고 했어. 아마도 다카미는 오쿠무라의 집 앞에 있는 복도에서 같은 층 주민이 올 때까지 계속 기다렸을 거야. 그때 우연히 10시 정도에 옆집 사람이 귀가해 다카미를 목격했다. 그래서 이 시각에 오쿠무라를 살해했다고 하기로 마음먹은 거야. 오쿠무라가 죽기 전에 이야기했던 마이코와 사귀게 된 경위는, 아마도 마이코의 유서에 적혀 있던 내용을 다카미가 오쿠무라의 입장에서 다시 쓴 거겠지.

오쿠무라는 1일에 죽었으니까 7일의 학회 발표 준비는 거의 진행되지 않았다. 고로 3일 밤까지 살아 있었던 것처럼 연출한다면, 그런 것치고는 준비한 분량이 너무 적다고 누군가가 의심할 가능성이 있었다. 그래서 다카미는 3일의 기술에서 오쿠무라한테 '그저께부터 나는 단 한순간도 마음이 편한 적이 없었어. 학회 발표 준비도 거의 할 수가 없었어.'라는 대사를 읊게 해서, 준비한 분량이 적은 것은 범행 후 양심의 가책에 시달렸기 때문 이라는 인상을 심어 준 거야."

"일기가 다카미의 계획을 위한 소도구였다면, 일기를 경시청 에 보낸 사람은 다카미 본인이었던 거네요."

"맞아. 다카미는 우선 경찰이 그 일기를 입수하게 하고, 그 후 오쿠무라의 시체를 발견하게 해서 마이코와 오쿠무라의 죽음에 복수라는 가짜 구도를 적용시키려고 했다. 그리고 경찰에게 일 기를 제공하기 위해 일부러 자신이 살고 있는 '천락장'에서 4일 에 절도 사건을 일으킨 거야. 다카미의 집에 도둑질하러 들어갔 던 절도범이 노트를 발견하고 범죄자답지 않은 의협심을 발휘해 경시청에 보내 줬다, 그런 상황을 연출하기 위해서. 다른 집에도 도둑질을 하러 갔던 것은 진짜 목적을 감추기 위해서였고, 다카 미가 절도 사건의 수사관 앞에서 지나치게 동요했던 것은 '노트 를 도둑맞았다.'라는 픽션을 보강하기 위한 연극이었다.

다음 날인 5일에 그는 도쿄의 어느 곳에서 경시청으로 노트를 발송했어. 노트는 6일에 경시청에 도착하고, 그것을 읽은 수사 관은 서둘러 오쿠무라의 아파트로 달려갈 테지. 그러니까 다카 미는 1일부터 쭉 최저 온도로 설정해서 계속 가동시켰던 오쿠무 라의 서재 에어컨을, 아마도 6일 아침에 일단 껐다가 이번에는 난방으로 바꿔서 실내를 따뜻하게 했을 거야. 그동안 실내가 계속 냉각되고 있었다는 사실을 아무도 모르게 만든 거지. 그러다 적당한 때 난방을 끄고 또다시 냉방으로 전환해서 바로 껐어. 그리고 노트를 읽은 수사관이 도착하기 전에 다카미는 현장을 떠났다. 그래서 수사관이 도착할 무렵에는 오쿠무라의 서재는 '에어컨이 꺼지고 나서 9월 초순의 더위 때문에 실온이 30도 근처까지 올라갔다.'라고 여길 만한 상태가 된 거야."

"오쿠무라의 시체가 발견된 뒤 수사관이 다카미의 집으로 갔을 때, 그가 도주한 것은……."

"물론 그것도 연극이었어. 마치 진짜 범인처럼 도주했다가 수사관에게 잡혀서 '오쿠무라를 죽였다.'라고 자백할 생각이었을 테지. 그러나 거짓 도주를 하는 도중에 길모퉁이에서 트럭에 치여 사망하고 말았다……."

'이것은 내가 너에게 해 줄 수 있는 단 하나의 일이니까. 네가 가장 괴로워할 때 네 옆에 있어 주지 못했던 나의, 너를 지키지 못했던 나의, 유일한 속죄 행위니까.'

일기의 마지막 문장이 사토시의 뇌리에 되살아났다. 일기 내용은 가짜였지만, 그 문장은 다카미 교이치가 진심으로 썼을 것이다. '내가 너에게 해 줄 수 있는 단 하나의 일', 그것은 오쿠무라 준이치로에게 복수하는 것이 아니라, 마이코가 오쿠무라를 죽였다는 사실을 숨기기 위해 그의 사망 일시를 뒤로 늦춰서 마이코를 '죽음'이라는 절대적 알리바이로 보호하는 것이었다.

그리고 그 다카미도 뜻밖의 사고를 당하여, 사법의 손이 결코 닿지 않는 '죽음'이라는 성역으로 떠나갔다.

죽음이
공범자를
갈라놓을
때까지

1

그것은 순식간에 일어난 일이었다.

100미터쯤 앞에 있는 완만한 커브. 반대 차선에서 달리던 대형 트럭이 커브를 돌지 않고 중앙선을 넘는 모습이 보였다. 그대로 속도를 늦추지 않고 이쪽 차선으로 들어왔다. 데라다 사토시는 반사적으로 브레이크를 콱 밟았다. 대형 트럭이 앞에 있는 승용차와 정면충돌을 하는 장면이 슬로모션 영상처럼 사토시의 눈에 들어왔다. 엄청난 충돌음이 울려 퍼지고, 자동차 두 대의 움직임이 순식간에 멈췄다.

사토시의 차는 비명 같은 브레이크 소리를 내면서 승용차 앞에 멈춰 섰다. 뒤에서도 줄줄이 브레이크 소리가 울려 퍼졌다.

사토시는 안전벨트를 풀고 차에서 뛰쳐나가 승용차 쪽으로 달려 갔다.

승용차의 보닛이 트럭 범퍼 밑에 들어가 있었다. 운전석의 에 어백이 터져 있었고, 거기에 초로의 남자가 눈을 감은 채 힘없 이 기대어 있었다. 트럭을 봤더니 차창 너머로 운전사가 꾸물꾸 물 안전벨트를 풀려고 하는 것이 보였다. 역시 대형 트럭이다 보 니 이렇게 심하게 충돌했는데도 운전사는 거의 타격을 입지 않 은 것 같았다.

사토시는 휴대폰을 꺼내 119에 신고했다. 그 후 승용차 운전석 의 문을 붙잡았다. 다행히 그 문은 열렸다. 남자의 오른손의 맥 을 짚어 보니, 약하지만 아직은 맥이 뛰고 있었다.

바로 그때였다.

그 남자가 갑자기 눈을 뜨고 떠듬떠듬 말을 했다.

"이건…… 내가 저지른 죄의, 벌이야…….."

"구급차를 불렀습니다. 병원에 도착할 때까지 아무 말도 하지 마세요. 체력이 소모됩니다."

"아니, 난 이미 틀렸어. 유언을, 남겨야 해…….."

"유언이라니, 뭘 말씀하시고 싶으신데요?"

"이십오 년 전 9월, 나는 죄를 지었어……. 교환 살인을 했 어…….."

"……교환 살인?"

사토시는 경악했다. 도대체 무슨 말을 하는 걸까.

"나도, 공범자도, 죽이고 싶은 상대가 있었어⋯⋯. 하지만 동기가 너무 명백해서, 죽이면 금방 들키니까⋯⋯ 그래서, 나와 공범자는 죽일 상대를 교환했다⋯⋯. 우선 내가 ⋯⋯란 남자를 죽였고, 일주일 후, 공범자한테 ⋯⋯를 죽여 달라고 했어⋯⋯."

중요한 부분의 목소리가 갈라져서 들리지 않았다. 공범자에게 죽여 달라고 부탁했던 상대의 이름이, 자신이 죽인 상대의 이름보다 훨씬 짧은 것 같았는데, 뭐라고 했는지는 알 수 없었다.

"어디 사는 누구를 죽였다는 거죠?"

"도쿄에 사는 ⋯⋯라는 남자."

그 목소리는 갈라져서 잘 들리지 않았다.

"다시 한 번 말씀해 주세요."

사토시는 좀 전에 "아무 말도 하지 마세요."라고 말했던 것도 잊어버리고 질문을 던졌다.

"⋯⋯라는 남자."

여전히 안 들렸다. 사토시는 뿌드득 이를 갈 뻔했다.

"⋯⋯경찰은, 나와 공범자를 의심했는데, 죽이고 싶은 상대가 죽었던 시간대에는, 나도 공범자도 각각 완벽한 알리바이가 있어서, 결국 어쩌지 못했어⋯⋯."

그 남자의 목소리는 점점 작아지더니 당장이라도 사라질 것 같았다.

"그뿐만이 아니야. 나는……."

끝까지 말하기 전에 그 남자의 몸이 경련을 일으켰다. 그는 한순간 허공을 바라봤다. 그 눈동자에서 빛이 사라지고, 눈꺼풀이 천천히 밑으로 내려왔다. 그의 몸에서 급속히 힘이 빠져나가는 것이 느껴졌다.

사토시는 황급히 상대의 맥을 짚었다. 이미 맥이 뛰지 않았다. 고백의 중요한 부분을 정확히 밝히지 않은 채 그 남자는 세상을 떠난 것이다.

사토시는 어쩔 줄 모르고 주위를 둘러봤다. 그곳은 야마나시현으로 넘어가는 경계선 근처의 히노하라 가도였다. 그 도로는 푸르른 산림 사이로 나 있었다. 민가는 거의 없었고, 울창한 나무들이 우거져 있었다. 가드레일 건너편에 세워져 있는 '태양광 발전소 건설 예정지'라는 간판이 이 풍경과는 완전히 동떨어진 것처럼 보였다. 서쪽 하늘이 붉게 물들기 시작하는, 덥고도 평화로운 8월의 어느 일요일 저녁이었다. 방금 들은 고백은 그런 평화로움과는 너무나 거리가 멀어서 혹시 환청이었던 게 아닐까? 하는 생각이 들 정도였다.

그러나 환청은 아니었다. 이 남자는 분명히 교환 살인을 고백한 것이다.

2

대형 트럭에서 내려온 운전사는 보닛이 찌그러진 승용차를 보더니 머리를 감싸고 도로에 털썩 주저앉고 말았다.

"요새 계속 일만 하느라 피로가 쌓였었어. 그래서 꾸벅꾸벅 졸다가, 정신 차려 보니 이렇게 돼서⋯⋯"라고 중얼거리고 있었다.

오 분 후에 구급차가 도착했지만, 그 남자는 이미 사망했으므로 환자를 이송하지는 않았다. 구급 대원은 이쓰카이치 경찰서의 교통경비과가 도착하기를 기다렸다가 인계 작업을 한 뒤 그대로 소방서로 돌아갔다.

교통경비과 수사관은 여섯 명이었다. 사토시는 그쪽으로 다가가 자신이 목격자임을 알리고 신분을 밝혔다. 교통경비과 수사관들은 사토시가 경찰관이란 것을 알고 하나같이 안심하는 표정을 지었다. 목격 증언을 얻기 쉽겠다고 생각한 것이리라. 제일 나이가 많은 삼십 대 중반의 남자가 곤도 경사라고 자기소개를 하더니 "당신은 어디 소속이십니까?"라고 질문했다.

"미타카의 범죄 자료관입니다."

곤도 경사의 눈에 호기심과 연민과 우월감이 뒤섞인 복잡한 감정이 떠올랐다. 흔히 볼 수 있는 반응이었다.

"오늘은 일 때문에 오셨습니까?"

"아뇨, 비번입니다. 기분 전환을 하려고 드라이브하고 있었는데,

트럭 운전사가 졸음운전을 하다가 제 앞 차를 들이받았습니다."

사토시는 자신이 보고 들은 상황을 전달했다. 남자의 고백 내용을 듣고 곤도는 곤혹스러운 표정을 지었다.

"이십오 년 전의 교환 살인이라니……. 사고로 머리가 세게 부딪쳐서 섬망 상태°에 빠졌을 가능성도 있지 않나요?"

"섬망 상태라고 하기에는 내용이 너무 구체적이었는데. 그의 말은 사실이었을 거라고 생각합니다."

"하지만 그게 사실이어도, 이미 시효는 만료됐을 텐데요."

2004년 형사소송법 개정에 의해 살인죄의 공소시효는 15년에서 25년으로 연장됐고 그 후에는 2010년의 개정 형사소송법에 의해 살인죄의 공소시효 자체가 폐지됐는데, 사건이 일어난 것이 이십오 년 전인 1988년이었다면 시효 만료는 2003년이므로 이런 법 개정은 적용되지 않는다.

교통경비과 수사관들이 현장검증을 개시했다. 사토시는 방해가 되지 않는 장소에 서서 그것을 견학했다. 교통과와 형사과의 차이는 있지만, 그래도 현장에서 일하는 수사관들은 생기가 넘쳐 보였다. 사토시는 참을 수 없는 부러움을 느꼈다.

수사관이 먼저 승용차의 에어백을 제거했다. 이어서 죽은 남자의 안전벨트를 풀었다. 그리고 시체를 꺼내서 도로에 깔아 둔 시

● 뇌의 전반적인 기능장애가 발생해 의식이 흐려진 상태

트 위에 눕혔다. 이 작업은 다른 수사관이 사진으로 찍고 있었다.

"에어백이 터져도 사람이 죽는 경우도 있군요."

사토시가 말하자 곤도가 고개를 끄덕였다.

"충돌할 때의 속도 변화가 심해서 강한 외력(外力)이 가해졌을 때에는, 에어백이 터져도 사망하는 경우가 있습니다. 충돌에 의해 대동맥 손상을 일으키거든요."

남자의 왼쪽 가슴 앞주머니에는 휴대폰이 들어 있었는데, 충돌의 충격으로 액정 화면이 부서져 있었다. 양쪽 팔에는 시계가 없었는데, 이는 휴대폰을 시계 대신 사용했기 때문일 것이다.

바지 엉덩이 부분의 왼쪽 주머니에는 지갑이 들어 있었다. 그 안에서 운전면허증과 호텔 카드 키가 발견됐다. 운전면허증을 집어 든 젊은 수사관이 그 내용을 읽었다.

"기재된 이름은 도모베 요시오. 쇼와 25년(1950년) 7월 8일생이라고 하니까 현재 63세군요. 주소는 아마미오섬. 오, 이건 신기하네요."

"뭐가?" 하고 곤도가 물어봤다.

"면허 취득일이 헤이세이 24년(2012년) 8월 29일이라고 적혀 있어요. 겨우 일 년 전에 처음 면허를 딴 거잖아요. 환갑이 넘어서 처음 면허를 딴다는 게 신기하지 않아요?"

그 말을 듣고 사토시는 의외라고 생각했다. 사고를 당하기 전까지 그의 자동차는 사토시의 자동차 앞에서 한동안 달리고 있었는데, 그 주행은 안정적이라서 초보 운전 같은 느낌은 전혀 나지 않았기 때문이다. 겨우 일 년 전에 면허를 취득해서 그렇게 운전을 잘하다니, 아마 처음부터 운전에 재능이 있었던 것이리라.

곤도가 말했다.

"만학도였나 보네. 글쎄, 그냥 면허를 따야 할 필요가 있었나 보지. 그나저나 이건 도쿄 번호판이잖아? 번호판의 문자도 '와 (ゎ)'니까 렌터카일 거야. 지갑 속에 영수증은 없나?"

"있습니다. '제필스 렌터카'라는 곳입니다."

"호텔 카드 키는 어디 거야?"

"신주쿠 패트리샤 호텔, 1105호실이라고 적혀 있네요."

"거기 전화해서 물어 봐."

젊은 수사관이 휴대폰으로 패트리샤 호텔에 연락해 한동안 대화를 나누다가, 이윽고 통화를 마치고 곤도에게 보고했다.

"프런트 직원에게 물어봤더니 1105호실에는 도모베 요시오와 도모베 마키코라는 노부부가 어제부터 일주일 예정으로 묵고 있다고 합니다. 숙박 등록 카드에 적힌 남편의 연령은 63세이고 주소는 아마미오섬이라고 하니까, 이 남자가 도모베 요시오라고 생각해도 될 테죠. 다행히 그의 아내가 객실에 있어서 통화를 했고, 사고 소식을 전했습니다. 안 그래도 남편이 산책한다고 나갔다가 돌아오지 않아서 걱정하고 있었대요. 경찰이 데리러 갈 테니 그때까지 호텔을 떠나지 말라고 말해 뒀습니다."

곤도가 사토시에게 말했다.

"이제 우리는 패트리샤 호텔에 가서, 시신이 옮겨질 예정인 병원으로 그의 아내를 데려갈 겁니다. 그때 그분에게 상황을 설명할 건데요. 목격자인 당신도 같이 와 주셨으면 좋겠어요."

"알겠습니다. 그런데 도모베 요시오가 언급했던 교환 살인 말인데요. 정말로 그에 해당하는 사건이 이십오 년 전에 있었는지, 그 부인에게 슬쩍 물어봐서 확인해도 될까요?"

교환 살인 고백이 사실이라면, 이십오 년 전인 1988년 9월에 도모베 요시오의 주위에서 살인 사건이 발생했을 것이다. 그는 그 살인 사건으로 이익을 얻었고, 또 그 사건이 일어난 시간대에 완벽한 알리바이를 가지고 있었을 것이다.

곤도는 망설이는 태도를 보였다. 젊은 수사관이 눈살을 찌푸리며 말했다.

"그 부인은 몹시 당황한 것 같았습니다. 지금 그런 이야기를 꺼내는 것은, 좀⋯⋯."

"그가 교환 살인을 고백했다고 솔직히 말할 생각은 없습니다. 이십오 년 전에 도모베 요시오의 주변에서 정말로 살인 사건이 일어났는지, 그것만 은근슬쩍 물어볼게요."

곤도는 마지못해 수긍했다.

"⋯⋯알겠습니다. 그 정도는 괜찮겠죠. 그런데 진짜로 티 안 나게 물어보셔야 합니다."

*

　신주쿠에 있는 패트리샤 호텔에 도착한 곤도 경사와 사토시는 프런트에 부탁해서 도모베 요시오의 부인을 불러 달라고 했다.

　잠시 후 로비의 엘리베이터 문이 열리더니 60세쯤 되어 보이는 여성이 나왔다. 그 사람은 무거운 걸음걸이로 프런트까지 똑바로 걸어왔다.

　"도모베 요시오 씨의 부인 되십니까?"

　곤도가 말을 걸자 그 여자는 살짝 고개를 끄덕이더니 "도모베 마키코입니다."라고 대답했다. 기가 세 보이는 화려한 외모이지만, 지금은 얼굴이 완전히 창백하게 질려 있었다. 보통 여자보다는 덩치가 큰 편인데, 젊은 시절부터 운동이라도 했는지 몸이 근육질이었다.

　"이번 일은 정말 안타깝게 되었습니다. 저는 이쓰카이치 경찰서 교통경비과 소속인 곤도라고 합니다. 남편분을 옮겨 간 병원에서 그분의 시신을 확인해 주셨으면 좋겠는데요. 동행해 주실 수 있을까요."

　"……네."

　세 사람은 경찰차를 타고 시신이 운반된 아키루노 시립 병원으로 향했다. 곤도가 핸들을 잡았고 사토시와 마키코는 뒷좌석에 앉았다. 사토시는 비번인 경찰관이란 사실을 밝히고, 자신이 목격한 사고 상황을 설명했다. 마키코는 눈을 내리깐 채 꼼짝도 안 하고 그 이야기를 듣고 있었다.

병원에 도착하자 영안실로 안내됐다. 시신과 대면한 마키코는 "남편이에요."라고 말하더니 울면서 쓰러졌다.

로비로 이동해서 마키코가 울음을 그칠 때까지 기다렸다가 곤도가 질문을 던졌다.

"이런 때에 정말 죄송합니다만, 몇 가지만 여쭤봐도 될까요? 우선 남편분 직업이 어떻게 되십니까?"

"이 년 전까지는 도쿄 이타바시구에서 건강 기구 판매회사를 경영하고 있었습니다. 실적이 좋지 않아서 결국 사업을 접었습니다만……."

"남편분의 면허증을 봤는데요. 아마미오섬에 사신다고요."

"네. 사업을 접은 뒤 둘이서 그쪽으로 이사를 갔습니다."

"이번에 도쿄에 오신 목적은 뭡니까?"

"관광이에요. 도쿄에서 살았을 때에는 아무래도 자기가 사는 동네이다 보니 명승고적 같은 곳에는 한 번도 가 보지 않았거든요. 그래서 이번에 여기저기 가 보자고 남편이랑 상의해서, 어제부터 일주일 예정으로 상경한 겁니다."

"오늘 남편분이 외출한 것은 몇 시 정도였습니까?"

"오후 2시 정도였습니다. 산책 갔다 온다면서 호텔에서 나갔는데, 아무리 기다려도 돌아오지 않아서 슬슬 걱정을 하다가……. 남편의 휴대폰에 전화하려고 했을 때, 그쪽에서 먼저 전화를 해 주신 겁니다."

"제필스 렌터카라는 렌터카 회사 신주쿠 점에서 남편분이 2시 15분에 차를 빌리셨다는 기록이 있습니다. 산책한다고 말했으면서 차를 빌리신 건데요. 남편분이 어디로 가려고 했는지 혹시 짐작이 가십니까?"

모르겠어요, 하고 마키코는 고개를 옆으로 흔들었다. 그리고 걱정스럽게 말했다.

"저, 남편의 사고에 무슨 이상한 점이라도 있나요?"

"아뇨, 현재로선 이상한 점은 없습니다. 목격자인 데라다 경사의 증언을 들어 봐도, 또 현장검증의 결과를 봐도 이번 일은 단순한 사고이고 사건성은 없는 것처럼 보입니다."

"그렇군요……."

사토시는 곤도를 힐끔 곁눈질했다. 슬슬 그 일에 관해 은근슬쩍 물어볼 타이밍이다. 곤도는 사토시가 하고 싶은 말이 뭔지 알아챘는지, 내키지 않는 것처럼 고개를 끄덕였다.

"좀 여쭤보고 싶은 것이 있는데요. 이십오 년 전, 1988년에 남편분 주위에서 누군가가 돌아가시지 않았나요?"

마키코는 눈을 크게 뜨고 사토시를 쳐다봤다. 그 눈에는 거의 공포에 가까운 감정이 깃들어 있었다.

"……네, 돌아가셨습니다. 9월 19일에 남편의 백부님이 강도에게 살해됐거든요. 그런데 그걸 어떻게…….”

“그분에게 자식은 있었습니까?”

“없었어요. 그분은 시아버님의 형님이신데, 평생 독신으로 사셨거든요.”

“그 당시에 시아버님은 살아 계셨습니까?”

“아뇨, 병으로 일찍 돌아가셨습니다.”

“그렇군요. 시아버님 이외에 또 다른 형제분은 있으셨습니까?”

“없었어요. 형과 아우, 그렇게 딱 둘이었습니다.”

“실례지만 그분은 부자이셨나요?”

“네.”

“남편분은 사건 당시에 어디 계셨습니까?”

“저와 함께 미국 여행을 하고 있었습니다.”

“미국의 어디를요?”

“뉴욕입니다.”

그때 마키코가 날카롭게 사토시를 쏘아봤다.

“도대체 무슨 말씀을 하고 싶으신 거죠? 남편이 유산을 노리고 백부님을 죽였다는 겁니까?”

“아뇨, 절대 아닙니다. 남편분은 그때 미국 여행을 하고 있었다는 알리바이가 있으니까요.”

“이런 상황에서 이십오 년 전 사건을 이야기하시다니, 그 의도가 대체 뭐죠? 애초에 이십오 년 전 사건을 어떻게 알고 계시는 겁니까?"

"실은 남편분이 돌아가시기 직전에 '이십오 년 전……'이란 말을 남기셨습니다."

그 고백을 여기서 더 이상 자세히 밝히는 것은 위험하다. 좀 더 조사하고 나서 정식으로 마키코에게 이야기해야 할 것이다. 사토시는 그렇게 판단하여 적당히 얼버무렸다.

그래도 큰 수확이 있었다. 이십오 년 전, 도모베 요시오의 주변에서는 실제로 살인 사건이 일어났다. 부자인 백부가 피해자이고, 또 그의 동생인 요시오의 아버지가 이미 돌아가셨다면, 요시오는 거액의 유산을 상속했을 테니까 동기가 있었다. 더구나 미국 여행 도중이라는 철벽같은 알리바이도 있었다. 동기가 있고 알리바이가 있다. 교환 살인의 조건을 충족시키는 것이다.

그리고 문득 깨달았다. 아까 그 교환 살인 고백에서, 공범자에게 죽여 달라고 부탁했던 상대의 이름은 자신이 죽인 상대의 이름보다 훨씬 짧은 것 같았다. 그렇게 짧았던 것은 그것이 사람 이름이 아니라 '백부'란 호칭이었기 때문인가. 그때 그 말은 "공범자한테 백부를 죽여 달라고 했어."였던 것이다.

3

다음 날인 월요일에 사토시는 미타카시에 있는 직장인 경시청 부속 범죄 자료관에 출근했다.

관장실 문을 두드리자, "네." 하고 감정 없는 목소리가 대답했다. 문을 열었더니 백의를 입은 설녀가 책상 앞에서 서류를 읽고 있었다.

히이로 사에코 경정이었다. 날씬한 몸매와 창백할 정도로 하얀 피부. 어깨까지 길게 기른 매끄러운 검은 머리카락. 나이를 짐작할 수 없는 인형같이 차갑고 단정한 외모. 긴 속눈썹으로 에워싸인 쌍꺼풀진 커다란 눈. 설녀가 현실 세계에 존재한다면 이렇지 않을까 싶은 분위기였다. 일단 커리어이긴 한데, 한직인 범죄 자료관의 관장 노릇을 팔 년이나 하고 있는 것을 보면 엘리트 코스에서는 완전히 벗어났다는 것을 알 수 있었다.

'안녕하세요.' 하고 사토시가 인사해도 히이로 사에코는 고개 조차 들지 않고 말없이 서류를 계속 읽고 있었다. 이런 태도에도 익숙해졌으므로 화도 나지 않았다. 이 사람은 사토시를 깔보는 것이 아니라, 단지 타인과 의사소통을 하려는 의사가 근본적으로 결여되어 있을 뿐이었다.

묵묵히 서류를 계속 읽는 관장에게 사토시는 어제 있었던 사고와, 피해자가 죽기 직전에 했던 고백을 보고했다.

"……교환 살인?"

드디어 상대가 고개를 들었다. 변함없이 무표정했지만, 그 커다란 눈이 조금 가늘어져 있었다. 관심이 생겼다는 증거다.

"네. 도모베 요시오의 아내에게 물어봤더니 정확히 이십오 년 전인 1988년 9월 19일에 남편의 백부가 강도한테 살해되는 사건이 있었다고 합니다. 백부는 부자였으므로 도모베 요시오는 상당한 금액의 유산을 상속받았습니다. 그때 그들 부부는 미국 여행 중이라서 도모베 요시오에게는 완벽한 알리바이가 있었던 모양인데, 공범자에게 백부를 죽여 달라고 부탁했다면 알리바이는 아무 의미가 없어집니다. 이제 그보다 일주일 전인 12일에 전혀 상관없어 보이는 살인 사건이 발생했고, 그 범행 시간대에 도모베의 알리바이가 없다면 그것은 도모베가 고백한 교환 살인과 정확히 일치하게 됩니다. 그래서 12일에 살인 사건이 일어났는지, CCRS에서 조사를 해 보고 싶은데요…….."

"좋아. 조사해 보자."

CCRS란 것은 'Criminal Case Retrieval System', 형사사건 검색 시스템의 약자로, 2차 대전 이후 경시청 관내에서 발생한 모든 형사사건이 등록된 데이터베이스다. 경시청 관내의 각 경찰서와 법의학 · 감식 관련 연구 기관에 있는 단말기를 통해 그 데이터베이스에 접근할 수 있다.

히이로 사에코가 자기 컴퓨터 화면에 CCRS 페이지를 띄웠다.

사토시는 그 등 뒤에 서서 화면을 들여다봤다.

CCRS에는 형사사건으로 인지된 사건만 등록되어 있었다. 사고사나 자살까지 망라하진 않았다. 그러나 그것은 별로 중요한 문제가 아니었다. 어제 교환 살인의 고백에 의하면 경찰은 도모베 요시오와 공범자를 의심한 것 같으니까, 범행은 사고사나 자살로 위장된 것이 아니라 누가 봐도 명백한 살인이라고 생각해도 될 것이다.

"도모베 마키코는 백부가 강도한테 살해된 것은 9월 19일이라고 했나 본데, 날짜를 잘못 기억했을 가능성도 있으니까 9월에 발생한 모든 사망 사건을 조사해 보자."

히이로 사에코는 그렇게 말하더니 사건 발생 일시 입력란에는 '1988년 9월', 사건 종류 입력란에는 '사망 사건'이라고 입력했다. 화면에 여섯 건의 사건이 표시됐다. 사건명, 발생 일시, 발생 장소, 피해자 성명, 범행 수법, 범인 성명, 그렇게 기본적인 정보였다. 사건명은 수사본부에서 내거는 소위 '계명'이었다.

9월 12일, 조후시 의사 뺑소니 사망 사건. 발생 장소는 조후시 쓰쓰지가오카. 피해자는 다키이 히로시(滝井弘), 34세. 뺑소니 사고로 사망. 범인 불명.

12일, 아카바네 부동산 회사 사장 살해 사건. 발생 장소는 기타구 아카바네. 피해자는 스기야마 하야오(杉山早雄), 35세. 나이프에 찔려 사망. 범인 불명.

　15일, 사쿠라조스이 여직원 목매달기 살해 사건. 발생 장소는 세타가야구 사쿠라조스이. 피해자는 고야마 시즈에(小山静江), 26세. 목매달아 자살한 것처럼 꾸며서 교살. 범인은 옛 애인.

　19일, 고쿠분지시 자산가 살해 사건. 발생 장소는 고쿠분지시 후지모토. 피해자는 도모베 마사요시(友部政義), 67세. 박살. 범인 불명.

　22일, 니시카마타 상점 주인 익사 살해 사건. 발생 장소는 오타구 니시카마타. 피해자는 미카미 신페이(三上晋平), 50세. 욕조에 빠져 익사. 범인은 같은 상점가의 상점 주인.

　26일, 시나가와역 주부 살해 사건. 발생 장소는 JR 시나가와역 게이힌도호쿠선 상행 열차 플랫폼. 피해자는 사이토 치아키(斉藤千秋), 34세. 플랫폼에서 떠밀려 추락해 전차에 치여 사망. 범인 불명.

　"9월 19일 자산가 살해 사건이 아마도 도모베 요시오의 백부가 살해된 사건일 테지. 도모베 마키코가 기억하고 있던 날짜가 정확했나 보군."

　"도모베 요시오의 고백에 의하면 먼저 그가 살인을 했고, 그로부터 일주일 후에 공범자가 범행을 저질렀다고 합니다. 백부인 도모베 마사요시가 살해된 것은 9월 19일이었으니까, 도모베 요시오 자신이 살인을 한 것은 그보다 일주일 전인 9월 12일이었던 거죠."

정확히 그 날짜에 살인 사건이 발생했다. 그것도 두 건이나. 조후시 의사 뺑소니 사망 사건과, 아카바네 부동산 회사 사장 살해 사건. 둘 다 피해자는 남자이므로 이 점에서도 고백 내용과 일치했다. 이로써 어제 그 고백이 거짓말이 아니었을 가능성이 높아졌다.

문제는 이 두 개 중에 무엇이 도모베 요시오의 살인 사건이냐 하는 것이다.

"관장님은 도모베 요시오의 범행은 둘 중에 무엇이라고 생각 하십니까?"

"아직 몰라. 재수사를 해 볼 필요가 있어."

재수사. 그 말이 히이로 사에코의 입에서 튀어나왔다.

사토시가 올해 1월에 범죄 자료관에 배속된 이후로 이 여자는 두 건의 사건을 재수사해서 해결했다. 1998년에 발생해 해결되 지 않았던 나카지마 제빵 공갈·사장 살해 사건과, 1993년에 발 생해 피의자 사망으로 처리됐던 하치오지시 여대생·대학 교수 살해 사건이었다. 히이로 사에코는 두 번 다 '붉은 박물관'에 보 관된 증거품을 바탕으로 아주 대담한 추리를 했다. 그리고 그 때 의사소통 능력이 없어서 탐문 수사에는 소질이 없는 그 사람 을 대신하여 재수사를 했던 사람이 사토시였다.

"알겠습니다."

"도모베 요시오의 고백에는 하나 더 신경 쓰이는 점이 있어. 그는 마지막에 '그뿐만이 아니야. 나는……'이라고 말하다가 숨을 거뒀다면서? 나는, 뭘까? 그는 그때 뭐라고 말하려고 했을까?"

"죄송합니다. 잘 안 들려서……. 그런데 도모베 요시오의 고백 말인데요. 이것은 수사1과에도 일단 보고하고 싶습니다만……."

"뭐 하러? 만약에 정말로 교환 살인이 실행됐어도, 어차피 옛날에 시효가 만료된 사건이야. 수사1과는 시효가 만료된 사건은 수사하지 않는다. 시효가 만료된 사건의 범인을 밝혀내 봤자 형사처벌을 할 수는 없으니까, 수사1과의 입장에서는 무의미한 짓이야."

아마도 히이로 사에코는 그 고백 내용을 수사1과에는 알리지 않고 재수사를 하려는 것 같았다.

"그야 물론 이제 와서 교환 살인이었다고 알려 줘도 수사1과는 움직이지 않을 테지만, 그래도 그렇게 중요한 내용을 알려 주지 않는 것은 위험한 행동이라고 생각합니다. 알아낸 사실은 꼭 보고하는 것이 경찰 조직의 철칙이지 않습니까."

그러나 히이로 사에코는 '타인과 정보를 공유한다.'라는 발상이 근본적으로 없는 것 같았다.

"재수사를 실시한 다음에 그 결과까지 합쳐서 가르쳐 주면 된다."

"그렇게 하면 수사1과가 불쾌해할 텐데요……."

"어째서? 수사1과는 이 사건의 재수사를 실시하지 않을 테니까 애초에 불쾌해할 이유도 없지 않은가."

'자기들의 담당 구역에서, 자기들이 모르는 정보를 바탕으로 누군가가 설치고 다닌다면 당연히 불쾌해할 테죠.' 사토시는 그렇게 말하려다가 포기했다. 히이로 사에코의 사전에는 '체면'이나 '담당 구역'이나 '배려'란 단어가 전혀 존재하지 않는 것이다.

그때 사토시는 문득 의문이 생겨서 물어봤다.

"그런데 관장님은 제가 도모베 요시오의 고백을 잘못 들었거나 무심코 기억을 수정했을 가능성은 생각을 안 하시는 겁니까?"

"자네는 자신이 잘못 들었거나 기억을 수정했다고 생각하나?"

"아뇨."

"그럼 자네 자신이 그렇게 생각하지도 않는 것을, 내가 그렇게 생각한다고 지레짐작하지 말게. 나는 적어도 자네의 관찰력과 기억력은 믿고 있으니까."

4

범죄 자료관은 증거품 외에 수사 서류도 보관하고 있다. 사토시는 수사 서류 보관실에서 고쿠분지시 자산가 살해 사건, 조후시 의사 뺑소니 사망 사건, 아카바네 부동산 회사 사장 살해 사건의 각 수사 서류를 가져왔다.

이번에야말로 히이로 사에코보다 먼저 자신이 진상을 밝혀낼 것이다. 사토시는 마음속으로 그렇게 맹세했다. 히이로 사에코는 수사 경험 따윈 없는 커리어였지만 수사관으로서의 능력은 천재적이었다. 그 점은 인정한다. 하지만 자신도 칠 개월 전까지는 수사1과 형사였다. 수많은 형사들이 동경하는 최고의 부서에 소속되어 있었던 것이다. 그 자존심을 걸고 조금이라도 실력을 보여 줘야만 한다.

게다가 도모베 요시오의 마지막 말을 듣고 이십오 년 전의 교환 살인 사건을 들춰낸 사람은 바로 자신이었다. 자신은 그것을 해결할 책임이 있었다.

지금까지 다뤘던 두 개의 사건에서는 히이로 사에코는 수사 서류를 읽었을 때 이미 진상을 파악하고 있었고, 그 사람이 사토시에게 시켰던 탐문 수사는 단지 그 진상을 뒷받침하는 증거를 찾는 행위였다. 이번 사건에서도 히이로 사에코는 수사 서류를 읽기만 해도 진상을 알아낼 가능성이 있었다. 그 사람에게 대항하려면, 자신도 수사 서류만 읽고 진상에 도달하겠다는 각오로 읽어야만 한다.

세 건의 수사 서류를 히이로 사에코와 서로 교환하면서 읽었다. 같은 방에서 설녀와 함께 묵묵히 수사 서류를 읽고 있으니 어쩐지 영하의 설산에 있는 듯한 기분이 들었다.

우선 고쿠분지시 자산가 살해 사건부터 살펴봤다.

피해자인 도모베 마사요시는 사건 당시 67세. 독신. 주식거래를 통해 상당한 자산을 가지게 되었다. 9월 20일 오전 10시가 넘었을 때 고쿠분지시 후지모토에 있는 피해자의 자택에서 출퇴근 가사 도우미가 그의 시체를 발견했다. 도모베 마사요시는 금고 쪽으로 발을 뻗는 형태로 쓰러져 죽어 있었다. 사망 추정 시각은 전날인 19일 오후 10시부터 12시 사이. 좌측 후두부에 구타의 흔적이 있었고, 흉기인 골프채가 옆에서 굴러다니고 있었다. 그 골프채는 도모베 마사요시의 물건이었으며, 그것을 손질하는 데 쓰는 천이 떨어져 있었다. 금고 문이 열려 있었고 그 안은 텅 비어 있었다.

상황을 생각해 보면 그가 골프채를 손질하고 있을 때 강도가 들어와 그를 협박해 금고 문을 열게 했는데, 기회를 봐서 도망치려고 했기 때문에 범인이 근처에 있는 골프채로 뒤에서 그를 때린 것 같았다. 그리고 좌측 후두부를 때린 것을 보면 범인은 왼손잡이인 듯했다.

당시 도모베 요시오는 그가 경영하는 건강 기구 판매회사의 자금 운용 문제로 힘들어하고 있었다. 당연히 경찰은 그를 의심했는데, 그는 아내와 함께 미국 여행을 하고 있었다는 완벽한 알리바이가 있었다. 또 범인은 왼손잡이로 추정됐는데 도모베는 오른손잡이였다. 범인이 아닌 척하려고 실은 왼손잡이이면서 오른손잡이로 위장했을 가능성도 있으므로 도모베의 오래된 지인에게 물어봤는데, 결국 그가 오른손잡이라는 것은 사실로 확인됐다.

그다음은 조후시 의사 뺑소니 사망 사건.

피해자인 다키이 히로시는 병원에 근무하는 내과의인데, 사건 당시 34세였다. 9월 12일 오후 10시 정도에 집으로 돌아가는 도중에 집 근처의 조후시 쓰쓰지가오카 부근에서 뺑소니 사고를 당해 사망했다. 그리고 즉시 유력한 용의자가 발견됐다. 도쿄도 수도국 직원인 기미하라 마코토였다. 기미하라에게는 후미코라는 열 살 어린 여동생이 있었는데, 그 사람은 다키이가 근무하는 병원에서 간호사로 일하고 있었다. 후미코는 다키이와 사귀었지만, 병원 이사장의 딸과 혼담이 오가게 된 다키이는 후미코를 차버렸다. 게다가 그때는 후미코가 "지금은 아직 결혼하기에는 이르다."라는 그의 말을 믿고 임신중절을 한 직후였다. 정신적으로 불안정해진 후미코는 강력한 의료용 수면제를 과다 섭취하여 자살했다. 기미하라는 나이 차이가 많이 나는 여동생을 무척 예뻐했었기 때문에, 후미코가 자살하자 다키이에게 지독한 원한을 품게 되었다. 그러나 기미하라에게는 알리바이가 있었다. 12일 오후 6시부터 다음 날 오전 3시까지 수도국에서 야근을 했던 것이다. 동료들 여러 명이 그와 함께 일했다고 증언했다.

그리고 아카바네 부동산 회사 사장 살해 사건.

스기야마 하야오는 스기야마 부동산의 사장이었고, 사건 당시 35세였다. 12일 오후 9시경에 기타구 아카바네에 있는 회사에서 나온 직후에 칼에 찔려 사망했다. 금방 유력한 용의자가 발견됐다. 세 살 어린 남동생 게이스케였다. 그는 같은 회사의 전무였는데, 경영 방침 때문에 종종 사장인 형과 충돌했던 것이다. 그러나 게이스케에게는 알리바이가 있었다. 퇴근길에 JR 사이쿄선을 타고 이케부쿠로까지 가서 산책을 하다가 우연히 고등학교 시절의 친구를 만나서, 오후 9시경에는 이케부쿠로역 앞의 술집에서 그 친구와 술을 마시고 있었던 것이다. 그 친구뿐만 아니라 게이스케의 얼굴을 기억하는 술집 직원도 그의 알리바이를 증언해 줬다.

*

그날 하루 동안 두 사람은 세 건의 수사 서류를 계속 읽었다. 단지 점심시간에만 잠깐 중단했을 뿐이다. 오전에 미화원인 나카가와 기미코가 관장실에 한 번 얼굴을 내밀었는데, 묵묵히 서류만 읽는 두 사람을 보고 어처구니없다는 듯이 고개를 절레절레 흔들더니 말없이 나가 버렸다.

사토시가 세 번째 사건인 아카바네 부동산 회사 사장 살해 사건의 수사 서류를 다 읽었을 때는 이미 오후 8시가 넘은 시각이었다. 혹사시킨 눈이 아팠다. 평소에는 퇴근 시간인 오후 5시 반이 되면 야근은 안 하고 얼른 퇴근하는데, 이 사건은 히이로 사

에코보다 먼저 해결하겠다는 의욕을 불태우느라 시간이 가는 줄
도 몰랐던 것이다.

히이로 사에코를 힐끔 봤더니 그 사람도 수사 서류를 다 읽은
것 같았다. 조후시 의사 뺑소니 사망 사건의 수사 서류를 책상
위에 올려놓고 생각에 잠겨 있었다.

"의사 뺑소니 사망 사건에서는 기미하라 마코토, 부동산 회사
사장 살해 사건에서는 동생인 게이스케라는 유력한 용의자가 있
었네요. 그것도 둘 다 완벽한 알리바이로 보호받고 있었어요. 동
기가 있음에도 불구하고 완벽한 알리바이가 있다. 기미하라 마
코토도 스기야마 게이스케도 교환 살인의 공범자의 조건을 충족
시킨 거죠. 두 사건 모두에 그런 인물이 있으니까, 두 사건 모두
교환 살인의 나머지 한쪽이 될 수 있겠네요."

관장은 고개를 끄덕였다.

"어느 사건이 정답이라고 생각하십니까?"

사토시의 질문에 히이로 사에코는 "아직 모르겠다."라고 대답
했다. 천재적인 이 여자도 지금까지와는 달리, 수사 서류만 읽고
진상을 파악하지는 못한 것 같았다.

"공범자가 만족시켜야 할 조건은 세 가지가 있다고 생각합니
다. 첫째, 도모베 마사요시가 살해된 9월 19일에 알리바이가 없
을 것. 둘째, 도모베 마사요시의 다친 부위를 볼 때 왼손잡이일
가능성이 높다는 것. 셋째, 도모베 요시오와 어떤 식으로든 접점

이 있을 것."

"도모베 요시오와 어떤 식으로든 접점이 있을 것?"

"소설에 나오는 교환 살인은, 서로 모르는 사람들끼리 우연히 만나 이야기를 하다가 둘 다 죽이고 싶은 상대가 있다는 것을 알게 돼서 교환 살인을 하기로 약속한다, 하는 식으로 전개되는 것 같은데요. 현실적으로 본다면 처음 만난 사람들끼리 대화하다가 사람 죽이는 이야기까지 하게 될 가능성은 낮다고 생각합니다. 지금은 서로 연락을 안 하는 것처럼 보이지만 원래 아는 사이였던 사람들끼리 다시 만나, 이런저런 이야기를 하다가 사람 죽이는 이야기까지 하게 됐다고 생각하는 것이 자연스럽죠. 그러니까 도모베 요시오는 기미하라 마코토나 스기야마 게이스케, 둘 중 한 명과 원래 아는 사이였을 겁니다."

"지당한 의견이야. 그런데 수사 서류만 읽었을 때에는, 도모베 요시오와 기미하라 마코토 또는 스기야마 게이스케 사이에서는 아무런 공통점도 발견할 수 없었다. 그들이 다녔던 학교는 달라. 직업도 다르고. 취미도 달라. 공통된 지인도 없어. 서로 알게 될 만한 토대가 아무것도 없다."

"그들 사이에 접점이 있다는 전제하에 수사를 하지 않았기 때문입니다. 그래서 접점을 미처 보지 못하고 지나간 거예요. 접점이 있다고 전제하고 수사하면 틀림없이 접점을 찾을 수 있을 겁니다."

"일단 재수사로서 도모베 마키코의 이야기를 다시 한 번 들어 보고, 기미하라 마코토와 스기야마 게이스케도 만나고 와 줘."

5

다음 날인 화요일 오전 9시가 넘어서 사토시가 도모베 마키코의 휴대폰에 연락했더니, 그 사람은 아직 신주쿠의 패트리샤 호텔에 있었다. 사토시는 범죄 자료관에서 가장 가까운 JR 미타카역에서 주오선 열차를 타고 신주쿠로 향했다.

"어제 아키루노 시립 병원에서 시신을 돌려받아 화장했습니다." 마키코는 그렇게 말했다.

"장례식은 나중에 아마미오섬에 돌아가서 할 예정입니다. 저희 부부는 도쿄에는 별로 좋은 추억이 없어서요. 장례식은 여기서 하고 싶지 않습니다. 그저께 말씀드렸듯이 저희 남편이 경영하고 있던 회사가 이 년 전에 실적 부진으로 폐업했는데, 그때 이런저런 불쾌한 일을 당해서……."

"그렇군요……."

"그런데 오늘은 무슨 볼일로 오셨나요?"

"그저께 남편분이 돌아가실 때 하셨던 고백 때문에 왔습니다. 그저께는 남편분이 '이십오 년 전……'이란 말만 남겼다고 말씀드렸습니다만, 사실 그건 정확하지 않은 표현이었습니다. 남편분은 더 중대한 고백을 하셨습니다."

"……중대한 고백? 남편이 무슨 고백을 했다는 거죠?"

사토시가 교환 살인 고백을 이야기하자, 마키코의 안색이 싹 달라졌다.

"당신이 잘못 들으신 게 아닙니까?"

"아뇨. 남편분은 틀림없이 그렇게 고백을 하셨습니다. 실제로 남편분이 고백하신 것과 같은 사건이 1988년 9월 12일에 두 건 발생했습니다."

조후시 의사 뺑소니 사망 사건과 아카바네 부동산 회사 사장 살해 사건. 그 이야기를 들은 마키코의 얼굴에 경악의 빛이 떠올랐다.

"하지만 남편은 백부님과 사이가 좋았어요. 목숨을 빼앗는다니, 그런 무서운 짓을 했을 리가 없어요."

"남편분은 당시에 경영하는 회사의 자금 운용 때문에 힘들어하셨던 것 같은데요."

"무슨 말씀을 하고 싶으신 거죠? 남편이 백부님을 해칠 만한 동기가 있었다는 겁니까?"

"실례지만, 네. 그렇습니다. 9월 12일에 남편분이 무엇을 하셨는지 기억하십니까?"

"이십오 년이나 지난 일을 기억할 리가 없잖아요."

그 말이 맞았다. 백부가 살해된 9월 19일에 있었던 일은 그 후 수사 과정에서 몇 번이나 질문을 받았을 테니까 '미국 여행을 갔었다는 것'은 마키코의 뇌리에 깊이 새겨졌을 테지만, 그 외의 날에 있었던 일은 기억에 남을 이유가 없었다. 이번 재수사의 가장 큰 문제점이 그것이었다.

"백부님이 돌아가시고 나서 남편분의 상태는 어땠습니까?"

"그야 물론 엄청나게 슬퍼했죠. 저희가 미국 여행을 마치고 돌아온 것이 20일 저녁이었는데요. 집에 돌아오자마자 경찰한테 전화가 와서 백부님이 살해됐다는 소식을……. 남편이 어린애처럼 울음을 터뜨린 것을 지금도 똑똑히 기억하고 있어요. 그리고 엎친 데 덮친 격으로 남편은 그다음 날부터 맹장염으로 일주일이나 입원하는 바람에 장례식 상주가 되지도 못했고, 제가 대신 그 일을 맡았습니다. 남편은 그것도 또 마음에 담아 두고 괴로워했어요."

도모베 요시오와 마키코 부부는 이미 서로에 대한 애정은 식었는지, 마키코는 남편이 죽었다는 사실에 충격은 받았어도 크게 슬퍼하지는 않는 것 같았다. 남편이 교환 살인을 고백했다는 사토시의 증언을 듣고 마키코의 안색이 싹 달라진 것은, 남편을 사랑해서 그런 거라기보다는 오히려 '남편이 살인자였다.'라는 낙인이 찍히면 자신의 입장이 난처해질까 봐 그런 것 같았다.

6

'하이츠 노구치'는 히가시무라야마시 노구치초에 있는 5층짜리 아파트였다. 아파트가 세워진 지 삼십 년 이상 됐는지 상당히 낡은 건물이었다.

304호실 현관의 벨을 누르자 문이 열리더니 깔끔하게 생긴 백발 남성이 모습을 드러냈다. 아직 오십 대일 텐데도 머리카락 때문에 훨씬 더 나이가 들어 보였다. 그 하얀 머리카락은 그가 살아온 인생의 가혹함을 짐작케 해 주었다.

'기미하라 마코토 씨 맞으시죠?' 하고 사토시가 말하자, 그는 묵묵히 고개를 끄덕였다.

"전화 드렸던 경시청 부속 범죄 자료관의 데라다 사토시입니다. 이번에는 이렇게 만나 주셔서 정말 감사합니다."

조후시 의사 뺑소니 사망 사건의 수사 서류에는 유력한 용의자였던 기미하라 마코토의 주소와 전화번호가 기록되어 있었다. 그것은 이십오 년 전 사건 당시 기미하라가 살고 있던 아파트의 정보였다. 이미 다른 곳으로 이사 갔어도 이상하진 않겠다고 사토시는 생각했는데, 그 전화번호로 전화했더니 "여보세요, 기미하라입니다." 하고 착 가라앉은 남자의 목소리가 응답했다. 확인을 해 보니 본인이 맞았다. 그래서 사토시는 자신은 경시청 부속 범죄 자료관의 직원이고 사건의 데이터베이스를 구축하는 중인데, 다키이 히로시가 살해된 사건의 기록에서 몇 가지 형식적인 기재 사항이 누락된 것을 발견했다. 그 부분을 수정하기 위해 당신을 찾아뵙고 싶다고 말해서 무사히 만날 약속을 잡게 되었다.

"자, 들어오세요."

그러더니 기미하라는 사토시를 식당으로 안내했다. 깨끗이 청소가 되어 있었지만 가구가 거의 없어서 왠지 썰렁해 보였다. 사토시는 명함을 꺼내 기미하라에게 건네줬다. 그는 그것을 오른손으로 받더니 한 번 힐끗 보고 관심 없다는 듯이 테이블 위에 올려놨다.

기미하라는 오른손잡이인 것 같았다. 이 점에서 도모베 마사요시 살해 사건의 범인의 조건에는 맞지 않았다. 그러나 그 사건에서 범인이 왼손잡이라고 추정되고 있다는 사실을 알고, 그 후 이십오 년에 걸쳐 왼손 대신 오른손을 쓰도록 습관을 바꿨을지도 모른다. 이십오 년이나 시간이 있었다면 충분히 선천적인 오른손잡이와 비슷해질 수 있었을 것이다.

"형식적인 기재 사항이 누락됐다고요. 그게 뭡니까?"

기미하라가 말했다. 사토시는 수사 서류 내용을 떠올리면서 사건의 세부 사항에 관해 적당히 질문을 했다. 기미하라는 조용히 그 질문에 대답했다. 그 음성에서는 패기가 전혀 느껴지지 않았다. 기미하라는 여동생을 무척 예뻐했다고 한다. 아마도 이십오 년 전 여동생이 죽었을 때 그의 시간은 그대로 멈춰 버린 것이리라.

한동안 질문을 하고 나서 사토시는 "감사합니다. 이로써 누락된 것은 없습니다." 하고 감사 인사를 했다.

사토시는 벽에 사진이 걸려 있는 것을 발견했다. 아직 젊은 기미하라와 스무 살쯤 되어 보이는 예쁜 여자가 찍혀 있었다. 두 사람은 학교 정문을 등지고 해맑게 웃고 있었다.

"……제 여동생입니다."

사토시의 시선을 따라간 걸까. 기미히라가 불쑥 한마디 중얼거렸다.

"간호대학을 졸업했을 때 찍은 사진이에요. 부모님이 일찍 돌아가셨기 때문에 제가 부모 대신 졸업식에 참석했습니다."

"그랬군요……."

"제 동생이 뭔가 고민하고 있다는 것은 눈치챘는데, 정확히 뭐 때문에 고민하는지 제대로 들어주지 못했어요. 제가 이야기를 제대로 들어줬으면 제 동생은 자살하지 않았을지도 모르는데……."

사토시는 물어보기가 거북해졌지만, 마음을 독하게 먹었다.

"다키이 히로시 씨가 살해됐다는 소식을 들었을 때 당신은 무슨 생각을 하셨습니까?"

"범인이 누구인지는 몰라도 그 사람에게 고맙다고 하고 싶었어요. 그와 동시에 왜 내가 죽이지 않았을까, 하고 후회했습니다."

경찰관을 상대로 엄청나게 대담한 말을 하는구나.

"다키이 씨가 살해되고 나서 일주일 후인 9월 19일에는 무슨 일을 하고 계셨는지 혹시 기억하십니까?"

"······9월 19일? 기억이 안 나는데요. 왜 그날 일을 물어보시는 거죠?"

"실은 자기가 다키이 씨를 죽였다고 하는 인물이 나타나서요."

기미하라의 무감동한 표정이 약간 달라졌다.

"······자기가 다키이를 죽였다고 하는 인물이 나타났다고요?"

"네."

"그런데 그게 9월 19일과 무슨 상관이 있습니까? 영문을 잘 모르겠는데요······."

"그 인물은 교환 살인을 했다고 말했습니다. 자기가 다키이 씨를 죽이는 대신에, 9월 19일에 자기가 죽이고 싶었던 백부님을 상대한테 죽여 달라고 했다는 겁니다."

기미하라는 변함없이 무표정했다. 교환 살인의 공범자가 자기를 배신했다는 것을 알았을 때 보여 줄만한 반응, 즉 낭패하거나 초조해하는 반응을 보이진 않았다.

"아하, 그래서 제가 교환 살인에 가담했다고 의심하고 계시는 거군요. 그 인물은 공범자로서 제 이름을 언급했나요?"

"아뇨, 당신 이름을 언급하진 않았습니다. 다만 교환 살인으로 다키이 씨를 죽였다고 말했을 뿐이지요."

"저라면 교환 살인은 하지 않았을 겁니다. 저는 다키이를 죽이고 싶을 정도로 증오했어요. 그 정도로 증오하는 상대를 죽이는 일은 제가 스스로 할 겁니다. 남한테 맡겨 버리면 그 증오의 감정을 가라앉힐 수가 없잖아요?"

그것은 일종의 궤변이었지만 그럼에도 불구하고 설득력이 있었다. 사토시가 경찰관이 아니었다면 믿었을지도 모른다.

그런데 더 이상 상대를 추궁할 재료가 없는 것도 사실이었다. 그런 사정을 간파한 것처럼 기미하라가 말했다.

"이제 그만 돌아가 주시겠어요? 슬슬 일하러 갈 시간이 다 돼서……."

7

기타구 아카바네에 있는 스기야마 부동산은 번쩍번쩍한 6층짜리 건물이었다. 이십오 년 전 사건 당시의 자사 건물을 최근에 재건축한 것 같았다. 이런 불황 속에서도 회사의 실적은 좋은가 보다.

6층에 있는 사장실에 안내되어 들어갔더니 오십 대 후반의 뚱뚱하고 정력적인 외모의 남자가 책상 건너편에서 일어나 싱글벙글 웃으면서 사토시에게 악수를 청했다. 무시무시하게 힘이 셌다. 이 남자가 이십오 년 전 부동산 회사 사장 살해 사건의 유력한 용의자이자 현재의 사장인 스기야마 게이스케였다.

"경시청 부속 범죄 자료관의 데라다 사토시입니다."라고 말하면서 명함을 건넸다. 스기야마는 왼손으로 받았다. 아마 왼손잡이인가 보다.

"범죄 자료관이라니, 무슨 일을 하시는 겁니까?"

사토시는 업무를 한바탕 설명하고 나서 말했다.

"이십오 년 전 사장님의 형님의 사건에서 형식적인 기재 사항이 누락된 것을 발견하고, 이렇게 확인하러 오게 되었습니다."

기미하라 마코토를 만났을 때와 마찬가지로 사토시는 수사 서류의 내용을 떠올리면서 사건의 세부 사항에 관해 적당히 질문을 던졌다.

스기야마는 그 당시를 회상하듯이 눈을 감고 말했다.

"그날은 고등학교 시절의 친구와 함께 술을 마신 다음에 귀가해서 씻고 바로 잤습니다. 그런데 한밤중에 경찰한테 전화가 왔어요. 형님이 회사 근처에서 살해된 것을 발견했다고……. 심장이 멈출 정도로 놀랐습니다. 그런데 누가 몰래 고자질이라도 했는지, 형님을 죽인 사람은 너 아니냐? 하고 경찰이 저를 의심해서 난감했어요. 그야 물론 회사의 경영 방침 때문에 형님과 대립한 적도 있었지만, 누가 뭐래도 어린 시절부터 같이 자란 형제이다 보니 일단 회사에서만 나가면 저희는 정말로 사이좋게 지냈거든요. 다행히 친구랑 이케부쿠로역 앞에서 술을 마셨다는 알리바이는 성립됐지만, 만약에 그게 아니었으면 어찌 됐을지……."

"그 사건이 일어난 후에는 형님의 장례식이나 회사 일 때문에 많이 바쁘셨겠네요."

"그야 뭐, 눈이 핑핑 돌아갈 정도로 바빴죠."

"사건 일주일 후인 9월 19일에는 무엇을 하셨는지 기억하십니까?"

"9월 19일? 말도 안 되는 것을 물어보시네요. 그걸 제가 어떻게 기억합니까. 아마도 회사 일 때문에 이래저래 바빴을 테지만, 정확한 것은 기억나지 않습니다."

예상했던 반응이었다.

"9월 19일이 뭐 어쨌다는 겁니까?"

"실은 자기가 당신 형님을 죽였다고 하는 인물이 나타났습니다."

스기야마 게이스케는 눈을 크게 떴다.

"……형님을 죽였다고 하는 인물이라고요? 아니, 그놈이 누굽니까?"

"죄송하지만 현재로선 아직 말씀드릴 수 없습니다."

"이유가 뭡니까. 저는 하나밖에 없는 동생인데. 형님을 죽인 게 누구인지 알 권리가 있어요."

"죄송하지만 지금 이 단계에서는 아직 말씀드릴 수 없습니다. 그 인물의 증언이 사실인지 아닌지 확인하는 중이라서 그렇습니다."

스기야마 게이스케는 계속 불평하려다가 문득 뭔가 깨달은 것처럼 말했다.

"잘은 모르겠는데, 우리 형님을 죽였다고 주장하는 인물이 나타난 거랑, 제가 9월 19일에 무엇을 했는지 물어보는 것이 무슨 상관이 있는 겁니까?"

"그 인물은 교환 살인을 했다고 말했거든요. 12일에 자기가 당신 형님을 죽이는 대신, 19일에 자기가 죽이고 싶었던 백부님을 상대한테 죽여 달라고 했다는 겁니다."

스기야마 게이스케의 얼굴에 분노의 빛이 떠올랐다.

"……아, 그래요. 내가 그 남자의 백부님을 죽였다고 의심하는 건가."

"어떻게 그 인물이 남자인지 아셨습니까?"

"지금 말꼬리 잡는 겁니까? 그 정도는 상식적으로 생각해 보면 누구나 알 수 있어요. 여자가 어떻게 우리 형님을 죽여요? 당연히 남자지. 그래서 그 남자가, 교환 살인의 공범자는 나라고 말했다는 겁니까? 도대체 어디 사는 누군데요? 그 거짓말쟁이는."

"교환 살인의 공범자가 당신이라고 말하지는 않았습니다. 다만 교환 살인으로 자기가 당신 형님을 죽였다고 말했을 뿐이지요."

그 인물이 이미 죽었다는 사실은 말하지 않았다. 교환 살인의 공범자가 앞으로 무슨 말을 더 할까? 하고 상대를 불안하게 만들기 위해서였다.

"그 거짓말쟁이랑 만나게 해 주세요. 얼굴 가죽을 확 벗겨 버려야지."

스기야마는 순수하게 화가 난 것처럼 보였다. 교환 살인의 공범자가 자기를 배신했다는 것을 알았을 때 보여 줄 만한 반응, 즉 낭패하거나 초조해하는 반응을 보이진 않았다. 그러나 스기야마는 필사적으로 허세를 부리고 있는 걸지도 모른다. 아니면 도모베 요시오가 사고로 죽었다는 소식을 TV 뉴스나 신문 기사로 이미 접했기 때문에, 경찰이 자신과 그를 만나게 해 주는 것은 절대로 불가능하다는 사실을 알고 있는 걸지도 모른다.

"죄송하지만 만나게 해 드릴 수는 없습니다. 정말로 그 인물이 당신 형님을 죽였는지, 현재 조사하고 있는 중이거든요."

"좀 전에도 말했지만요. 일단 회사에서만 나가면 형님과 저는 정말로 사이좋게 지냈어요. 경찰은 아직도 저를 의심하는 겁니까? 아, 진짜, 적당히 좀 해요."

"의심하는 것이 아니라, 당신을 용의 선상에서 제외시키기 위해 질문을 하고 있는 겁니다."

"아무튼 그 남자와 만나게 해 줘요. 그러면 제가 그런 짓을 안 했다는 것은 금방 알게 될 테니까."

"죄송하지만 만나게 해 드릴 수는 없습니다. 어쨌든 9월 19일에 무엇을 하셨는지는 기억이 안 나신단 말이죠?"

"당연하죠. 그걸 어떻게 기억해."

*

    결국 기미하라 마코토와 스기야마 게이스케가 9월 19일에 무엇을 했는지는 알아내지 못했다. 둘 다 교환 살인의 공범자가 교환 살인의 진실을 고백했다는 이야기를 들었을 때에도, 범인이라면 응당 보여 줘야 할 낭패하거나 초조해하는 감정은 전혀 드러내지 않았다. 기미하라 마코토는 오른손잡이처럼 보였지만, 이십오 년이나 되는 시간이 있었으니 왼손잡이에서 오른손잡이로 변하는 것쯤은 식은 죽 먹기일 것이다.

    둘 중 누군가 범인인 것은 확실한데, 둘 중 누구인지 결정할 재료가 너무 부족했다.

    교환 살인의 공범자가 된다는 것은 도대체 어떤 것일까. 돌아가는 JR 사이쿄선의 전차 안에서 사토시는 생각을 해 봤다. 교환 살인의 공범자들은 서로 신뢰 관계를 구축한 운명 공동체라는 점에서는 부부와도 비슷했다. 아니, 부부보다도 더 끈끈한 인연으로 맺어졌다고 할 수 있을지도 모른다. 부부는 서로에 대한 신뢰가 사라지면 이혼할 수도 있지만, 교환 살인의 공범자들은 헤어질 수 없는 것이다. 헤어진다는 것, 즉 상대를 배신한다는 것은 다시 말해 범죄가 발각된다는 뜻이기 때문이다. '죽음이 두 사람을 갈라놓을 때까지' 결혼식에서 등장하는 이 표현은 부부보다도 오히려 교환 살인의 공범자들에게 더 잘 어울릴 것이다.

그런데 부부와 다른 점은, 교환 살인의 공범자들은 서로 접촉하는 것이 거의 불가능하다는 점이었다. 범행 전은 물론이고 범행 후에도 공범자들의 접촉은 최대한 피하는 것이 교환 살인의 철칙이다. 부주의하게 접촉했다가 상대의 존재를 경찰한테 들키면 교환 살인의 이점이 사라져 버리는 것이다. 철저히 서로의 존재를 모르는 남인 척해야 한다.

교환 살인의 공범자들은 부부보다 더 끈끈한 인연으로 맺어져 있으면서도, 일 년에 한 번밖에 못 만나는 견우와 직녀처럼 서로 접촉하는 것이 금지되어 있는 것이다.

도모베 요시오와 공범자도 범행 후에는 아마 직접 접촉하지는 않고, 전화나 편지로만 연락했을 것이다. 그들은 범행 후 이십오 년 동안 정기적으로 연락을 했을까. 아니면 시간이 지나자 연락을 끊었을까.

아니, 연락을 끊지는 않았을 것이다. 어쩌면 상대가 배신할지도 모른다는 불안감은 둘 다 항상 마음속에 가지고 있었을 테니까. 그 불안을 달래기 위해서 눈에 안 띄는 방법으로나마 계속 연락은 해 왔을 것이다.

만약에 그 연락을 전화로 했다면, 도모베 요시오의 집 전화와 휴대폰의 통화 기록을 조사해서 공범자를 찾아낼 수 있을지도 모른다.

그러나 금방 '그건 안 되겠구나.' 하고 생각을 바꿨다. 도모베 요시오의 휴대폰은 그때 그 사고로 파손됐으므로, 화면을 터치해서 통화 기록을 조사할 수는 없다. 통신 회사에 남아 있는 통화 기록을 조사하려면 수사 영장이 필요한데, 이미 옛날에 시효가 만료돼 버린 살인 사건을 수사하기 위해 법원이 수사 영장을 발부해 줄 것 같지는 않았다. 히이로 사에코와 사토시가 하고 있는 것은 명목상 순수한 연구 활동일 뿐이지, 수사가 아니었다.

혹시 공범자들의 연락이 다른 형태의 기록으로 남아 있지는 않을까? 사토시는 열심히 머리를 짜내 봤지만, 아무리 애를 써도 생각이 나지 않았다.

그때였다. 갑자기 뇌리에 뭔가가 번뜩 떠올랐다.

연락이 기록으로 남아 있느냐 없느냐는 중요한 문제가 아니다. 연락이 이루어졌다는 사실 자체가 중요한 것이다.

사토시는 기미하라 마코토와 스기야마 게이스케 중 누가 공범자인지 알 것 같았다.

8

사토시는 범죄 자료관으로 돌아오자마자 관장실에서 도모베마키코, 기미하라 마코토, 스기야마 게이스케에 대한 탐문 수사내용을 보고했다.

"수고했어."

"관장님. 관장님 생각은 어떻습니까?"

"하나 생각하고 있는 것이 있다. 주로 사용하는 손에 관해서인데……"

주로 사용하는 손? 주로 사용하는 손이 뭐가 문제인 걸까? 언뜻 보면 기미하라 마코토는 오른손잡이이고 스기야마 게이스케는 왼손잡이인 것 같았다. 사토시의 추리에서는 주로 사용하는 손은 별로 중요한 요소가 아니었으므로 좀 불안해졌지만, 그는 그 불안을 애써 숨기면서 말했다.

"실은 탐문 수사 결과, 기미하라 마코토와 스기야마 게이스케 중 누가 도모베 요시오의 공범자인지 알게 된 것 같은데요……."

"그래, 말해 봐."

"도모베 요시오와 공범자는 교환 살인을 실행한 다음에 어떻게 했을까요. 경찰한테 들킬까 봐 무서워서 공공연하게 접촉하지는 않았을 테지만, 그래도 몰래 연락은 계속했을 거라고 생각합니다. 공범자들은 혹시나 상대가 배신할까 봐 불안했을 테니까요. 그런 불안을 달래려면 연락을 계속하는 수밖에 없었을 겁니다.

도모베 요시오는 이 년 전에 자신이 경영하던 건강 기구 판매 회사를 실적 부진이란 이유로 폐업했다고 했어요. 한편 스기야마 게이스케의 회사는 6층짜리 자사 건물을 재건축할 정도로 실적이 좋은 것 같았습니다. 만약에 공범자가 스기야마 게이스케였다면, 도모베는 잘나가는 스기야마를 보고 무슨 생각을 했을까요. 살인으로 손에 넣었던 돈을 쏟아부은 자기 회사는 결국 망했는데, 살인의 대가로 회사를 손에 넣었던 스기야마는 저렇게 성공하다니……

교환 살인의 공범자들의 범행 동기가 둘 다 돈이었다면, 둘 다 돈이 있을 때에는 괜찮지만 한쪽이 돈을 잃으면 불만이 생길 수밖에 없습니다. 나는 돈을 잃어버렸는데 왜 저 녀석은 잘나가지? 하는 불만이죠. 한쪽은 돈을 원하고 한쪽은 복수를 원한다든가, 뭐 그런 식으로 동기가 다르다면 그런 불만은 생기지 않을지도 모르지만, 둘 다 돈이 목적이었다면 돈을 잃어버린 사람은 반드시 불만을 느낄 겁니다. 그래서 돈을 잃어버린 사람이 돈을 가진 사람에게 돈 내놓으라고 협박을 하게 되지 않을까요? 공범자들은 살인이라는 똑같은 죄를 범했지만, 잃을 것이 적은 사람은 잃을 것이 많은 사람을 협박할 수 있습니다. 우리의 범행을 밝히겠다고 하면서요.

도모베도 자기 회사의 실적이 부진했다면 스기야마를 협박해서 자기 회사에 자금 원조를 하라고 시킬 수 있었을 겁니다. 아무튼 스기야마의 회사는 실적이 좋으니까요. 그런데 도모베는 그렇게 하지 않고 사업을 접었습니다. 그렇다면 공범자는 스기야마가 아니라 기미하라였을 겁니다. 기미하라는 돈이 없으니까 도모베도 협박을 할 수는 없었을 테고, 애초에 기미하라의 동기는 도모베와는 달리 복수였기 때문에, 돈을 잃은 도모베도 기미하라를 보면서 '왜 저 녀석만 잘나가지?' 하고 불만을 느끼지는 않았을 테지요."

"자네의 주장은 공범자가 스기야마 게이스케였다면, 도모베 요시오는 반드시 스기야마를 협박했을 것이라는 건데, 도모베가 실제로는 공범자를 협박할 정도로 악랄한 인간이 아니었을지도 몰라."

"유감스럽지만 그렇게 생각할 수는 없습니다. 유산을 노리고 남한테 자기 백부를 죽여 달라고 하는 대신에 자기는 아무런 원한도 없는 상대를 죽였는데, 그런 사람이 훌륭한 도덕심을 가지고 있을 리 없잖아요? 도모베 요시오가 자기는 돈이 없어서 고생하는데 스기야마는 돈이 있었다면, 그런 스기야마를 협박했을 가능성이 높다고 생각됩니다. 한발 양보해서 도모베가 스기야마를 협박하려고 할 정도로 악랄한 인간은 아니었다 해도, 과거의 공범자가 사업을 접어야 할 상황이 되었다는 것을 스기야마가 알았더라면 그도 내심 불안해졌을 겁니다. 도모베가 자포자기하여 경찰한테 주목받을 만한 짓을 해서, 그것을 계기로 교환 살인까지 들켜 버릴 가능성이 있으니까요. 그걸 두려워해서 적극적으로 도모베의 회사에 자금 원조까지 하겠다고 나섰을지도 모릅니다. 그렇게 생각해 보면, 스기야마가 공범자일 경우에는 도모베는 사업을 접지 않아도 됐을 가능성이 높다는 거죠.

그렇다면 기미하라 마코토가 공범자가 됩니다. 그는 겉으로 볼 때에는 오른손잡이지만 실은 왼손잡이가 아닐까요. 교환 살인이 들통나서 자기가 도모베 마사요시 살해 용의자가 됐다는 사실을 눈치채고, 제 앞에서는 일시적으로 오른손잡이인 척했던 걸지도 모릅니다. 아니면 도모베 마사요시를 살해한 뒤 언론 보도를 통해 '범인은 왼손잡이로 추정된다.'라는 사실을 알고서 그 후 이십오 년에 걸쳐 왼손잡이에서 오른손잡이로 잘 쓰던 손을 바꿨을지도 모릅니다. 이십오 년이나 되는 시간이 있으면, 날 때부터 오른손잡이였던 사람처럼 될 수도 있을 테지요. ……또 알리바이를 봐도 스기야마는 범인이 아닌 것 같습니다."

"알리바이?"

"스기야마의 알리바이는 형이 살해된 시각에 고등학교 시절의 친구와 이케부쿠로역 앞 술집에서 술을 마셨다는 것입니다. 그런데 이 친구는 스기야마가 퇴근한 후 이케부쿠로까지 가서 산책을 하다가 우연히 만났다는 거예요. 하지만 스기야마가 범인이라면, 공범자가 범행을 저지르는 시각에 미리 알리바이를 준비해 놓을 테죠. 우연히 길거리에서 마주친 친구한테 의지하는 식으로 알리바이를 만들지는 않았을 겁니다. 뒤집어 말하자면, 우연히 생긴 알리바이를 가지고 있는 스기야마는 범인이 아니라는 겁니다."

"꼭 그렇다고 할 수는 없지. 스기야마는 처음부터 이케부쿠로에서 어떤 알리바이를 만들 계획이었는데, 그 전에 우연히 친구와 마주치자 '이 친구와 함께 있는 것이 더 자연스러운 알리바이가 되지 않을까?'라고 생각해서 임기응변으로 그쪽으로 노선을 변경했을지도 몰라."

"물론 그렇게 생각할 수도 있지만…… 그럼 관장님은 스기야마 게이스케가 범인이라고 생각하십니까?"

"아니, 그런 말은 하지 않았다."

사토시는 히이로 사에코가 무슨 생각을 하는지 알 수가 없었다. 공범자는 기미하라 마코토나 스기야마 게이스케, 둘 중 하나가 확실했다. 도대체 그중에서 누가 공범자일 거라고 생각하는 걸까?

*

"실은 자네가 탐문 수사를 해 주는 동안에, 도모베 요시오가 주로 사용하는 손의 모순을 발견했다."

"……주로 사용하는 손의 모순이라고요?"

"수사 서류에 의하면 도모베 요시오는 오른손잡이다. 달아나려고 등을 보였던 도모베 마사요시의 좌측 후두부에 구타의 흔적을 남겼다는 점에서 범인은 왼손잡이라고 추정됐는데, 도모베 요시오는 오른손잡이였어. 그것은 알리바이의 존재와 더불어 그가 혐의에서 벗어나는 이유 중 하나가 되었지.

그런데 자네의 보고에 의하면 교통사고로 사망한 도모베 요시오는 바지 엉덩이 부분의 왼쪽 주머니에 지갑을 넣고 다녔다고 한다. 여기서 알 수 있는 사실은 그가 왼손잡이라는 것이다. 왼손잡이인 사람은 왼쪽 주머니에 물건을 넣었다 빼는 것이 더 편하니까. 그렇다면 이십오 년 전에 도모베 요시오는 오른손잡이였는데, 그저께 죽었을 때에는 왼손잡이가 되어 있었다는 뜻이야. 이게 어떻게 된 걸까?"

사토시는 헉 하고 놀랐다.

"우선 떠올릴 수 있는 가능성은 이십오 년 사이에 그가 오른손잡이에서 왼손잡이로 바뀌었다는 것이다. 그 이유로 생각해 볼 수 있는 것은, 오른손이 어떤 원인 때문에 부자유스러워졌다는 것이다. 만약에 왼손잡이가 오른손잡이로 바뀌었다면 '사회생활을 할 때 오른손잡이가 더 편리하기 때문'이란 이유를 들 수도 있을 테지만, 오른손잡이가 왼손잡이로 바뀐다면 오히려 더 불편해지니까 그런 이유는 생각할 수 없어. 그렇다면 오른손이 부자유스러워진 것이 원인이라고 생각해야겠지.

그런데 도모베 요시오는 렌터카를 평범하게 운전했으니까, 오른손이 부자유스러워졌다고 할 수는 없어. 오른손에 문제가 있다면 애초에 정상적인 핸들 조작이 불가능했을 거다. 자, 그럼 이제는 오른손잡이가 왼손잡이로 바뀔 이유가 없어졌다. 그렇다면 오른손잡이가 왼손잡이로 바뀌었다는 가정 자체가 의심스러워지는 거야.

남은 가능성은 단 하나. **주로 사용하는 손이 서로 다르니까, 이십오 년 전의 도모베 요시오와 그저께 교통사고로 사망한 남자는 서로 다른 사람이다.**"

"다른 사람이라고요……?"

사토시는 어안이 벙벙해졌다.

"그래. 다른 사람이야. 다른 사람이 도모베 요시오인 척했던 거야."

"아니, 그게 말이나 됩니까? 그의 아내인 마키코가 병원에서 시신을 확인했는데요."

"마키코는 어떤 이유 때문에 의도적으로 거짓말을 했을지도 몰라."

"도대체 언제 바뀌었는데요? 왜 바뀌었는데요? 도모베 요시오인 척했던 사람은 누구입니까? 진짜 도모베 요시오는 어떻게 됐는데요?"

"그것들은 나중에 검토하자. 일단 도모베 요시오인 척했던 인물을 X라고 부르겠다. 우선 검토해 봐야 하는 것은 X가 죽을 때 남긴 말이다. 그 말은 도모베 요시오로서 했던 말일까, 아니면 X 자신으로서 했던 말일까?

도모베 요시오로서 했던 말이라고 가정해 보자. 이 경우 X는 애초에 무엇 때문에 교환 살인을 고백했을까. 요시오 본인이었다면 죽기 전에 속죄하고 싶은 충동을 느낄 수도 있지만, X가 요시오로서 속죄하고 싶어 할 리가 없어. 그렇다면 요시오의 죄를 폭로하기 위해 고백한 걸까. 하지만 이 경우에는 계속 요시오인 척할 필요가 없어. 이미 죽기 직전이니까 아무것도 신경 쓸 필요가 없거든. 진짜 자신인 X로 돌아가서 요시오의 죄를 고발하는 것이 훨씬 더 이야기하기 편했을 거야. 그렇게 생각하면, 그 말은 X 자신으로서 했던 말이라고 생각하는 것이 타당하다."

"그렇군요. 그때 X는 자신이 이제 곧 죽는다는 사실을 자각하고 있었습니다. 죽음을 앞두고 거짓말을 하지는 않았을 거예요."

"그렇다면 X가 죽을 때 했던 말은, 지금까지와는 다른 식으로 해석할 필요가 있다."

'이십오 년 전 9월, 나는 죄를 지었어……. 교환 살인을 했어……. 우선 내가 ……란 남자를 죽였고, 일주일 후, 공범자한테 ……를 죽여 달라고 했어…….'

죽어 가는 남자가 했던 말이 사토시의 뇌리에 생생하게 떠올랐다.

"'1988년 9월 12일에 다키이 히로시와 스기야마 하야오가 살해됐고, 그로부터 일주일 후인 19일에 도모베 마사요시가 살해됐다. 죽을 때 했던 그 고백은 우선 도모베 요시오가 공범자의 목표물인 다키이 히로시나 스기야마 하야오를 죽였고, 그로부터 일주일 후에 공범자가 도모베 요시오의 목표물인 도모베 마사요시를 죽였다는 뜻이다.'라고 그동안 우리는 해석을 했었어.

그러나 그 고백을 한 사람은 도모베 요시오가 아니라 다른 사람인 X였다. X는 '나도, 공범자도, 죽이고 싶은 상대가 있었다.', 하지만 '동기가 너무 명백해서, 죽이면 금방 들킨다.'라고 말했어. 도모베 마사요시가 살해됐을 경우에 누가 봐도 명백한 동기란 것은 유산상속일 것이다. X의 말은 '도모베 마사요시는 유산상속이란 동기 때문에 살해됐다.'라는 것을 가르쳐 주고 있어.

그런데 조카인 도모베 요시오가 아니라, 도모베 마사요시와 아무런 혈연관계도 없는 X란 사람이 마사요시의 죽음 덕분에 유산을 상속한다는 것은 불가능해. 그러니까 X는 도모베 마사요시의 죽음을 바랄 이유가 없어.

그렇다면 도모베 마사요시는 X의 목표물이 아니었다…… **X가 공범자에게 죽여 달라고 부탁했던 상대는 도모베 마사요시가 아니었던 것이다. 그리고 공범자의 범행이 9월 19일의 도모베 마사요시 살해 사건이 아니었다면, X의 범행도 그보다 일주일 전인 12일의 다키이 히로시 살해 사건이나 스기야마 하야오 살해 사건이 아니었다는 뜻이 된다.**"

"X가 죽인 인물은 다키이 히로시도 아니고, 스기야마 하야오도 아니었다……?"

그러면 지금까지 자신은 완전히 엉뚱한 곳에서 교환 살인의 피해자를 찾아내려고 했던 건가?

"그럼 X가 죽인 인물은 누구였는데요? X의 범행과 공범자의 범행은 대체 어떤 사건과 어떤 사건이었던 겁니까?"

"X의 범행과 공범자의 범행은 일주일 간격으로 일어났다. 그리고 1988년 9월 도쿄에서 발생한 여섯 건의 사망 사건들 중에서 일주일 간격으로 일어난 사건의 조합은, 다키이 히로시 살해 사건 또는 스기야마 하야오 살해 사건과 도모베 마사요시 살해 사건의 조합 이외에도 두 개가 더 있어."

"……두 개가 더 있다고요?"

히이로 사에코가 1988년 9월에 발생한 여섯 건의 사건을 컴퓨터 화면에 띄웠다.

9월 12일, 조후시 의사 뺑소니 사망 사건. 발생 장소는 조후시 쓰쓰지가오카. 피해자는 다키이 히로시(滝井弘), 34세. 뺑소니 사고로 사망. 범인 불명.

12일, 아카바네 부동산 회사 사장 살해 사건. 발생 장소는 기타구 아카바네. 피해자는 스기야마 하야오(杉山早雄), 35세. 나이프에 찔려 사망. 범인 불명.

15일, 사쿠라조스이 여직원 목매달기 살해 사건. 발생 장소는 세타가야구 사쿠라조스이. 피해자는 고야마 시즈에(小山静江), 26세.

목매달아 자살한 것처럼 꾸며서 교살. 범인은 옛 애인.

　19일, 고쿠분지시 자산가 살해 사건. 발생 장소는 고쿠분지시 후지모토. 피해자는 도모베 마사요시(友部政義), 67세. 박살. 범인 불명.

　22일, 니시카마타 상점 주인 익사 살해 사건. 발생 장소는 오타구 니시카마타. 피해자는 미카미 신페이(三上晋平), 50세. 욕조에 빠져 익사. 범인은 같은 상점가의 상점 주인.

　26일, 시나가와역 주부 살해 사건. 발생 장소는 JR 시나가와역 게이힌도호쿠선 상행 열차 플랫폼. 피해자는 사이토 치아키(斉藤千秋), 34세. 플랫폼에서 떠밀려 추락해 전차에 치여 사망. 범인 불명.

　"……첫 번째 조합은 15일의 사쿠라조스이 여직원 목매달기 살해 사건과, 22일의 니시카마타 상점 주인 익사 살해 사건이네요. 그리고 두 번째 조합은 19일의 도모베 마사요시 살해 사건과, 26일의 시나가와역 주부 살해 사건."

　"그렇다. 그럼 둘 중 어느 조합이 X의 범행과 공범자의 범행일까. X의 고백에 의하면 맨 처음 범행을 저지른 X가 죽인 사람은 남자였다고 한다. 즉, 맨 처음 피해자가 여자였던 첫 번째 조합은 조건을 충족하지 못하는 거지. 그렇다면 두 번째 조합인 19일의 도모베 마사요시 살해 사건과 26일의 시나가와역 주부 살해 사건이 바로 X와 공범자가 저지른 교환 살인일 것이다. X가 도모베 마사요시를 죽이고, 공범자가 주부인 사이토 치아키를 죽인 거야."

'우선 내가 ……란 남자를 죽였고, 일주일 후, 공범자한테 ……를 죽여 달라고 했어…….'

X가 죽을 때 했던 말이 떠올랐다. 사토시는 공범자가 죽인 사람이 도모베 마사요시일 거라고 생각했지만, 실제로는 X가 죽인 상대가 도모베 마사요시였던 것이다.

"그러고 보니 도모베 마사요시 살해 사건의 범인은 왼손잡이라고 추정됐는데, X도 왼손잡이니까 조건을 충족시키네요."

"맞아. 그럼 X는 누구인가. '나도, 공범자도, 죽이고 싶은 상대가 있었다.', 하지만 '동기가 너무 명백해서, 죽이면 금방 들킨다.'라고 X는 말했어. 요컨대 사이토 치아키를 죽이려고 하는 명백한 동기가 있지만, 또 알리바이도 있는 인물이 X이다."

"시나가와역 주부 살해 사건의 수사 서류를 가져오겠습니다."

사토시가 자리에서 일어나려고 했는데 히이로 사에코가 "이미 준비해 뒀어."라고 말했다. 그리고 책상 서랍에서 수사 서류를 꺼냈다.

"이 사건에서는 피해자인 사이토 치아키를 살해할 유력한 동기가 있었음에도 불구하고 완벽한 알리바이가 있어서 용의 선상에서 벗어난 인물이 한 명 존재했다. 치아키의 남편이야. 그는 아내와 사이가 좋지 않아서 이혼하고 싶어 했는데, 치아키는 고

집스럽게 그 요구에 응하지 않았다. 치아키가 살해된 시각에 남편은 단골 이발소에서 머리를 자르는 중이었으므로 확고한 알리바이가 있었다. 사건 당시에 남편은 37세. 이십오 년이 지난 현재는 62세. 자네가 마지막 말을 들어 줬던 그 남자의 연령과 거의 비슷하지. 남편의 이름은 사이토 아키히코. 아마도 이 남자가 바로 X일 것이다."

X, 사이토 아키히코는 죽음을 앞둔 고백에서 "공범자한테 백부를 죽여 달라고 했어."가 아니라 "공범자한테 아내를 죽여 달라고 했어."라고 말했던 것이다.

"그럼 공범자는 누구입니까? 도모베 마사요시를 살해할 명백한 동기가 있는 사람은 그의 조카인 요시오밖에 없잖아요. 역시 그 사람인가요?"

"아니, 요시오는 사이토 치아키를 죽일 수 없었어. 마키코의 이야기에 의하면 9월 20일에 미국에서 귀국했는데, 요시오는 그 다음 날부터 맹장염으로 일주일 동안 입원했다고 하니까. 치아키가 살해된 26일에는 요시오는 입원 중이었으므로 범행은 불가능하다."

"그럼 대체 누가……."

"도모베 마사요시의 죽음으로 이익을 얻는 인물, 그가 살해됐을 때 철벽같은 알리바이를 가지고 있었던 인물은 또 한 사람 있어."

"누굽니까?"

"마키코다."

"아, 그렇구나⋯⋯."

"도모베 마사요시가 죽으면 남편이 유산을 상속할 테니까 마키코도 이익을 얻게 된다. 또 도모베 마사요시가 살해됐을 때 요시오는 아내와 함께 미국을 여행하고 있어서 알리바이가 있었는데, 그것은 또 동시에 마키코의 알리바이도 됐던 거야. 마키코는 교환 살인을 위해서 미국 여행으로 알리바이를 만들었던 것이다."

"사이토 아키히코가 마키코의 시백부인 도모베 마사요시를 살해하고, 마키코가 아키히코의 아내 치아키를 살해한 거군요⋯⋯."

"목표물이 여성인 치아키라면, 마키코도 체력적으로 충분히 범행을 저지를 수 있었을 거야."

사토시는 마키코의 모습을 떠올렸다. 보통 여자보다는 덩치가 큰 편이고 몸이 근육질이었다. 정말로 그 여자라면 범행이 가능할 것 같았다.

"마키코는 병원에서 아키히코의 시신을 보고 남편이라고 증언했는데요. 그 사람이 아키히코의 공범자였다는 것을 생각하면, 그건 잘못 본 게 아니라 의도적으로 거짓말을 했다는 건가요."

"그렇다. 자, 그럼 여기서 자네가 좀 전에 지적했던 네 가지 의문을 다시 검토해 보자. 네 가지 의문 중에서 '도모베 요시오인 척했던 사람이 누구냐.'는 의문은 이미 해결됐어. 남은 것은 도모베 요시오와 사이토 아키히코가 언제 바뀌었느냐, 왜 바뀌었느냐, 진짜 도모베 요시오는 어떻게 됐느냐, 그렇게 세 가지야.

마키코는 사흘 전에 남편과 함께 상경했다. 이때 남편은 진짜였을까, 아니면 사이토 아키히코였을까.

도모베 요시오와 마키코는 이 년 전 아마미오섬으로 이사를 갔다. 이건 너무나 갑작스런 이사였어. 대담한 상상이지만, 요시오와 아키히코는 이때 바뀌었던 게 아닐까. 아니, 정확히 말하자면 이때 바뀌었기 때문에 그것을 들키지 않으려고, 도쿄에서 멀리 떨어져 지인과 만날 걱정이 없는 아마미오섬으로 이사를 갔던 게 아닐까.

그리고 이 년 동안이나 사이토 아키히코한테 남편 행세를 시킨 것을 보면, 도모베 요시오는 이미 죽었는데 그 사실을 숨기기 위해 아키히코가 요시오인 척했다고 생각하는 것이 타당할 거야.

요시오가 왜 죽었는지는 몰라. 병사이거나 사고사이거나 자살일 수도 있고, 마키코가 시백부를 죽였다는 사실을 남편에게 들켜서 입막음을 했을 수도 있어. 단, 병사나 사고사나 자살이라면 죽음을 숨길 필요는 없으니까 아마도 입막음을 했다는 것이 진상일 거야.

사후 처리 때문에 난감해진 마키코는 과거의 교환 살인 공범자였던 아키히코에게 연락을 했다. 교환 살인의 공범자들은 범행 전은 물론이고 범행 후에도 최대한 접촉을 하지 않는 것이 철칙이야. 공범자의 존재를 경찰한테 들키면 교환 살인의 이점이 사라져 버리니까.

그러나 이 철칙은 경찰의 수사가 진행되고 있는 기간에만 적용되는 것이다. 시효가 만료되어 경찰 수사가 종료됨으로써 경찰한테 감시받지 않는 상태가 되면, 더 이상 이런 철칙은 지킬 필요가 없어. 공범자들은 접촉을 해도 상관없는 거야. 물론 남들이 보고 있으니까 신중해질 필요는 있지만, 경찰의 감시는 더 이상 없으므로 기본적으로는 자유롭게 연락을 할 수 있는 거다.

아키히코와 접촉한 마키코는 그에게 남편의 시체 처리를 돕게 하고, 또 남편인 척하게 만들었다. 그러면 아키히코는 주변 사람들한테는 실종된 것처럼 보일 테지만, 사건의 시효는 벌써 옛날에 만료돼서 수사관도 더 이상 찾아오지 않게 됐으니까 아키히코가 실종되어도 경찰은 의심하지 않을 거야."

"아키히코의 마지막 한마디는 '그뿐만이 아니야. 나는……'이었는데, 그것은 '나는 도모베 요시오인 척했어.'라고 말하려고 했던 거군요."

"아마도 그렇겠지. 그런데 과거의 지인과 만나면 곤란하기 때문에 그들은 도쿄에서 멀리 떨어진 아마미오섬에서 살기로 했을 거야. 그리고 두 사람은 계속 부부인 척했다. 이것은 두 사람 모두에게 이득이 됐을 거야. 마키코와 아키히코는 둘 다 상대가 배신할까 봐 두려워했다. 그러나 곁에 있으면 상대가 배신하지 않도록 서로 감시할 수 있어.

아키히코는 아마미오섬으로 이사를 간 다음에 도모베 요시오로서 자동차 운전면허증을 취득했다. 취득 연월일이 작년 8월 29일이라 겨우 일 년밖에 운전을 안 했는데, 자네 앞에서 차를 몰았던 그의 운전 실력은 안정적이어서 초보자 같지 않았다고 했지? 그건 아키히코가 오랜 경험이 있는 베테랑 운전사였기 때문일 거야."

면허 취득 연월일이 겨우 일 년 전인데도 운전 실력이 안정적이었던 것도 실은 그 '도모베 요시오'가 가짜였음을 보여 주는 단서였던 것이다.

"삼 일 전에 도모베 마키코와 사이토 아키히코는 상경했다. 마키코는 관광하러 왔다고 했지만, 지인과 마주칠 우려가 있는 도쿄에 왔다가는 '아키히코가 도모베 요시오로 변장했다.'라는 사실을 남에게 들킬 위험성이 있으니까, 관광 목적으로 온다는 것은 말이 안 돼. 두 사람은 뭔가 다른 목적이 있어서 상경했을 거다.

아키히코의 렌터카가 사고를 당한 히노하라 가도 부근의 숲은 태양광 발전소 건설 예정지가 된 것 같더군. 아마도 그 숲에 도모베 요시오의 시체를 묻어 놨던 거겠지. 태양광 발전소 건설 공사가 진행되면 인간이 숲을 건드려서 거기 묻혀 있던 시체가 발견될 가능성이 있다. 그렇게 되기 전에 그들은 시체를 다른 장소로 옮기려고 했을 거야.

우선 아키히코가 혼자 렌터카를 빌려서 그 숲을 살펴보러 갔다. 그런데 도중에 그는 사고를 당해 빈사의 중상을 입었어. 그 때 아키히코는 도모베 요시오가 아니라 아키히코 자신으로서 이 십오 년 전의 죄를 고백했다. 그런데 그것이 도모베 요시오의 말 이라고 착각되는 바람에 사건이 복잡해진 거야.

사이토 아키히코가 죽었다는 소식을 들었을 때 도모베 마키코 가 충격을 받아 창백하게 질린 것은, 남편을 잃은 슬픔 때문이 아니라 공범자가 뜻밖의 형태로 사망해서 실은 도모베 요시오가 아니란 사실이 들통나는 게 아닐까 하는 두려움 때문이었을 거 다. 남편의 사고사에 수상한 점이 있나 하고 불안해하는 것처럼 보였던 것도 똑같은 이유 때문이고.

마키코는 남편의 장례식을 도쿄에서는 하고 싶지 않다고 말했 다던데, 그것은 도모베 요시오의 영정 사진을 자네에게 보여 주 고 싶지 않아서 그랬을 거야. 만약에 장례식을 도쿄에서 한다면 자네가 참석하려고 할지도 모르니까. 사이토 아키히코의 얼굴을 봤던 자네가 진짜 도모베 요시오의 영정 사진을 본다면, 사고를 당한 '도모베 요시오'는 가짜란 사실을 눈치챌 테지. 그렇다고 사 이토 아키히코의 영정 사진을 내놓으면 이번에는 도모베 요시오 의 옛 지인이 그것을 보고 그가 가짜임을 눈치챌 테고. 그러니까 장례식을 안 하는 것이 상책이었던 거야."

*

　도모베 마키코는 이 년 전 도모베 요시오 살해 · 사체 유기 용의로 체포됐다.

　사이토 아키히코는 스물세 살 때 상해죄를 저질러 경찰한테 지문 채취를 당했었다. 경찰청 지문 센터의 데이터베이스에 그 지문이 남아 있었다. 한편 교통사고로 사망한 '도모베 요시오'도 그 시신은 뼈로 변했지만, 호텔의 숙박 등록 카드나 렌터카 가게의 신청서에 지문이 남아 있었다. 그 두 개를 비교해 본 결과 동일하다는 것이 확인됐다. 경찰이 이 사실을 들이대자 마키코는 체념하고 이 년 전에 남편을 죽였으며, 이십오 년 전에는 교환 살인을 했다고 자백했다. 그것을 바탕으로 수색을 한 결과, 히노하라 가도 부근의 숲속에서 백골로 변한 도모베 요시오의 시체가 발견됐다. 머리에는 둔기로 얻어맞은 흔적이 있었다.

　마키코와 사이토 아키히코는 초등학교 동창이었다. 두 사람은 1987년 12월에 있었던 동창회에서 재회했다. 그때는 서로의 상황만 이야기하다가 헤어졌는데, 그것을 계기로 단둘이 만나게 되었다. 단, 연애 감정이 생긴 것이 아니라, 현재 각자의 현실에서 도피할 수 있게 해 주는 뭔가를 상대에게서 찾으려고 했을 뿐이라고 한다. 마키코는 남편이 경영하는 회사의 자금 운용이 제대로 안 돼서 도산의 위기에 처해 두려워하고 있었고, 아키히코는 아내와 사이가 나빠서 괴로워하고 있었다.

두 사람은 상대의 남편이나 아내에게 들킬까 봐 무서워서 일부러 남들 눈에 띄지 않으려고 노력했다. 그런 식으로 둘이서 자기 신세에 대해 한탄하다가, 누가 먼저랄 것도 없이 교환 살인 이야기를 꺼내게 되었다. 교환 살인의 공범자들은 서로의 관계를 남들한테 들키지 않는 것이 중요한데, 경찰도 초등학교 동창을 공범자라고 의심하지는 않을 테고, 두 사람이 평소에 만날 때마다 남의 눈을 피했던 것이 여기서 도움이 되었다.

두 사람은 교환 살인 계획의 줄거리를 만들어 낸 다음에는 두 번다시 만나지 않기로 했다. 단지 전화로만 연락을 취했을 뿐이다.

교환 살인을 실행한 후에도 정기적으로 전화 연락만 했다. 그리하여 십오 년이 지나 시효가 만료됐다. 경찰 수사는 중단됐고 더 이상 경찰한테 신경 쓸 필요는 없어졌지만, 그래도 두 사람은 만나지 않았다. 서로 목소리만 존재하는 상태로 살아가는 데 완전히 익숙해졌던 것이다.

이 년 전에 도모베 요시오가 마침내 자신이 경영하던 건강 기구 판매회사를 실적 부진이란 이유로 폐업하게 되었다. 인간이란 참 타산적이라서, 그때까지 잘 지내던 친구들은 썰물 빠지듯이 떠나가 버렸다. 그래서 몹시 우울해진 요시오는 자기 집에 틀어박혀 은거하게 되었다. 유유자적한 삶이라고 표현하면 듣기 좋을지는 몰라도, 실은 세상 사람들에게 외면을 당하게 되었다고 표현해야 할 것이다. 그는 집 안에서 아내만 졸졸 따라다니기 시작했고, 그러던 어느 날 아내가 1988년 9월에 백부를 죽였다는 사실을 알게 되었다. 추궁을 당한 마키코는 근처에 있던 다리미로 충동적으로 남편을 때려 죽였다. 그리고 사후 처리 때문에 고민하다가 결국 사이토 아키히코에게 연락을 했다. 그리하여 둘이서 시체를 히노하라 가도 부근의 숲속에 묻어 버리고 아키히코한테 남편 역할을 대신하게 한 것이다.

교환 살인의 파트너는 운명 공동체이며, 어찌 보면 인생의 파트너인 배우자보다도 더 중요한 존재다. 그 교환 살인의 파트너가 설령 위장일지라도 마지막에는 정말로 같이 사는 인생의 파트너까지 된 것이다. 죽음이 두 사람을 갈라놓을 때까지.

1

나는 그때 다섯 살이었다.

나는 좋아하는 사람들에게 둘러싸여 있었다. 다정한 엄마와 멋쟁이 아빠. 몇 달 후에 태어난다는 내 동생. 자주 선물을 들고 와서 나랑 놀아 주는 이모. 활기찬 유치원 선생님. 사이좋은 친구.

그리고 좋아하는 것들에 둘러싸여 있었다. 커다란 곰 인형. 엄마가 만든 자수 작품. 마당에 심은 튤립.

그런데 그것들 대부분은 어느 날 갑자기 사라졌다. 내가 빼앗긴 그것들은 두 번 다시 나에게 돌아오지 않았다.

7월의 그날 아침, 8시 40분 넘어서 나는 평소와 마찬가지로 엄마와 손을 잡고 유치원으로 걸어갔다.

그날은 유치원에서 1박 2일 캠프를 하는 날이었다. 나를 포함한 연장자 그룹은 다 함께 버스를 타고 바닷가 마을에 있는 오락 시설에 가서, 부모님 곁을 떠나 하룻밤을 보내기로 했다.

내 마음속에는 엄마 아빠와 떨어져 하룻밤을 보내야 한다는 불안감과 이런 일을 할 수 있을 정도로 다 큰 언니(누나)가 되었다는 자랑스러운 마음이 함께 있었다.

언니(누나)…… 그래, 사실 나는 이제 곧 언니(누나)가 될 터였다. 엄마는 그때 임신 삼 개월이었으므로 이듬해 2월에는 내 동생이 태어날 예정이었다.

엄마는 밤에 나랑 같이 목욕탕에 들어가면 항상 자기 배를 만지게 해 주면서 "여기에 아기가 있어."라고 말하며 웃었다. 아직 변화가 거의 눈에 띄지 않는 엄마의 배 속에 작은 생명이 있어서, 그것이 점점 커진다고 생각하니 무척 신기했다.

아기는 남자아이일까, 여자아이일까? 어떤 이름을 붙여 줄까? 나랑 엄마는 언제나 목욕탕 안에서 그런 이야기를 했다.

그림을 그릴 때에는 항상 엄마랑 나랑 손을 잡고 있는 작은 아기의 그림을 그렸었다.

그날은 1박 2일 캠프뿐만 아니라 또 하나의 기대되는 이벤트가 있었다. 이모가 우리 집에 놀러 와서 며칠 자고 간다는 것이었다. 그날 밤에 나는 1박 2일 캠프 때문에 이모를 만나지 못할 테지만, 다음 날 유치원에서 돌아오면 이모가 나랑 많이 놀아 줄 거라고 했다. 미국 유학 경험도 있는 똑똑하고 쾌활한 이모를 나는 정말로 좋아했다.

유치원에 도착하자마자 나는 마당에 있는 친구들에게로 갔다.

"에미리야, 여름 감기 걸렸다면서? 건강해져서 다행이다."

선생님이 싱글벙글 웃으며 말하자 나는 "캠프 가고 싶어서 내가 열심히 나았어!"라고 대답했다. 병약한 나는 여름에도 자주 열이 나서 엄마가 걱정했는데, 이때도 전날 감기로 유치원을 쉬었다. 만약에 이날도 쉬었더라면 내 운명은 바뀌었을 것이다.

출발 시각이 되자 원아들은 버스에 탔다. 각자 자기 엄마나 아빠랑 서로 손을 흔들면서 인사를 했다. 우리 엄마도 웃는 얼굴로 이쪽을 향해 손을 흔들고 있었다.

그것이 내가 마지막으로 본 엄마의 모습이었다.

다음 날, 연장자 그룹은 버스를 타고 정오에 유치원으로 돌아왔다.

친구들은 줄줄이 그들을 데리러 온 엄마나 아빠한테 "정말 고생했어.", "장하다."라는 말을 듣고, 1박 2일 캠프 도중에 있었던 일을 자랑스럽게 보고하면서 집으로 돌아갔다.

그런데 우리 엄마는 아무리 시간이 지나도 나타나지 않았다.

이게 어떻게 된 걸까……. 내 마음속에 불안이 싹텄다.

이윽고 나 혼자만 원장 선생님의 방에 불려 갔다. 흰머리 원장 선생님은 상냥한 얼굴로 "에미리야, 너희 어머니랑 아버지는 볼일이 좀 있어서 못 오시게 되었어. 그러니 너는 선생님들이랑 잠시 같이 놀고 있으렴."이라고 말했다.

"이모는?" 하고 나는 물어봤다. "이모가 우리 집에 놀러 왔는데. 이모도 볼일이 있어서 못 오게 된 거야?"

응, 맞아. 그러면서 원장 선생님은 고개를 끄덕였다.

세 사람 다 여기 올 수 없는 볼일이 생기다니, 도대체 무슨 일일까⋯⋯ 의아하긴 했지만, 선생님과 놀다 보니 그 의문도 사라져 버렸다. 평소에는 여러 명의 원아들을 상대해 주는 선생님을 내가 독차지할 수 있게 돼서 나는 기분이 좋았다.

유치원에서 점심을 먹고 오후가 됐을 때, 처음 보는 여자들 두 명이 나타났다. 두 사람은 나에게 "어머니 아버지는 오늘 볼일이 있으시니까 너는 아줌마들이랑 같이 가자." 하고 웃는 얼굴로 말했다. "친구들도 많이 있고, 재미있는 장난감도 많이 있어."

이쯤 되니 나도 불안해져서 훌쩍훌쩍 울기 시작했다. 두 여자와 선생님은 나를 어르고 달래서 차에 태웠다.

그 여자 두 사람은 아동 보호 시설의 직원이었다. 나는 그대로 그곳에 입소하게 되었다.

나는 날마다 직원들에게 "엄마랑 아빠는 언제 나를 데리러 와?" 하고 물어봤다. 그때마다 직원들은 친절하게 "금방 오실 거야."라고 대답했다.

나는 엄마와 아빠와 이모가 없어서 울었다. 내가 좋아하는 곰 인형이 내 옆에 없어서 울었다. 엄마와 아빠와 이모는 대체 어떻게 된 걸까? 하고 생각했다. 볼일이 있다는 말은 거짓말이고, 나는 버림받은 걸까. 버림받을 정도로 나쁜 짓을 했던 걸까.

나는 그림책에서 봤던 신에게 기도했다. 엄마랑 아빠랑 이모가 빨리 나를 데리러 오게 해 달라고. 빨리 우리 집에 돌아갈 수 있게 해 달라고.

그러나 그 소원이 이루어지는 일은 없었다.

나는 이윽고 "엄마랑 아빠는 언제 나를 데리러 와?"라고 물어보는 것을 그만두게 됐다. 아직 어리지만 어렴풋이 부모님이 돌아가셨다는 사실을 깨달은 걸지도 모른다.

그리고 초등학교 3학년이 됐을 때 직원이 나에게 "에미리야, 너도 이제는 잘 컸으니 이야기해 줄게."라고 서두를 떼더니, 엄마와 아빠와 이모에게 무슨 일이 일어났는지 가르쳐 줬다.

그 당시에 이모는 옛날에 사귀었던 남자가 재결합하자고 끈질기게 졸라 대는 바람에 난처해하고 있었다. 그 문제에 관해 우리 엄마와 상담했더니, 엄마는 우리 부부도 같이 이야기해서 잘 해결해 볼 테니까 그 사람을 집으로 데려오라고 했다.

그래서 내가 유치원의 1박 2일 캠프에 참가하느라 집을 떠났던 그날 오후에 이모와 옛 애인이 우리 집에 찾아왔던 것이다. 그런데 그들의 협의는 결렬됐고, 이모의 옛 애인은 엄마와 아빠와 이모의 홍차에 청산가리를 넣어 그들을 죽였다. 그리고 휘발유를 뿌리고 집에 불을 질렀다.

전부 다 불타 버렸다. 아빠도, 엄마도, 이모도, 곰 인형도, 엄마가 만든 자수 작품도, 마당에 심은 튤립도, 전부 다.

이모의 옛 애인이 누구였는지는 모른다. 그러니까 범인은 아직도 잡히지 않았다.

나는 그 이야기를 듣고 기절해서 그대로 고열에 시달리며 누워 있었다고 한다. 직원들은 필사적으로 나를 간병해 줬다.

고열로 괴로워하는 동안 나는 꿈을 꿨다.

그리운 우리 집. 계절은 봄인 걸까, 부드러운 햇살이 비치고 있었다. 거실의 유리문이 열려 있었고, 여러 사람의 웃음소리가 들려왔다.

꿈속에서 나는 그 웃음소리에 이끌려 유리문으로 다가가 살짝 안을 들여다봤다.

그곳에는 엄마가 있었다. 아빠가 있었다. 이모가 있었다. 그리고 어린 내가 있었다. 네 사람은 웃으면서 아기 침대를 내려다보고 있었다. 그곳에는 아기가 누워 있었다. 열심히 손발을 꼼지락거리고 있었다.

아아, 엄마는 무사히 아기를 낳았구나. 남자아이일까, 여자아이일까. 이름은 뭐라고 지었을까.

엄마도, 아빠도, 이모도, 나도, 아기도. 모두가 다 있었다. 그냥 내가 오랫동안 무서운 꿈을 꾸었던 거구나. 다행이다…….

내가 혼수상태에서 깨어났을 때 직원들은 눈물을 흘리며 기뻐해 줬다.

머리가 멍한 와중에 나는 다시 한 번 그 광경을 보고 싶다고 생각했다. 정말로 실현됐을지도 모르는 그 광경을, 다시 한 번.

나는 이윽고 고교생이 되었고, 중고 디지털카메라를 손에 넣었다. 그때 나는 생각했다. 이 카메라의 파인더 너머에서 다시 한 번 그 광경을 볼 수 있지 않을까? 하고.

그래서 나는 카메라를 손에 들고 거리를 이리저리 헤매고 다니면서 아무 집이나 무작정 찍었다. 그렇게 찍어 둔 사진을 본 직원이 칭찬해 주면서 "우리 시설의 컴퓨터를 써서 인터넷에 올려 보면 어떨까?"라고 권유를 해 줬다.

그리하여 인터넷에 사진을 올렸고, 그 사진들은 좋은 평가를 받았다. 덕분에 나는 고등학교를 졸업한 후 미숙하긴 해도 사진작가로서 활동을 시작하게 되었다.

내 사진을 본 사람들은 입을 모아 "평범하지만 왠지 그립다."고 말해 줬다. 그것은 틀림없이 내가 파인더 너머에서 그 꿈속의 광경을 찾고 있기 때문이리라. 엄마, 아빠, 이모, 나, 아기가 함께 있는 그 그리운 집을 찾고 있기 때문이리라.

2

10월 7일 아침 9시 전에 데라다 사토시는 평소와 마찬가지로 미타카시에 있는 범죄 자료관으로 출근했다.

관장실 문에 노크를 했다. 대답이 없으리란 것은 처음부터 알고 있었으므로 그대로 문을 열었다.

평소와 마찬가지로 히이로 사에코는 이미 책상 앞에서 서류를 읽고 있었다.

날씬한 몸매, 몸에 걸친 백의에도 뒤지지 않을 정도로 하얀 피부. 어깨까지 길게 기른 매끄러운 검은 머리카락. 나이를 짐작할 수 없는 인형같이 차갑고 단정한 외모. 긴 속눈썹으로 에워싸인 쌍꺼풀진 커다란 눈. 설녀가 현실 세계에 존재한다면 이렇지 않을까 싶은 분위기였다. 무테안경을 쓰고 있으니까 현대판 설녀라고 해야 하나.

계급은 경정. 이른바 커리어인데, 한직인 범죄 자료관의 관장 노릇을 팔 년이나 하고 있는 것을 보면 알 수 있듯이 엘리트 코스에서는 완전히 벗어나 있었다.

'안녕하세요.' 하고 사토시는 인사했다. 그리고 이번에도 대답이 없으리란 것은 처음부터 알고 있었으므로, 그대로 관장실에서 나가려고 했다.

"아, 잠깐만. 자네가 읽어 줬으면 하는 것이 있어."

웬일로 히이로 사에코가 말을 걸었다.

"뭡니까?"

뒤를 돌아보자, 관장은 복사본을 내밀었다.

잡지 복사본이었다. 글의 제목은 '파인더 너머에서'이고 저자
는 혼다 에미리. 아주 짧은 분량이었다.

"어제 미용실에 갔을 때 심심해서 〈슈뵈〉라는 여성 잡지를 대
충 떠들어 봤는데, 그때 우연히 이 에세이가 눈에 띄었다."

휴일에 미용실에서 설녀가 여성 잡지를 읽는다고? 말도 안 되
는 광경이었다.

"금방 읽을 수 있으니까 여기서 한번 훑어봐 줘."

그 말을 듣고 사토시는 복사본을 읽기 시작했다. 그리고 즉시
깜짝 놀랐다.

"……이건, 지난주에 QR 코드를 붙인 사건이잖아요?"

"그렇다. 그 사건에서 유일하게 화를 면했던 어린아이가 쓴 글
이야. 지금은 상당히 유명한 사진작가가 됐다고 하는데. 매우 흥
미로운 에세이야."

"물론 어떻게 보면 흥미로울지도 모르지만, 왜 일부러 복사까
지 하신 거예요?"

그러자 히이로 사에코는 감정 없는 목소리로 말했다.

"이 사건을 재수사해 줬으면 좋겠다. 수사 서류를 다시 한 번
읽어 봐 줘. 이 복사본은 수사 서류의 일부라고 생각하고."

*

　사토시가 이 미타카시에 있는 경시청 부속 범죄 자료관에 배속된 지 팔 개월이 지났다. 주된 업무는 여기 보관되어 있는 증거품에 QR 코드 라벨을 붙이는 일이었다. QR 코드에 스캐너를 대면 증거품의 기본 정보가 컴퓨터 화면에 표시되도록 하는 시스템을 구축하는 중이었다.

　라벨 붙이기는 최근에 발생한 사건부터 과거로 거슬러 올라가면서 진행하고 있는데, 지금은 1992년까지 와 있었다.

　그런데 사토시에게는 라벨 붙이기 외에도 또 다른 업무가 있었다.

　사토시가 올해 1월에 범죄 자료관에 배속된 다음부터 지금까지, 히이로 사에코는 미궁에 빠진 사건이나 피의자 사망으로 처리된 사건 세 건을 재수사하여 해결했다. 재수사라고는 해도 실제로 탐문 수사를 행했던 사람은 의사소통 능력이 없는 그 여자가 아니라, 전직 수사1과 형사였던 사토시였다. 하기야 히이로 사에코는 극단적인 비밀주의자라서 사토시는 그 사람이 시키는 대로 움직이면서 증언을 받아 왔을 뿐이고, 그 후 그 사람이 추리하는 진상을 듣고 깜짝 놀라는 것이 정해진 수순이었지만…….

　히이로 사에코는 또다시 재수사를 하려는 것 같았다. 이 사건의 증거품에 라벨을 붙이는 작업은 바로 지난주 금요일에 끝냈고, 그때 히이로 사에코가 정리해 둔 사건 개요를 읽었으므로 전체적인 내용은 머릿속에 들어 있었지만, 세부 사항까지 파악하기 위해 사토시는 조수실에 틀어박혀 수사 서류를 자세히 읽어 보기로 했다.

사건이 일어난 것은 지금으로부터 이십일 년 전인 1992년.

7월 11일 토요일 오후 4시경, 도쿄도 세타가야구 세이조 7가에 있는 혼다 아키오·도모코 부부의 집에 불이 나서 2층짜리 목조 주택 약 125제곱미터가 전소됐다. 1층 식당에서 남성 한 명의 시체와 여성 두 명의 시체가 발견됐다. 세 사람은 모두 다 테이블 옆에 쓰러져 있었다.

남성 한 명의 시체는 삼십 대에서 사십 대 정도, 여성 두 명의 시체는 둘 다 이십 대에서 삼십 대 정도였다. 여성 중 한 명은 임신 삼 개월이었고, 또 이전에 출산을 한 흔적도 있었다. 나머지 한 명의 여성은 출산 경험이 없었다.

시체는 표면이 심하게 불에 타 망가졌으므로 얼굴을 판별하기는 어려웠다. 그러나 이 집에 사는 혼다 아키오(35세)와 도모코(32세) 부부, 그리고 사건 당일에 언니 부부의 집을 방문했던 엔도 아키코(25세), 그렇게 세 사람이 연락이 안 되었으므로 사망자는 이 세 사람일 가능성이 높았다.

혼다 부부의 자식인 다섯 살 난 에미리는 사건 당일 유치원의 1박 2일 캠프에 참가하느라 집을 비웠기 때문에 유일하게 살아

남았다.

아키오는 그 동네의 치과에 다니고 있었다. 그 치과의 진료 기록과, 남성 시체의 치아 형태를 비교해 본 결과 그 남성은 아키오인 것으로 확인됐다. 치과 의사는 아키오의 골프 친구였으므로 다른 사람이 아키오의 이름을 대고 치과에 다녔을 가능성은 없었다.

또 임신한 여성의 태아의 DNA와 아키오의 시체의 DNA를 비교해 본 결과 태아는 아키오의 자식으로 판명됐으므로, 그 여성은 도모코라는 사실이 확인됐다. 그다음에는 임신한 여성의 DNA와 나머지 한 명의 여성의 DNA를 비교했더니 그들이 자매란 것이 밝혀져서, 나머지 한 명의 여성은 도모코의 여동생인 아키코라는 사실이 확인됐다. 경찰청 과학 경찰 연구소에서는 1980년대 후반부터 DNA 검사 연구를 시작했고, 1992년 당시에는 그것이 이미 범죄 수사에서 실용화되어 있었던 것이다.

사망자들은 처음에는 불에 타 죽었거나 연기를 들이마셔 일산화탄소 중독으로 죽은 것이라고 여겨졌다. 그러나 사법해부를 해 봤더니 사망자의 위에서 치사량의 청산가리가 검출되어, 그들이 독살당했다는 사실이 판명됐다. 세 사람의 육체의 화상에서는 생활반응*이 나타나지 않았으므로, 그들은 불에 타기 전에

● 인간이 살아 있을 때에만 나타나는 신체 반응

이미 사망한 것이었다.

식당의 불타 버린 테이블 위에는 홍차 찻잔이 남아 있었다. 찻잔의 내용물은 증발했지만 그 찻잔의 안쪽에서 청산가리가 검출됐다.

현장검증 결과 누군가가 휘발유를 식당에 뿌리고 불을 붙인 것이 밝혀졌다. 식당에서는 휘발유가 들어 있었던 것으로 추정되는 녹은 플라스틱 기름통과 타다 남은 100엔짜리 라이터의 찌꺼기도 발견됐다.

수사반은 자살과 타살을 둘 다 염두에 두고 신중하게 수사를 진행했다. 그러나 자살이란 가설은 금방 폐기됐다. 혼다 아키오는 무역 회사 사장이었는데 그 사업은 잘되고 있었다. 그리고 아키오와 도모코 부부는 사이가 좋았다. 둘 다 딸을 사랑했고, 또 조만간 둘째도 태어날 예정이라 그야말로 행복의 절정이었다. 게다가 아키코도 일을 순조롭게 해 나가고 있었다. 미국 유학 경험이 두 번 있는 아키코는 능숙한 영어 실력을 발휘해 동시통역사로서 왕성하게 활동하는 중이었다. 더구나 친구들한테는 머지않아 또 유학을 갈 거라는 이야기를 했다고 한다. 세 사람 모두 자살할 이유는 하나도 없었다. 그렇다면 누군가가 세 사람을 살해했다고 봐야 할 것이다.

실제로 식당 테이블 위에 남아 있는 찻잔은 네 개였다. 네 번째 인물이 있었다는 뜻이다. 그 인물이 세 사람을 살해하고 불을 지른 것이다.

시체의 화상에서 생활반응이 나타나지 않은 것을 보면 범인은 우선 찻잔에 청산가리를 넣어 세 사람을 살해하고, 그다음에 휘발유를 뿌리고 불을 붙인 것이리라.

이런 결과를 바탕으로 세이조 경찰서에 살인 사건의 특별 수사본부가 설치됐다.

이윽고 동네에서 탐문 수사를 하던 수사관이 유력한 정보를 얻었다. 사건 발생 이삼일 전에 근처에 사는 가정주부가 도모코와 마주쳐 잠시 이야기를 나눴는데, 그때 도모코는 "여동생의 옛 애인이 다시 사귀자면서 자꾸만 그 애를 쫓아다닌다, 그 일에 관해 잘 협의해 보려고 그 두 사람을 우리 집에 부르기로 했다."라고 말했다는 것이다. 아키오의 회사는 주 5일제이므로 토요일도 쉬는 날이었다. 그래서 아키오는 사건 당일에는 집에 있어서 그 협의에 참가하기로 했다.

그런데 협의는 잘되지 않았고, 격분한 옛 애인은 아키코와 혼다 부부를 죽인 뒤 증거를 인멸하려고 불을 질렀다. 그런 가설이 유력해졌다. 청산가리를 준비한 것을 보면 옛 애인은 처음부터 협상이 결렬되면 상대를 죽여 버리려고 마음먹은 것이리라. 그리고 플라스틱 기름통을 지참한 것을 보면 그는 자동차를 타고 왔을 것이다. 혼다의 집 주차장은 두 대 분량만큼 넓었고 거기에는 아키오의 벤츠만 주차되어 있었으므로, 또 한 대를 주차시킬 공간은 충분히 있었다.

그러나 아키코의 옛 애인이 도대체 누구인지, 그런 자세한 내용까지는 그 동네의 가정주부도 듣지 못했다.

수사 결과 아키코가 일 년 전까지 사귀었던 남자가 밝혀졌다. '시노하라 도모유키'라는 이 28세 남성은 아키코와 같은 동시통역가라서 서로 친해진 것이었다.

그런데 시노하라는 사건 당일 혼다의 집을 방문한 것을 부정했다. 알리바이를 조사해 봤더니, 범행 시각으로 추정되는 오후 3시부터 4시 사이에 시노하라는 한창 일을 하고 있었다.

그렇다면 사건 당일 혼다의 집을 방문한 아키코의 옛 애인은 시노하라가 아니란 것이다.

수사반은 아키코의 옛 애인을 학창 시절까지 거슬러 올라가 찾아봤지만, 시노하라 이외에는 특별한 상대가 발견되지 않았다. 아키코는 쾌활한 성격이지만 비밀주의자 같은 면도 있어서, 누구랑 사귀고 있는지는 친한 동성 친구에게도 거의 이야기해 주지 않았다고 한다.

아키코는 열아홉 살이었을 때 미국의 메인 대학교로 일 년 동안 유학을 갔었고, 스물두 살이었을 때 또 미국의 휴버트 대학교로 일 년 동안 유학을 갔었다. 그때 애인이 있었을지도 모른다는 추측도 나왔다. 그러나 외국이다 보니 굳이 그 사실을 확인하려고 수사관을 거기까지 파견할 수는 없었다. 현지 경찰한테 수사

협력을 요청했더니 "사귀는 상대는 없었던 것 같다."라는 대답이 돌아왔다.

단, 메인 대학교에서 유학 생활을 할 때 후반부에는 전혀 수업을 듣지 않았고, 그동안 하숙했던 집에서도 나와서 어디에 가 있었는지는 알 수 없었다고 한다. 그래서 출입국 관리국에 조회해 봤더니, 아키코는 아주 짧은 기간의 일시적 귀국을 제외하면 행방불명인 기간에도 쭉 미국에 있었던 것 같았다. 이 시기에 아키코는 어디서 무엇을 하고 있었을까. 그것은 현지 경찰도 알아내지 못했다. 오직 이 점만이 끝까지 수사반의 의문으로 남게 되었다.

수사반은 동네에서 탐문 수사를 행했지만 유력한 목격 증언은 얻지 못했다. 혼다의 집은 한적한 주택가에 있어서, 범행 시각으로 추정되는 오후 3시부터 4시 사이에는 거의 지나다니는 사람이 없었던 것이다. 수상한 인물이나 차량은 전혀 목격되지 않았다.

휘발유를 운반하는 데 사용된 플라스틱 기름통이나 100엔짜리 라이터는 대량 생산품이므로 그걸 토대로 구매자를 알아내는 것은 불가능했다. 또 근처에 있는 주유소의 CCTV 영상을 살펴봐도 수상한 인물은 찍혀 있지 않았다. 범인은 휘발유를 멀리 떨어진 장소에서 구입한 것이리라.

홀로 남은 에미리는 아동 보호 시설에 들어갔다. 아키오와 도모코는 양쪽 다 부모님이 이미 타계하셨기 때문에 에미리를 맡아 줄 조부모님이나 친척도 없었던 것이다. 어린 에미리를 위해 수사관들은 최선을 다해 수사를 계속했다. 하지만 그 보람도 없이 사건은 결국 해결되지 않았다.

2010년의 개정 형사소송법에 의해 지금은 살인 사건의 공소시효가 폐지됐다. 그리고 그 전인 2004년의 형사소송법 개정에 의해서는 공소시효가 기존의 15년에서 25년으로 연장됐었다. 그러나 2004년의 형사소송법 개정의 경우에는 공소시효 연장의 대상이 되는 것은 이듬해인 2005년 1월 1일 시행 이후에 일어난 사건이고, 그 전에 일어난 사건은 공소시효가 여전히 15년이었다. 그래서 이 사건도 실제로 발생한 지 십오 년이 지난 2007년 7월 11일 오전 0시에 공소시효가 만료됐다.

3

사토시가 히이로 사에코의 지시를 받아 만나러 간 사람은 혼다 에미리였다.

상당히 유명한 사진작가라고 하는데 사토시는 그 이름을 들어본 적이 없었다. 히이로 사에코에게 물어볼까 하다가, 어차피 묵살될 게 뻔하니까 인터넷으로 검색해 봤다.

위키 백과에 의하면 아동 보호 시설에서 살았던 고등학교 2학년 시절에 혼다 에미리는 그동안 찍어 놨던 사진을 인터넷에 공개했다. 전부 다 흔한 집들을 찍은 사진이었는데, 아마추어답지 않은 그 기량과 향수를 불러일으키는 분위기 덕분에 점점 입소문이 나게 되었다. 그리고 그것을 계기로 혼다 에미리는 고등학교를 졸업한 뒤 저명한 사진작가인 아시다 시즈코의 제자가 되었다. 지금은 사진집을 두 권 냈고, 여러 기업과 계약을 맺은 상태라고 한다.

이어서 '혼다 에미리'로 이미지를 검색해 봤다.

그러자 놀랍게도 혼다 에미리가 찍은 사진 이미지(이것은 저작물이니까 저작권자인 본인 이외의 인간이 마음대로 인터넷에 올리는 것은 저작권법 위반 행위인데)와 함께, 혼다 에미리 본인의 사진도 여러 개 검색에 걸렸다. 잡지나 TV의 특집에서 나온 사진과 영상의 한 장면인 듯했다.

계란형 얼굴과 고운 이목구비가 눈에 띄는 여성이었다. 커다란 눈동자에는 의지의 빛이 깃들어 있었다. 헤어스타일은 활동적인 쇼트커트. 1992년 사건 당시에 다섯 살이었으니까 지금은 스물여섯이나 스물일곱일 것이다.

일본 사진작가 협회 소속이라고 되어 있어서 그쪽으로 연락해 혼다 에미리의 주소와 전화번호를 받아 냈다. 이어서 에미리에게 연락을 했다.

수화기 너머의 음성은 듣기 좋았는데, 사토시가 입에 올린 '경시청 부속 범죄 자료관'이란 말을 듣고 상대는 당황한 것 같았다. 거절할 줄 알았는데 그 사람은 "알겠습니다."라고 낮은 목소리로 대답했다. 현재 긴자의 갤러리에서 개인전을 열고 있으니 거기서 만나자고 했다.

*

개인전 전시회장은 상가 건물의 지하층에 있었다. 안내 데스크에서 데라다라고 이름을 밝히고, 에미리를 불러 달라고 했다. 경찰이라고 하면 사람들이 에미리한테 호기심을 가지게 될 테니까 일부러 이름만 밝히겠다고 미리 에미리에게 말해 뒀던 것이다.

에미리는 금방 갤러리 안쪽에서 나타났다. 이미지로 본 것보다 훨씬 더 아름다운 여성이었다.

"잠깐 나갔다 올게요."

에미리는 안내 데스크 직원에게 그렇게 양해를 구한 뒤, 사토시를 데리고 1층의 카페로 들어갔다.

"경시청 부속 범죄 자료관의 데라다 사토시라고 합니다."

자리에 앉은 사토시는 명함을 건네줬다. 그리고 이쪽으로 다가온 여직원에게 커피를 주문했다.

"〈슈뵈〉에 실려 있는 에세이를 읽었습니다. 가슴에 와닿는 글이었어요."

에미리는 놀란 것처럼 눈을 크게 떴다.

"어머나, 그런 것까지 다 읽어 주신 거예요? 경찰의 정보 수집 능력은 굉장하네요."

"네, 그렇죠……."

설녀가 미용실에서 여성 잡지를 집어 든 것은 단순한 우연이었을 테지만, 그냥 경찰의 우수함의 증명이라고 하기로 했다.

"범죄 자료관이라는 부서는 처음 들었어요. 지금 이것처럼 해결이 안 된 사건의 재수사를 해 주시는 부서인가요?"

"아뇨, 그런 것은 아닙니다. 범죄 자료관이란 것은 순수하게 사건의 증거품, 유류품, 수사 서류를 보관하는 시설이에요. 이번에 이렇게 당신의 이야기를 들으러 온 것도 수사 서류를 보충하기 위해서입니다."

히이로 사에코가 돌발적으로 행하는 재수사는 물론 사건을 해결하기는 했지만, 그 사람의 독단적 행동과 비밀주의적 태도 때문에 수사1과와 갈등을 빚고 있는 것도 사실이었다. 히이로 사에코처럼 현장 수사를 해 본 적도 없는 커리어, 그것도 한직으로 밀려난 덜떨어진 커리어가 미제 사건에 끼어들어 마음대로 설치고 다니려고 하니까, 수사1과 입장에서는 당연히 기분이 좋을 리없었다. 올해 1월까지 수사1과 형사였던 사토시도 그런 감정은 충분히 이해할 수 있었다.

범죄 자료관이 이번에도 또 재수사를 하고 있다는 사실이 수사1과에 알려진다면 갈등이 더 심해질지도 모른다. 그렇게 생각한 사토시는 적당히 얼버무리고 넘어갔다.

"아버님은 어떤 분이셨나요?"

"바쁜 분이셨어요. 아빠는 무역 회사를 경영하고 있었는데, 언제나 밤 9시 넘어서 제가 목욕을 끝내고 자려고 할 때 집에 들어오셨어요. 직업상 자주 해외에도 나가셨던 것 같은데요. 다양한 나라의 선물을 사 가지고 돌아오셨던 것은 기억이 납니다."

"어머님은요?"

"무척 다정한 분이셨어요. 화난 얼굴은 본 적이 없어요. 유치원 친구들도 '에미리, 너희 엄마는 다정해서 좋겠다.'라고 하면서 항상 저를 부러워했어요."

에미리는 미소를 짓더니 말을 이었다.

"엄마와 저는 언제나 이제 곧 태어날 아이가 남자아이일까 여자아이일까? 하는 이야기를 했어요. 저는 남동생이 있는 친구랑 사이가 좋았기 때문에 남자아이가 좋다고 했고, 엄마는 저랑 제 동생이 엄마랑 이모 같은 자매가 되길 바란다면서 여자아이가 좋다고 하셨어요."

"어머님과 이모님은 사이가 좋으셨나 봐요."

"네. 엄마랑 성격은 정반대였지만요."

"이모님은 어떤 분이셨습니까?"

"사교적이고 쾌활한 분이셨어요. 항상 저를 위해 스케치북과 인형과 장난감 등등 다양한 선물을 들고 와서 저랑 놀아 줬어요.

아직 어렸던 저한테도 화낼 때에는 제대로 화내는 사람이었지요. 아무튼 웃기도 잘 웃었고, 저는 그런 이모가 참 좋았어요. 두 번이나 유학을 다녀왔기 때문에 영어를 정말로 잘했고요. 그래서 저한테도 영어를 이것저것 가르쳐 줬죠. 어차피 어린애였기 때문에 곰은 베어, 토끼는 래빗처럼 간단한 단어 수준이었지만……."

"이모님은 또 유학을 갈 예정이었다고 하던데요."

"네. '한동안 우리 에미리랑 놀아 주지 못하게 될 거야. 미안해.'라고 말했어요."

"어디로 유학을 갈 예정인지는 알고 있었나요?"

"아뇨, 그것까진……. 그때 저는 다섯 살이라 국가의 개념조차 잘 몰랐거든요."

"이모님이 사귀는 사람에 관해 당신에게 뭔가 은근슬쩍 알려 준 것은 없나요?"

"아뇨, 아무것도 없어요……. 사건이 일어난 후 한두 해 사이에는 제가 있었던 시설에 몇 번인가 형사님이 찾아와서 '이모의 애인에 관해 아는 게 없느냐.' 하고 저한테 물어봤습니다. 물론 애인이라는 직접적인 단어를 쓰진 않았고 '이모님과 친한 친구가 누구인지 알고 있니?'라는 식으로 물어봤는데요. 그때 저는 아직 사건 이야기를 정식으로 듣지 못했기 때문에, 왜 그런 질문을 하는 걸까? 하고 의아하게 생각했어요."

슬슬 히이로 사에코가 지시한 질문을 해야 한다.

"저는 자식이 없어서 잘 모르지만, 유치원에는 통상적인 보육 시간이 끝난 후에도 저녁까지 아이를 맡아 주는 연장 보육이란 제도가 있다고 하던데요. 당신이 다녔던 유치원에도 그런 것이 있었나요?"

뜬금없이 기묘한 질문이 튀어나오자 에미리는 당황한 것 같았다.

"아, 네…… 있었는데요."

"연장 보육은 여름방학 때에도 있었습니까?"

"있었을 거예요. 저연령이었을 때에도 한 번 여름방학 때 유치원에 맡겨졌던 기억이 있으니까요. 그때는 엄마가 뭔가 볼일이 있었을 거예요."

"1박 2일 캠프를 마치고 여름방학이 시작되면, 7월 중에 한 번은 연장 보육을 신청할 거라는 이야기가 나오진 않았나요?"

에미리는 머나먼 과거를 회상하는 것처럼 눈을 감았다.

"……그러고 보니 그런 이야기가 나왔어요. 저랑 친했던 친구의 어머니와 우리 엄마가 서로 연락을 해서, 7월의 같은 날에 연장 보육 제도를 이용하기로 했던 것 같아요. 그런데 그게 왜요?"

"아뇨, 아닙니다. 신경 쓰지 마세요."

실은 이 질문에 무슨 의미가 있는지는 사토시도 몰랐다.

"여쭤보고 싶었던 것은 이걸로 끝입니다."

"모처럼 여기까지 오셨으니 제 사진을 봐 주시고 가시면 안 될까요?"

에미리가 웃으면서 말했다. 사토시는 "네, 꼭 보고 싶습니다."
라고 대답했다.

카페에서 나와 지하층의 갤러리로 돌아갔다. 안내 데스크 직
원이 즉시 에미리에게 "……씨가 오셨어요."라고 보고했다. 에미
리는 사토시에게 "느긋하게 구경해 주세요."라는 말을 남기고,
친한 고객처럼 보이는 백발 여성 쪽으로 걸어갔다.

별로 넓지 않은 갤러리에는 다섯 명쯤 되는 손님들이 있었다.
모두들 벽에 걸려 있는 전시 작품을 열심히 들여다보고 있었다.
사토시도 느긋하게 감상을 하기로 했다.

전시 작품은 모두 다 집을 촬영한 것이고, 사람이 찍혀 있는
사진은 거의 없었다. 거기에는 온갖 종류의 집들이 찍혀 있었다.
노후화된 작은 집. 신흥 주택지에 줄줄이 세워진 획일적인 집.
방이 몇 개나 있는지 짐작도 안 가는 호화 저택…….

시각도 제각각이었다. 아직 덧문이 닫혀 있는 새벽의 사진도
있었고, 빨래 위로 빛이 쏟아지는 한낮의 사진도 있었고, 집 벽
이 붉은색으로 물든 저녁의 사진도 있었고, 어둠 속에서 커튼 틈
새로 방의 불빛이 새어 나오는 심야의 사진도 있었다.

그렇게 차이가 나는데도 그 모든 사진들이 가지고 있는 공통
점, 그것은 그리움이었다. 사람이 못 살겠다 싶을 정도로 노후화
된 집이라도, 무표정하게 늘어서 있는 획일적인 집이라도, 그곳
은 하나같이 누군가가 돌아갈 장소이며 누군가에게는 둘도 없이

소중한 자기 집이다. 그런 생각이 짙게 깔려 있었다. 그것은 마치 마법 같았다.

'파인더 너머에서 그 꿈속의 광경을 찾고 있기 때문이리라.'

에미리의 에세이 속 한 구절이 문득 머릿속에 떠올랐다. 사토시는 자신의 눈이 조금 촉촉해진 것을 깨닫고 당황했다.

4

그나저나 히이로 사에코는 어째서 에미리가 쓴 에세이를 수사 서류의 일부로 생각하라고 말한 걸까. 미타카시로 돌아가는 주오선 전차 안에서 사토시는 머리를 굴려 봤다.

사건을 해결하기 위한 중요한 단서가 적혀 있는 걸까. 사토시는 몇 번이나 다시 읽어 봤지만 전혀 알 수가 없었다.

그때 갑자기 사토시의 뇌리에 터무니없는 가설이 떠올랐다.

사건의 범인은 다섯 살 난 에미리였던 게 아닐까?

어린아이는 자신의 동생이 태어날 때 심하게 질투를 느낀다고 한다. 에미리는 동생을 질투한 나머지 전기 포트에 대량의 청산가리를 넣어 둔 것이 아닐까. 하기야 에미리 본인은 청산가리가 치사성 독극물이란 사실을 모르고, 그냥 좀 아프게 만드는 약이라고 생각했을 수도 있다. 어머니가 몸이 아파져서 그 배 속에 있는 동생이 고통을 받으면 좋겠다고 생각했을지도 모른다. 그 결과, 혼다 부부와 아키코는 청산가리가 든 뜨거운 물로 만든 홍차를 마시고 사망한 것이다.

단, 에미리는 범행 시각에 유치원의 1박 2일 캠프에 참가했다는 알리바이가 있으므로 불을 지르는 것은 불가능했다. 아마도 혼다 부부와 아키코가 사망한 뒤에 아키코의 옛 애인이 혼다의 집을 방문했다가 불을 지른 것이리라.

에미리는 자신이 죽였다는 죄책감, 그리고 엄마도 아빠도 이모도 집도 다 불타 버렸다는 예상외의 사태에 충격을 받고 '자신이 청산가리를 집어넣었다.'라는 사실을 잊어버린 게 아닐까.

그렇게 생각하면 히이로 사에코가 에미리의 에세이를 수사 서류의 일부로 생각하라고 말했던 이유도 알 것 같았다. 왜냐하면 그것은 범인이 쓴 에세이기 때문이다. 중요한 수사 서류임이 틀림없다.

그런데 이 가설에는 난점이 있다. 다섯 살 난 어린애가 청산가리를 무슨 수로 입수하느냐 하는 것이었다.

그때 사토시의 뇌리에는 또다시 터무니없는 가설이 떠올랐다.

어쩌면 어떤 어른이 "이건 몸이 아파지는 약이야." 하고 거짓말하면서 에미리에게 청산가리를 건네줬던 게 아닐까. 그 말을 순진하게 믿은 에미리는 전기 포트에 독을 집어넣은 게 아닐까. 어른이 어린이를 자기 끄나풀로 이용해 범행을 저지른 것이다.

그렇다면 그 어른은 누구일까. 첫째, 에미리와 친해서 에미리에 대한 영향력을 가지고 있었던 사람이다. 둘째, 혼다 부부와 아키코를 살해할 동기가 있었던 사람이다.

첫째 조건을 충족시키는 사람은 우선 부모님과 이모인데, 자칫하면 자신이 죽을 가능성도 있으니까 청산가리처럼 위험한 수단을 사용하진 않았을 것이다. 그렇다면 다음으로 생각해 볼 수 있는 사람은 유치원 선생님이다. 선생님이 하는 말이라면 에미리는 순진하게 믿지 않았을까.

그런데 유치원 선생님이 도대체 무슨 동기로 혼다 부부와 아키코를 죽이려고 마음먹었단 말인가.

그때 사토시는 에세이에 적혀 있던 '나는 평소와 마찬가지로 엄마와 손을 잡고 유치원으로 걸어갔다.'라는 문장을 기억해 냈다. 버스나 자전거로 유치원에 다닌 것이 아니라 도보로 다닌 것을 보면, 유치원은 혼다의 집 근처에 있었을 것이다.

도쿄 23구의 유치원 대부분은 부지가 좁아서 고생하고 있으므로 어떻게든 이웃의 토지를 손에 넣는 데 혈안이 되어 있다는 이야기를 들은 적이 있었다. 부지가 넓으면 통원 버스를 주차시킬 장소를 확보함으로써 더 멀리 사는 어린이까지 자기 유치원으로 끌어올 수 있기 때문이다.

혹시 범인은 혼다의 집의 토지를 손에 넣고 싶어서, 혼다 부부에게 집을 팔아 달라고 부탁한 게 아닐까. 그러나 혼다 부부는 그 부탁을 거절했다. 그것도 당연했다. 회사가 잘 안 되고 있으면 몰라도, 실적이 좋은 회사의 사장이 세타가야구의 노른자위 땅에 있는 자기 집을 매각할 리가 없는 것이다.

그러나 범인은 어떻게 해서든 혼다의 집 토지를 손에 넣고 싶었다. 그래서 마지막 수단으로 혼다 부부를 살해한 것이 아닐까. 이때 아키코도 한꺼번에 죽이는 것이 좋다는 것은 두말할 필요도 없으리라. 혼다 부부가 죽으면 혼다의 집에 딸린 토지는 에미리에게 상속될 텐데, 에미리의 후견인이 될 이모인 아키코가 매각을 거절할 가능성도 있기 때문이다.

그래서 범인은 어린 에미리에게 청산가리를 건네주고 "이제 곧 태어날 아기 이야기만 열심히 하는 엄마랑 아빠랑 이모를 가볍게 혼내 주자, 좀 아프게 해 주자."라는 식으로 말해서, 사건 당일 아침에 에미리가 유치원으로 가기 전에 전기 포트에 청산가리를 집어넣게 만들었다…….

범인의 계획은 멋지게 성공하여 그날 오후에 혼다 부부와 아키코는 숨을 거뒀다. 게다가 그 후 혼다의 집을 방문한 아키코의 옛 애인이 불을 지르는 바람에 가옥은 전소됐다. 이것은 범인에게 유리하게 작용했을 것이다. 범인이 혼다의 토지를 유치원 시설로 바꾸고 싶어 한다면, 거기 있는 가옥은 방해만 될 테니까.

여기까지 생각했을 때 사토시는 고개를 흔들었다. 얼토당토않은 이야기다. 하지만 검토의 여지가 없는 것은 아니다.

그럼 이 경우에는 범인은 유치원 선생님들 중 누구인 걸까.

에미리에 대한 영향력이 있다는 점에서는 유치원의 어떤 선생님이든지 범인이 될 수 있었다. 그런데 혼다의 집 토지를 갖고 싶어 했다는 동기를 생각한다면, 그것은 유치원의 운영 계획과 관련된 인물, 원장일 수밖에 없지 않을까.

여기서 사토시는 에미리의 에세이 속 문장을 기억해 냈다.

"흰머리 원장 선생님은 상냥한 얼굴로 '에미리야, 너희 어머니랑 아버지는 볼일이 좀 있어서 못 오시게 되었어. 그러니 너는 선생님들이랑 잠시 같이 놀고 있으렴.'이라고 말했다."

원장은 상냥한 얼굴의 가면을 쓴 채 속으로는 계획 성공을 축하하고 있었던 것이다.

수사1과 형사로서 그동안 쌓아 온 경험과는 완전히 동떨어진, 엉뚱한 가설이었다. 팔 개월에 걸쳐 히이로 사에코 밑에서 일하는 사이에 사고방식이 그 사람의 영향을 받게 된 걸지도 모른다.

*

사토시는 범죄 자료관에 돌아오자마자 얼른 이 가설을 이야기해 봤다.

찬성해 줄 줄 알았는데, 히이로 사에코는 "말도 안 돼."라는 한마디로 일축했다.

"말도 안 된다고요? 아, 물론 엉뚱한 가설이긴 하지만……."

"잘 들어. 범인이 혼다 부부와 아키코를 죽이기로 마음먹었다면, 세 사람을 동시에 죽여야 했을 거야. 그리고 세 사람이 동시에 차를 마신다는 것은 식사할 때나 티타임을 즐길 때밖에 없어. 그 외의 시간에는 각자가 마시고 싶어졌을 때 자기 마음대로 차나 커피를 끓여 마셨을 테니까. 자네의 가설에 의하면 원장이 에미리를 시켜서 청산가리를 전기 포트에 집어넣게 한 것은 사건 당일 아침, 유치원에 가기 전이라고 했잖아? 그때는 당연히 아침 식사는 이미 끝났을 테지. 그 후에는 점심때까지 누구나 자기 마음이 내킬 때 자유롭게 차나 커피를 끓여 마실 수 있었을 거야. 그것을 마신 사람은 숨이 끊어졌을 테고. 나머지 사람들은 그걸 보고 즉시 경찰에 신고했을 테지. 티타임까지 세 사람이 차나 커피를 전혀 마시지 않았다는 것은 말도 안 되는 이야기야."

"그럼 전기 포트가 아니라 찻잎에 청산가리를 섞어 두면……."

"청산가리는 흰색 분말이다. 찻잎에 섞으면 척 봐도 알 수 있어. 티백 속에 넣어 두면 그 봉투의 흰색 때문에 알아보기 어려울지도 모르지만, 다섯 살 난 어린애가 그렇게 정교하게 티백을 가공하는 것은 불가능할 테니까 범인이 미리 가공해 둔 티백을 에미리에게 줘서 바꿔치기하라고 시킬 수밖에 없어. 그런데 다섯 살 난 어린애가 그런 바꿔치기를 할 수 있을까? 애초에 에미리를 끄나풀로 이용하는 것은 너무 위험해. 에미리가 단 한마디라도 발설했다가는 범인은 금방 탄로 날 거야. 혼다의 집의 토지를 원한다는 현실적인 동기를 가진 범인이라면, 그렇게 위험한 짓은 하지 않았을 거다."

"……그렇군요. 그럼 관장님 생각은 어떠십니까?"

5

"내가 기묘하다고 여긴 것은 범인이 독약을 사용했다는 점이야."

"그게 무슨 뜻인가요?"

"범인은 청산가리를 가져갔는데, 혼다의 집에서 독을 넣기에 적합한 음료수가 나올지 안 나올지는 몰랐을 거야. 협의가 결렬됐을 때 상대를 죽이기 위해 뭔가를 가져간다면, 보통은 날붙이나 둔기나 총기를 선택할 거다. 게다가 독약이라는 수단은, 전혀 범인을 경계하지 않는 상대한테만 쓸 수 있는 거야. 범인은 독살된 사람들이 신용하는 인물이었을 테지. 그런데 혼다 집안의 사람들은 옛 애인을 경계하고 있었을 거다.

그렇게 생각하면 범인이 옛 애인이었을 가능성은 없어. 도모코는 같은 동네에 사는 가정주부에게 '내 여동생의 옛 애인이 다시 사귀자면서 자꾸만 그 애를 쫓아다닌다, 그 일에 관해 잘 협의해 보려고 그 두 사람을 우리 집에 부르기로 했다.'라고 말했다던데, 실제로 그 옛 애인이 왔다고 생각하기는 어려워. 여기서 나는 도모코에게 의혹을 품게 되었다. 도모코는 거짓말을 한 게 아닐까. 그렇다면 왜 그런 거짓말을 했을까. 실은 도모코가 범인 인 게 아닐까……."

"……도모코가 범인이라고요?"

"생각해 보면 도모코는 독살을 실행하기 좋은 위치였어. 티타 임에서 여러 사람을 독살하고자 한다면, 모든 사람들이 거의 동 시에 차를 마시기 시작하는 최초의 한 모금을 통해 독을 먹여야 만 해. 그렇다면 홍차가 테이블에 올라오고 나서 사람들이 그것 을 처음 마실 때까지의 짧은 시간 내에 독을 집어넣어야 한다는 뜻이야. 그런데 모든 사람들의 시선이 테이블에 올라온 홍차에 집중되는 상황에서 그런 짓을 하기는 몹시 어렵지. 그렇다면 홍 차를 테이블로 옮기기 전에 미리 독을 넣어 두는 것이 가장 좋은 방법이야. 그리고 그것이 가능한 사람은, 혼다네 집의 안주인으 로서 홍차를 우려내고 옮기는 역할을 한 도모코다."

"듣고 보니 그렇긴 한데……. 아니, 그럼 도모코가 홍차에 청산가리를 넣어서 여동생이랑 남편과 함께 그것을 마시고 죽 었다는 겁니까? 하지만 그렇게 되면 휘발유를 뿌리고 불을 붙인 사람은 누구인데요?"

"도모코가 여동생, 남편과 동시에 독을 먹을 필요는 없어. 자 기 혼자만 홍차를 마시는 척하면서 여동생과 남편을 먼저 죽이고, 그 후 휘발유를 뿌리고 불을 붙인 다음에 자기도 독을 먹으면 돼. 도모코의 몸이 불길에 휩싸였을 때에는 이미 그 사람은 죽었을 테니까, 여동생이나 남편과 마찬가지로 그 화상에서는 생활반응이 나타나지 않았을 거야."

"그런데 도모코가 여동생과 남편을 죽이고 자기도 자살해야 했던 이유가 도대체 뭡니까? 남편의 회사는 실적이 좋았고, 부부 사이도 원만했고, 딸을 사랑했고, 둘째 아이도 태어날 예정이었다……. 살의가 생겨날 여지는 어디에도 없잖아요?"

"물론 혼다 가족에게는 살의가 생겨날 여지가 없었던 것처럼 보이지. 그러나 어떤 점 하나만 다르게 본다면, 거기서 살의가 생겨난다는 사실을 알 수 있다."

"……어떤 점 하나만 다르게 보면 된다고요?"

"임신을 했던 사람은 누구인가? 하는 점이다."

사토시는 상대가 무슨 말을 하는지 이해할 수 없었다.

"지난주에 사건의 개요를 정리하려고 수사 서류를 읽었을 때 나는 기묘한 점을 눈치챘다."

"기묘한 점이라니요?"

"도모코가 에미리를 임신했을 때 아키코는 미국에 유학을 가 있었어. 그리고 도모코가 새로운 아이를 임신했을 때 아키코는 또다시 유학을 갈 준비를 하고 있었다."

"그런 것은 우연의 일치잖아요?"

"그럴지도 모르지. 하지만 언니가 임신했고, 아직 유치원에 다니는 아이가 있으니 여러모로 도움이 필요한 시기잖아. 형부는 회사일 때문에 바빠서 집에 늦게 들어오니까 별로 도움이 되지 않아. 그리고 그들 자매의 부모님과 형부의 부모님은 양쪽 다 타계했으니, 그쪽에 의지할 수도 없어. 에미리가 이야기했던 것처럼 그들이 사이좋은 자매였다면, 유학을 한두 해 미루겠다고 생각할 수도 있었을 거야. 아키코는 이번 유학이 처음도 아니고 세 번째였어. 그러니까 꼭 유학을 가고 싶다는 순수한 마음은 아니었을 거야."

"듣고 보니 그렇긴 한데……, 저, 그럼 관장님의 생각은 어떠십니까?"

"유학을 간다는 것은 일본에서 모습을 감춘다는 뜻이다. 그 사실과, 도모코의 임신 기간과의 기묘한 일치를 합쳐서 생각해 본다면 하나의 가설을 떠올릴 수 있어."

"그게 뭔데요?"

"아키코는 임신을 했던 거야. 적어도 마지막에 예정했던 유학은 그 임신을 숨기기 위한 것이었어. 유학 갔다고 해 놓고 몰래 숨어서 임신 사실을 안 들키려고 했던 거야. 맨 처음 유학에서 아키코는 알게 됐을 거다. 임신을 했어도 외국에 가 있으면, 일본의 친구들이나 지인들한테는 들키지 않는다는 사실을."

사토시는 히이로 사에코가 무슨 말을 하고 싶어 하는지 눈치챘다.

"그럼 설마, 에미리는 아키코가 맨 처음 유학 갔을 때 임신했던 아이라는 겁니까? 그리고 사건 당시에 도모코가 임신했다는 둘째 아이도 실은 아키코의 배 속에 있었다고요?"

"그렇다. 아키코는 정확히 도모코가 에미리를 임신했던 시기에 해당하는 육 년 전, 열아홉 살 때 미국의 메인 대학교로 유학을 갔었다. 한편 아키오는 무역 회사 사장이라는 직업상 미국에는 자주 갔었을 테지. 아키오는 그때 처제를 찾아가 거기서 관계를 가졌던 게 아닐까. 그 결과 아키코는 에미리를 임신하게 되었던 게 아닐까.

임신을 눈치챈 아키코는 그 사실을 언니와 형부에게 알렸다. 세 사람은 급히 회의를 했어. 그리하여 아키코는 출산을 하고, 그 아이는 혼다 부부의 자식으로서 키우자는 결론이 나왔다.

도모코는 당장 주변 사람들에게 임신 소식을 알린 뒤 산부인과에 다니는 척하기도 하고, 임신 중인 것처럼 복부에 뭔가를 집어넣기도 했다.

한편 아키코는 가끔 몰래 일시적으로 귀국해서 언니의 이름과 건강보험증을 빌려 산부인과에 다니면서 건강진단을 받았을 거야. 그때는 당연히 언니 명의로 만들어 둔 모자보건 수첩을 제시하고 거기에 건강검진 결과를 기입해 달라고 했을 테지. 모자보건 수첩은 아이가 태어난 다음에도 여러모로 사용되기 때문에 이렇게 위장할 필요가 있었어.

아키코가 메인 대학교 유학 시절 후반부에는 전혀 수업을 듣지 않고, 그동안 살고 있었던 하숙집에서도 나와 버린 것은 임신이 많이 진행돼서 복부가 눈에 띄게 되었기 때문이다.

아키코는 산달이 되자 귀국하여 산부인과에 언니 이름으로 입원했다. 아키오가 남편인 척하면서 그 옆에서 도와줬을 거야. 그리고 같은 시기에 도모코도 산부인과에 입원했다고 해 놓고 집에서 모습을 감췄다. 이윽고 출산한 아키코는 아기를 안고 아키오와 함께 퇴원. 그리고 도모코가 아키코와 교대하여 아기를 안고 자기 집으로 돌아왔다.

아키오와 아키코는 도모코에게 이것은 단 한 번의 실수였다는 식으로 변명했을 거야. 하지만 두 사람의 관계는 그 후에도 틀림없이 은밀하게 지속됐을 것이다.

그리고 육 년 후인 1992년에 아키코는 또다시 아키오의 아이를 임신했다. 아키오와 아키코는 도모코에게 그 사실을 고백했고, 도모코는 곧 태어날 아이를 자기들 부부의 아이로 키우는 것을 다시 한 번 승낙했다.

아키코는 주변 사람들에게 조만간 또 유학을 갈 거라고 말했는데, 그것은 삼 개월이 지나면 배가 나오기 시작해서 모습을 감춰야 하기 때문이었어.

이번에는 에미리가 있으니까 도모코는 에미리를 속일 궁리도 해야 했다. 아키코가 에미리를 임신했을 때에는 도모코는 집 밖에서만 임신한 척하면 됐는데, 이번에는 에미리를 속이기 위해 집 안에서도 임신한 척해야 하는 상황이었어. 눈에 띄게 배가 커지는 시기가 온다면, 에미리의 목욕은 아키오가 도맡아야 할 필요도 있었을 거야."

"그런데 도모코는 왜 그런 짓을……."

"어쩌면 도모코는 임신하지 못하는 체질이라서 그 점에 관해 자책감을 가지고 있었을 가능성도 있지 않을까. 그래서 여동생이 낳은 에미리를 자기들 부부의 자식으로 키우자는 아키오의 제안에 일단 찬성했던 걸지도 몰라.

그러나 남편과 여동생의 관계를 묵인해 주고 두 사람의 자식을 자기 자식으로서 키워야만 한다는 것은, 도모코에게는 엄청난 굴욕이었을 거야. 도모코는 몇 년 동안이나 계속해서 그 굴욕을 견뎌 왔다. 그런데 아키코가 둘째 아이를 임신했다는 이야기를 듣고 도모코의 인내심은 마침내 한계에 다다른 거야.

도모코가 히스테리를 일으켜서 남편과 여동생을 실컷 비난할 수 있는 성격이었더라면 좋았을 텐데. 그러나 도모코는 질투심에 사로잡혀 남편과 여동생을 비난하는 짓은 할 수 없었어. 인내의 한계에 달한 도모코가 할 수 있었던 일은 단 하나. 남편과 여동생을 죽이는 것이었다.

그런데 임신한 여동생의 시체가 발견되어 태아와 남편의 DNA

가 비교된다면, 그 태아가 남편의 아이라는 사실이 들통날 것이다. 그러면 범행 동기가 '자기 남편의 아이를 임신한 여동생에 대한 증오'란 것도 밝혀질 거야. 자존심 강한 도모코에게 그것은 견딜 수 없는 일이었어.

그래서 도모코는 생각한 거야. 집에 불을 지른 다음에 자기도 독을 먹고 죽어서 여동생의 시체와 함께 불길에 휩싸인다. 그리하여 **사후에 자신과 여동생의 시체를 반대로 보이게 해서, 임신한 사람은 틀림없이 자신이었다는 인식을 심어 준다.** 불에 타 버리면 외모는 알 수 없게 되고, 시체의 추정 연령은 열 살 이상으로 폭이 넓어질 테니까 일곱 살 차이인 도모코와 아키코는 바꿔치기 될 수 있었던 거야."

"도모코의 시체와 아키코의 시체가 바꿔치기 됐다고요……?"

사토시는 멍하니 중얼거렸다. 과연 그런 일이 가능할까. 화재 현장에서 발견된 세 사람의 시체가 어떤 식으로 신원이 확인됐는지, 사토시는 수사 서류의 내용을 떠올려 봤다.

우선 치아 형태에 의해 남성 한 명의 시체가 아키오란 것이 확인됐다. 이어서 임신한 한 여성 시체의 태아의 DNA와 아키오의 시체의 DNA는 그들이 친자 관계임을 보여 줬으므로, 임신한 여성은 도모코라고 확인됐다. 그리고 임신한 여성의 시체의 DNA와, 임신하지 않은 여성의 시체의 DNA가 자매 관계로 나왔기 때문에 임신하지 않은 여성은 아키코라고 확인됐다.

그런데 이 임신에 거짓이 숨어 있었던 것이다. 진짜 임신한 사람은 도모코가 아니라 아키코였기 때문이다. 거짓된 임신에 의해 도모코와 아키코의 신원 확인이 거꾸로 되어 버렸다.

도모코는 주변 사람들에게 자신이 임신했다고 알려 주면서 또 한편으로는 아키코의 임신을 숨기는 한, 신원 확인이 이렇게 잘못된 형태로 이루어지리란 것을 틀림없이 알고 있었을 것이다. 1992년 당시에는 이미 DNA 검사가 실용화되어 있었고, 이 사실은 신문과 TV 등을 통해 보도됐다. 도모코는 그것을 보고 DNA 검사의 지식을 얻었을 것이다.

히이로 사에코는 낮은 음성으로 이야기를 계속했다.

"도모코의 범행은 표면적으로는 혼다 가족 전체를 죽인 사건처럼 보일 거야. 동기를 은폐하기 위해서는 아키오·도모코 부부와 아키코를 한꺼번에 죽일 만한 동기가 있는 범인을 미리 만들어 두는 것이 좋아. 그래서 도모코는 '여동생의 옛 애인이 재결합하고 싶어 해서, 그것에 관해 협의하려고 여동생과 그 옛 애인을 자기 집으로 부르기로 했다.'라는 이야기를 근처에 사는 가정주부와 마주쳤을 때 해 줬던 거야. 아키오는 평소에 동네 가정주부와는 대화할 일이 없으므로, 그 이야기가 아키오의 귀에 들어갈 염려는 없었다.

아키코는 임신 삼 개월이라 슬슬 배가 눈에 띄게 커지는 시기였어. 조금만 더 있으면 아키코는 임신 사실을 숨기려고 유학이라는 핑계를 대고 지인들 곁에서 멀리 떠나갈 거야. 그렇게 되면 아키코를 죽이기는 어려워지지. 범행 타이밍은 지금밖에 없었어. 또 범행은 에미리가 없을 때 실행해야 해. 이에 딱 맞는 날이, 에미리가 1박 2일 캠프에 참가하느라 집을 비우는 7월 11일이었다."

"……그렇군요. 관장님이 에미리에게 물어보라고 시키신 질문의 의미를 이제야 알겠습니다. 에세이에 의하면 에미리는 병약해서 1박 2일 캠프 전날에도 여름 감기 때문에 유치원을 쉬었다고 했죠. 만약에 에미리가 캠프 당일에도 쉬었더라면 도모코는 범행을 저지를 수 없었을 겁니다. 그렇다고 계속 뒤로 미룰 수도 없어서 무조건 아키코가 멀리 떠나기 전에, 7월 중에 죽여야만 했습니다. 그러려면 에미리가 집을 비우는 예비 범행 날짜를 미리 만들어 둬야 했을 테고……. 그래서 관장님은 7월 중에 연장 보육을 신청해서 에미리를 유치원에 맡기려는 계획이 있었는지, 본인에게 물어보게 하신 거였군요. 만약에 그런 계획이 있었다면 도모코 범인설의 방증이 될 테니까요."

히이로 사에코는 입술을 일그러뜨렸다. 전혀 그렇게 보이진 않았지만, 이것이 이 사람의 미소였다.

"사건 당일 도모코는 아키코를 자기 집으로 초대하고, 남편과 여동생의 홍차에 청산가리를 집어넣어 그 두 사람을 살해했다. 그리고 테이블 위에 네 번째 인물의 찻잔을 올려놔서 아키코의 옛 애인이 방문한 것처럼 꾸몄어. 그 후 휘발유를 식당에 뿌리고 불을 지른 뒤, 자기도 즉시 청산가리를 먹었다.

청산가리는 즉효성 독이니까 도모코는 금방 숨을 거뒀을 거야. 도모코의 몸이 불길에 휩싸였을 때에는 그 사람은 이미 죽은 상태였지. 그래서 아키오나 아키코의 시체와 마찬가지로 도모코의 시체에서도 생활반응은 검출되지 않았다. 의심을 받을 이유가 없어. 그리고 불에 타는 고통을 느낄 필요도 없어. 독으로 청산가리를 고른 이유는 그거였을 거다."

에세이에 의하면 도모코는 에미리와 같이 목욕할 때마다 늘 자기 배를 만지게 해 주면서 "여기에 아기가 있어."라고 말하며 웃었다고 한다. 사토시는 그때 도모코의 속마음이 어땠을지 생각하며 몸서리쳤다.

자기도 죽어서 불길에 휩싸임으로써 자기 시체와 여동생의 시체를 반대로 만든다…… 그런 계획을 떠올리고 실행에 옮긴 도모코는, 남편과 여동생에 대한 증오로 반쯤 미쳐 버린 게 아니었을까? 하는 생각도 들었다.

어린 에미리까지 사건에 끌어들이지 않은 것은, 도모코도 에미리한테는 애정을 가지고 있었기 때문일 것이다. 그것이 이 사건에서 그나마 유일한 위안일 것이다.

그런데 그때 사토시의 머릿속에 암울한 상상이 끼어들었다.

도모코가 에미리를 사건에 끌어들이지 않은 이유는, 자기가 분명히 임신을 했었다고 말해 줄 증인으로 삼기 위해서가 아니었을까. 도모코는 에미리 앞에서 임신하고 있는 듯한 연기를 이것저것 했으므로, 에미리는 어머니의 배 속에 아기가 있다고 믿고 있었다. 에미리가 살아남으면 수사관들에게 그 이야기를 해서 도모코의 위장을 보강해 줄 것이다.

그래서 도모코는 에미리를 살려 준 게 아닐까.

그렇다면 도모코의 목적은 멋지게 달성된 셈이다. 에세이를 읽어 보면 사건 이후로 이십일 년이 지난 지금도 에미리는 도모코가 그때 임신했었다는 것을 의심하지 않고 있으니까. 아니, 심지어 동생까지 포함된 가정에서 행복하게 살고 있는 광경을 꿈꾸고 있었다.

이것은 도모코의 위장이 완벽하게 성공했다는 사실을 보여 준다. 에세이가 수사 서류의 일부라고 히이로 사에코가 말했던 것은 그런 의미였던 것이다. 범인의 계획이 성공했다는 증거 중 하나란 뜻이다.

"엄마, 아빠, 이모, 나, 아기가 함께 있는 그 그리운 집." 에미리는 언제나 그 광경을 파인더 너머에서 찾고 있다고 했다. 그러나 그것은 에미리의 어머니가 만들어 낸 환상의 광경이 아니었을까.

죽음에
이르는
질문

1

방구석에는 잠긴 캐비닛이 있다.

문을 열어 보면 하얀 유골함이 덩그러니 놓여 있다.

그것을 꺼내 뚜껑을 연다. 회백색 유골이 들어 있다. 아버지의 유골이다.

한동안 가만히 그것을 들여다보고 있다.

꼭 물어보고 싶은 것이 있다. 그러나 유골은 아무것도 이야기해 주지 않는다.

나는 아버지에게 얻어맞고 욕먹으면서 자랐다. 다정한 말을 듣거나 칭찬을 받은 적은 한 번도 없었다. 내가 철들었을 때부터 쭉 그랬다.

그것이 한층 더 심해진 것은 초등학교 2학년 때 어머니가 애인과 함께 달아나고 나서부터였다.

어머니는 아름다운 사람이었고 화려한 것을 무척 좋아했다. 무뚝뚝하고 음울한 아버지와는 정반대였다. 그래서 그런지 두 사람은 자주 싸웠다. 아버지는 술을 마시고 어머니한테 시비를 걸면서 '화냥년'이라고 욕을 했다.

어머니는 피아노를 잘 쳐서 집에 피아노 교실을 열었다. 그곳에 다니던 남자 대학생과 사랑에 빠져 같이 도망쳤다. 그리고 두 번 다시 돌아오지 않았다. 어머니는 애인이 자식보다 더 소중했던 것이다.

그때부터 아버지의 폭력은 한층 더 심해졌다. 나를 '화냥년의 자식'이라고 욕하고 때렸다. 그것은 그 사건이 일어날 때까지 계속됐다.

그 사건이 일어난 다음부터 아버지와 나 사이에 기묘한 휴전 상태가 시작됐다.

그리고 고등학교 1학년 때 아버지가 술집에서 별것도 아닌 일로 싸우다가 흉기에 찔려 죽었다. 그 후 먼 친척이 나를 맡아 주게 되었다. 아버지의 유품은 전부 다 버리고 유골만 남겨 뒀다. 이제야 겨우 보통 사람들처럼 살 수 있게 됐다고 생각했다.

그리하여 과거는 잊어버리고 살아왔을 것이다.

하지만 그게 아니었다. 과거는 결코 사라지지 않는다. 이미 없앴다고 생각했는데도 살아 돌아오는 것이다.

과거를 없애기 위해서 꼭 물어보고 싶은 것이 있다. 그 질문에 대한 답을 얻는다면, 나를 옭아매는 과거에서 벗어날 수 있을 것이다.

그러나 유골은 아무것도 이야기해 주지 않는다.

어떻게 하면 이 질문에 대한 답을 얻을 수 있을까.

도대체 어떻게 하면……

2

조수실의 벽시계가 오후 5시 반을 가리켰다.

데라다 사토시는 작업대 위에 늘어놓은 증거품에 QR 코드 라벨을 붙이던 손을 멈췄다. 오늘 일은 여기서 끝내자. 그다지 서두를 필요도 없다. 이십 년도 더 전에 일어난 사건의 증거품이니까 내일까지 미뤄도 될 것이다.

증거품을 보관함에 집어넣어 보관실에 돌려놨다. 그리고 관장실에 잠깐 들러 퇴근하겠다고 전했다. 히이로 사에코는 힐끔 사토시에게 눈길만 주더니 말없이 또다시 서류로 시선을 떨어뜨렸다. 이미 익숙해져서 신경도 안 쓰였다.

그때 관장실 전화기가 울리기 시작했다.

"네, 범죄 자료관입니다."

히이로 사에코가 수화기를 들고 낮은 소리로 응답했다. 잠자코 듣고 있었는데, 이윽고 그 사람이 눈썹을 살짝 찡그렸다. 설녀가 눈썹을 찡그릴 정도라니, 도대체 저 이야기의 내용은 무엇일까.

히이로 사에코는 알았다고 말하더니 수화기를 내려놓고 사토시를 쳐다봤다.

"수사1과가 지금부터 이쪽으로 온다고 한다. 미제 사건의 증거품과 수사 서류를 가져가고 싶다고 했어. 1987년 12월 9일, 조후시 다마가와 하천부지에서 24세 남성의 피살체가 발견된 사건이다."

"1987년? 무려 이십육 년 전이잖아요. 그럼 시효가 만료됐을 텐데요. 어째서 수사1과가 등장하는 겁니까?"

2010년의 개정 형사소송법에 의해 지금은 살인 사건의 공소시효가 폐지됐다. 그리고 그 전인 2004년의 형사소송법 개정에서는 공소시효가 기존의 15년에서 25년으로 연장됐었다. 그러나 이 사건이 일어난 것이 1987년이라면 시효 만료는 2002년이므로, 이런 법 개정은 적용되지 않는다.

"오늘 아침에 같은 장소에서 남성의 피살체가 발견됐다. 시체와 현장의 상황이 이십육 년 전과 몹시 비슷하다고 하더군. 수사1과는 동일범일 가능성이 매우 높다고 생각하고 있어."

"……동일범이라고요?"

사토시는 흥분의 전류가 온몸을 통과하는 것을 느꼈다. 현대의 과학수사는 이십육 년 전보다 크게 진보했다. 당시의 사건 현장에서는 알아내지 못했던 범인의 온갖 정보도, 현재의 사건 현장에서는 알아낼 수 있을 것이다. 이번 피해자에게는 미안하지만 미제 사건의 범인을 붙잡을 수 있는 절호의 기회가 제공된 것이다.

그때 사토시는 자신이 더 이상 수사1과 형사가 아니란 사실을 기억해 냈다. 자신은 수사본부에 들어가지 못하는 것이다.

그러나 수사본부에 들어가지 않아도, 증거품과 수사 서류만 있으면 이십육 년 전 사건은 수사할 수 있다. 실제로 사토시가 이 범죄 자료관에 배속되고 나서 십일 개월 동안 히이로 사에코는 미제 사건 세 건과, 피의자 사망으로 처리된 사건 한 건을 재수사하여 해결했다. 사토시는 그 사람의 지시를 받고 탐문 수사를 담당했었다. 이번에도 그렇게 하면 될 것이다.

"수사1과 녀석들이 바로 본청에서 출발한다면 여기에는 6시쯤에 도착하겠네요. 이십육 년 전 사건의 수사 서류를 그들이 가져가기 전에, 조금이라도 복사를 해 두죠."

그런데 히이로 사에코는 예상치 못한 대답을 했다.

"뭐 하러?"

"……뭐 하긴요, 우리도 수사를 해서 수사1과 녀석들보다 먼저 사건을 해결하려는 거죠. 그 녀석들이 증거품과 수사 서류를 가져간다는데 관장님은 분하지도 않으세요?"

"별로 분하진 않다. 이곳은 증거품 보관 시설이니까. 다른 부서가 증거품을 필요로 한다면, 그것을 제공하는 것이 당연해. 과거에도 재수사나 재심을 위해 증거품을 제공해 준 적이 몇 번이나 있었다."

"네, 그건 알겠는데요……. 그래도 이십육 년 전 사건에서는 적용할 수 없었던 현대의 과학수사를, 이십육 년 전과 똑같은 상황에 적용할 수 있는 거잖아요? 범인을 잡을 절호의 기회란 말입니다."

"그럼 수사1과에 맡겨 두면 되잖아. 미제 사건은 그 외에도 수백 건이나 있어. 급하게 복사까지 하면서 이 사건에 집착할 이유는 없다."

"이십육 년 전 사건과 완전히 똑같은 수법으로 범행을 저지르다니, 그 이유가 도대체 뭔지 흥미진진하지 않습니까?"

"흥미롭긴 하지만, 모든 미제 사건에는 뭔가 흥미로운 점은 있는 법이야. 혹시 자네가 수사 서류를 복사해 두고 싶다면 그렇게 해도 돼. 막지는 않겠다."

그 말만 남기고 히이로 사에코는 다시 서류로 시선을 떨어뜨렸다. 의사소통은 끝이다. 사토시는 한숨을 쉬고 관장실을 나왔다. 흥분은 완전히 사라져 버렸다.

*

　삼십 분 후에 수위인 오쓰카 게이지로가 내선으로 수사1과가 도착했음을 알렸다. 솔직히 말하자면 옛 직장 동료는 만나고 싶지 않았다. 사토시는 우울한 기분으로 정면 현관으로 향했다.

　마침 오쓰카가 슬라이딩 대문을 열고 있었다. 일흔이 넘은 노인이라 당연히 도와주고 싶어졌지만, 그러면 오쓰카가 불쾌해하기 때문에 사토시는 그를 도와주지 않았다.

　수사1과 차량 세 대가 주차장으로 들어왔다. 네 대분의 공간밖에 없는데 그중 하나에는 범죄 자료관의 오래된 왜건이 세워져 있었으므로 이제는 주차장이 꽉 차 버렸다.

　차량의 문이 잇따라 열리더니 수사1과 형사들이 차에서 내렸다. 사토시는 더더욱 기분이 우울해졌다. 그들은 자신이 십일 개월 전까지 소속되어 있었던 제3강력범 수사 제8계였기 때문이다.

　"어, 데라다. 오랜만이네. 마중 나오느라 고생했어."

　고사카 신야 경사가 말을 걸었다. 사토시와 나이도 계급도 같아서 서로 라이벌처럼 여기던 남자였다. 여우같이 생긴 홀쭉한 얼굴에는 비웃는 듯한 미소가 떠올라 있었다.

　제8계 계장인 이마오 마사유키 경감은 아무 말도 없이 사토시를 가만히 응시하고 있었다. 사토시는 내심 뜨끔했지만, 그를 똑바로 마주 봤다.

올해 2월에 히이로 사에코는 십오 년 전의 미해결 사건인 나카지마 제빵 공갈·사장 살해 사건을 재수사했다. 범죄 자료관으로 이동한 직후였던 사토시는 히이로 사에코의 지시대로 정보를 수집했다. 그 사람이 지적한 범인은 이마오의 경찰학교 동기이자 친한 친구인 남자였다. 히이로 사에코는 범인인 수사관에게 고발 전화를 걸었고, 그는 사표를 제출한 뒤 자수했다. 그 후 이마오는 사토시에게 전화해서 이렇게 말했었다.

'도리이가 얼마나 우수한지 알지도 못하는 덜떨어진 커리어가, 심심풀이 탐정 놀이나 하면서 도리이가 범인이란 것을 폭로했다고. 그리고 너는 그것을 도왔지. 난 너를 절대로 용서할 수 없어.'

'넌 언젠가는 수사 현장으로 돌아올 생각일 테지만, 그렇게 놔두지 않을 거다.'

한 마디 말도 나누지 않고 서로 쳐다보는 이마오와 사토시. 그 이상한 분위기에 고사카와 다른 수사관들은 의아한 표정을 지었다.

그때 차량에서 마지막으로 내린 남자가 다가왔다. 이목구비가 뚜렷한 오십 대 후반의 키 큰 남자. 허리가 꼿꼿한 그 모습은 마치 검의 달인처럼 보였다. 수사1과 과장인 야마자키 모리오 총경이었다.

수사1과장 지위는 전통적으로 논커리어가 차지했다. 수사 현장의 오랜 경험이 없으면, 산전수전 다 겪은 베테랑 수사1과 형사들을 통솔하는 것이 불가능하기 때문이다. 수사 현장에서 활

동하는 논커리어들에게는 이 수사1과장이란 자리는 방면본부장˙
과 더불어 최종 목표라고 할 수 있었다.

그런 1과장이 직접 행차한 것을 보고 사토시는 깜짝 놀랐다. 히
이로 사에코가 말했듯이 범죄 자료관이 보관하고 있는 증거품을
재수사나 재심의 재료로서 제공한 적은 그동안 몇 번이나 있었
다. 1과장이 직접 행차해야 할 정도로 이례적인 절차는 아니었다.

"우선 관장님께 인사를 드려야겠군. 안내해 줘."

야마자키 수사1과장이 말했다. 사토시는 앞장서서 일행을 데
리고 건물 안으로 들어갔다. 수사1과 형사들은 복도에 놔두고 야
마자키, 이마오와 함께 관장실로 들어갔다.

설녀가 자리에서 일어나더니 건성으로 고개를 숙였다.

야마자키가 말했다.

"히이로 경정. 전화로 이야기했듯이 오늘 아침에 조후시 다마
가와 하천부지에서 남성의 피살체가 발견됐다. 시체와 현장의
상황은 이십육 년 전의 후쿠다 도미오 살해·사체 유기 사건과
매우 흡사해. 동일범의 범행일 가능성이 굉장히 높아. 그래서 증
거품과 수사 서류를 가져가고 싶다."

"매우 흡사하다고 말씀하시는데, 그게 뭔지 구체적으로 가르
쳐 주십시오."

● 일본의 경찰 및 도쿄 소방청의 상급 관리직

"여섯 가지 공통점이 있어. 첫째, 피해자의 연령이 같다는 것. 둘 다 24세야. 둘째, 사체 유기 현장이 완전히 똑같다는 것. 현재 사건과 이십육 년 전 사건의 장소는 겨우 몇 미터밖에 안 떨어져 있어. 셋째, 유기된 시체의 상황. 둘 다 엎드린 상태였다. 넷째, 두부에 치명상을 입힌 둔기의 형태가 완벽하게 동일하다는 것. 직육면체의 모서리 같은 형태야. 다섯째, 사망 추정 일시가 동일하다는 것. 둘 다 12월 8일 오후 9시에서 10시 사이야. 여섯째, 피해자의 스웨터 소매에 피해자 이외의 인물의 피가 묻어 있다는 것. 피해자와 싸웠을 때 부상을 당한 범인의 피일 가능성이 높다. 이십육 년 전 사건 당시에는 피해자의 연령, 사망 추정 일시, 소매에 묻은 피에 관한 정보는 공표했지만, 사체 유기 현장의 자세한 위치, 시체가 엎드렸느냐 똑바로 누웠느냐 하는 시체의 자세, 둔기의 형태에 관해서는 공표하지 않았어. 그럼에도 불구하고 범인은 이십육 년 전의 상황을 재현했다. 동일범이라고 생각할 수밖에 없어."

"알겠습니다. 그건 확실히 동일범인 것 같군요."

관장은 무심하게 말하더니, 사토시에게 보관실 열쇠를 건네줬다.

사토시는 복도로 나와서 관장실 맞은편의 보관실 중 하나의 문을 열쇠로 열었다. 문을 열고 안으로 들어갔다.

좀 서늘하지만 쾌적한 공기가 몸을 감쌌다. 증거품을 양호한 상태로 유지하기 위해 모든 보관실에 값비싼 공조 설비가 설치

돼 있다. 고액의 전기료를 지불하면서, 일 년 내내 온도는 22도, 습도는 55퍼센트를 유지하고 있었다.

실내는 10평쯤 되는 넓이였는데 철제 선반이 여러 줄로 늘어서 있었다. 그곳에 증거품이 들어 있는 플라스틱 의류 보관함이 수납되어 있었다. 증거품은 하나씩 비닐 팩으로 포장되어 보관함 속에 들어가 있었다. 하나의 보관함이 하나의 사건에 대응됐는데, 큰 사건이면 거기에 대응되는 의류 보관함이 열 개가 넘는 경우도 있었다.

후쿠다 도미오 살해 사건의 보관함은 하나밖에 없었다. 그렇게 큰 사건은 아니었다는 뜻이다.

"내용물을 확인하고 싶은데, 어디 테이블은 없나?"

야마자키가 그렇게 말했으므로 사토시는 보관함을 끌어안고 일행을 조수실로 안내했다. 약 4평 크기의 방의 가운데에는 작업대가 놓여 있었다. 그리고 방구석에는 컴퓨터 책상과 의자가 있었다. 벽지는 범죄 자료관이 세워진 이후로 한 번도 바꾸지 않은 게 아닐까? 하고 의심이 들 정도로 지저분했다. 이 건물에서 돈을 들인 부분은 보관실밖에 없었고 나머지 방들은 다 등한시되고 있었다. 증거품을 잘 보관하는 데에 예산의 대부분이 사용되고 있어서 다른 부분까지는 돈이 배분되지 못하는 것이다.

"여기가 네 방이야? 꽤 좋은 곳이네."

고사카가 가식적인 말투로 말했다. 사토시의 가방이 책상 옆에 놓여 있는 것을 눈치 빠르게 발견했나 보다. 사토시는 그를 무시하고 좀 낡은 작업대 위에 보관함을 올려놨다. 장갑을 끼고 뚜껑을 열어 그 안의 증거물을 하나씩 작업대 위에 늘어놓기 시작했다.

옆에 있는 관장실과 연결된 문이 열리더니 히이로 사에코가 들어왔다. 역시 이 사람도 신경 쓰이긴 하나 보다.

증거품은 아주 적었다. 피해자가 입고 있던 속옷, 긴팔 셔츠, 스웨터, 바지, 손목시계, 지갑. 코트나 점퍼 같은 것은 없었다. 12월인데 코트나 점퍼를 걸치지 않았다는 것은 말이 안 되니까, 아마 피해자는 실내에서 살해되어 다마가와 하천부지에 유기됐을 것이다. 흉기인 둔기도 없었다.

스웨터를 꺼낼 때 사토시는 왼쪽 소매에 피가 묻어 있는 것을 발견했다. 좀 전에 야마자키 수사1과장이 스웨터 소매에 피해자 이외의 인물의 피가 묻어 있었다고 말했었는데, 그게 이건가 보다.

수사1과 형사들이 확인을 마치자, 사토시는 증거품을 보관함에 다시 집어넣었다. 고사카가 보관함을 안아 들었다.

"어젯밤에 발생한 사건을 좀 더 자세히 가르쳐 주실 수는 없나요?"

사토시는 누구에게랄 것도 없이 물어봤다. 누가 대답해 줄 거라고 생각하진 않았지만, 그래도 물어보지 않을 수 없었다. 물어보고 나서 후회했다. 고사카가 히죽 웃으며 말했기 때문이다.

"미안하지만 1과장님이 말씀해 주신 것 이상은 가르쳐 줄 수 없어. 너는 외부인이잖아."

"······외부인이라고?"

"그래, 외부인이지. 네가 언론한테 중요한 정보를 흘리기라도 하면 곤란하거든. 너는 강도 상해 사건의 수사 서류를 깜빡하고 두고 왔다가 그 정보가 인터넷에 공개되게 만들었던 전과가 있잖아. 더 이상 수사1과에 폐를 끼치지 말아 줘."

머리에 피가 확 쏠렸다. 무의식중에 고사카의 팔을 덥석 붙잡았다. 고사카가 중심을 잃고 비틀거리면서 안고 있던 보관함을 바닥에 떨어뜨렸다. 조수실에 큰 소리가 울려 퍼졌다.

"멍청한 짓 하지 마!"

사토시의 옛 동료들이 그의 팔을 붙잡아 벽으로 확 밀었다.

고사카가 양복 소매의 주름을 펴더니 다시 보관함을 껴안았다. 옛 동료들의 눈에는 연민의 빛이 떠올라 있었다. 이마오 계장은 차갑게 사토시를 쳐다보고 있었다.

"가자."

아무 일도 없었다는 듯이 야마자키 수사1과장이 말했다. 수사1과 형사들은 복도로 나갔다. 히이로 사에코도 말없이 관장실로 돌아갔다. 사토시는 조수실에 혼자 남았다.

과거에 한 번도 경험해 보지 못했던 무력감이 그를 덮쳤다.

3

다음 날인 10일 아침, 사토시는 자기 집 아파트의 부엌에서 미리 사 둔 식빵으로 토스트를 만들어 먹으면서 TV를 켰다.

하천부지에 서서 심각해 보이는 얼굴로 이야기하는 리포터가 화면에 나왔다. 어제 아침에 발각된 그 사건을 보도하고 있나 보다. 사토시는 속이 답답해져서 TV를 꺼 버릴까 하다가 일부러 계속 보기로 했다.

피해자는 와타나베 료, 24세. 호치 대학교 경제학부 대학원생, 석사 2년 차. 시체는 조후시 소메치의 다마가와 하천부지에서 발견됐다. 두부를 둔기로 구타당해 사망. 사망 추정 일시는 그저께인 12월 8일 오후 9시에서 10시 사이였다. 현장에는 피해자의 코트나 점퍼 같은 것은 없었으므로, 다른 장소에서 살해되어 하천부지에 버려진 것으로 추정된다. 실제로 하천부지에는 차가 지나간 흔적이 남아 있었다. 시체는 그 차로 운반됐을 가능성이 높았다. 살해 현장은 현재로선 불명. 하치오지시에 있는 그의 집도 살펴봤는데, 그 집은 아파트 5층인 데다가 CCTV도 설치되어 있어서 시체를 운반하기는 몹시 어려울 것 같았다. 살해 현장은 그곳이 아닐 것이다. 스웨터 소매에는 O형 혈액이 묻어 있었다. 피해자는 A형이고 출혈 흔적은 없으므로 다른 사람의 혈액이다. 피해자는 성실한 성격이었고 연구실에서의 평판은 좋았으며, 교

우 관계도 전혀 문제가 없었다. 어째서 살해되었는지 도무지 알
수가 없었다…….

거기서 화면은 스튜디오로 바뀌었다. 메인 앵커인 초로의 남
자 연예인이 말했다.

"실은 이십육 년 전에도 완전히 똑같은 장소에서 피살체가 발
견됐습니다. 더구나 피해자의 연령도, 살해 수법도, 사망 추정
일시도 전부 다 이번 사건과 정확히 일치합니다. 게다가 이십육
년 전 사건에서는 피해자의 스웨터 소매에 범인의 것으로 추정
되는 피가 묻어 있었다고 하는데, 이번 사건에서도 피해자의 스
웨터 소매에 피해자 이외의 인물의 피가 묻어 있었습니다. 수사
본부는 동일범이라 판단하고 수사를 진행하고 있습니다."

그리고 메인 앵커는 하천부지의 리포터에게 질문을 던졌다.

"만약에 동일범이라면, 범인은 왜 이십육 년이나 지나서 새로
운 살인을 한 걸까요. 수사본부는 그 점에 대해 어떻게 생각하고
있습니까?"

"기자회견에서도 그 질문이 나왔습니다만, 현재로서는 불명이
라고 합니다."

"피해자의 스웨터 소매에 묻어 있는 혈액은 어떻습니까. 이십육
년 전과 이번 사건의 혈액, 둘 다 동일한 것이라고 봐도 될까요?"

"현재 조사 중이라고 합니다. 결과가 나오려면 며칠은 걸린다
고 합니다."

벽시계를 보니 슬슬 출근해야 할 시간이었다. 사토시는 리모컨으로 TV를 끄고 일어났다.

*

사토시는 범죄 자료관의 단말기로 CCRS에 접속해 이십육 년 전의 사건을 조사해 보기로 했다.

사건명은 '조후시 다마가와 하천부지 살인·사체 유기 사건'. 1987년 12월 9일, 젊은 남자의 피살체가 조후시 소메치의 다마가와 하천부지에서 발견됐다. 피해자는 후쿠다 도미오, 24세. 두부에는 직육면체의 모서리 같은 형태의 둔기에 의해 구타당한 흔적이 있었다. 사망 추정 시각은 전날 오후 9시부터 10시 사이. 피해자의 스웨터 왼쪽 소매에는 O형 혈액이 묻어 있었다. 시체에 출혈의 흔적은 없었고, 혹시나 해서 검사해 봤지만 피해자는 B형이었으므로 그것은 다른 사람의 혈액임을 알게 되었다. 피해자와 싸울 때 부상을 당한 범인의 피일 가능성이 높았다. 피해자는 방한용 옷을 입지 않았고, 그런 옷이 근처에서 발견되지도 않았다. 피해자는 실내에서 살해된 뒤 자동차로 하천부지까지 운반되어 유기된 것으로 보인다. 후추시 공동주택에 있는 피해자의 집을 조사해 봤지만 누가 싸운 흔적은 없었으므로, 범행 현장은 그곳이 아닌 것 같았다.

후쿠다 도미오는 고등학교를 중퇴한 뒤 파친코 가게 직원으로 일했는데, 자꾸 결근하는 바람에 거기서도 잘려서 사건 당시에는 무직이었다. 거칠고 난폭한 성격이라 여기저기서 문제를 일으키고 다녔으므로 용의자는 얼마든지 있었지만, 모든 용의자가 알리바이를 가지고 있었기 때문에 범인을 알아내진 못했다…….

CCRS에 등록되어 있는 정보는 그 정도였다.

이런 것을 조사하다니, 나는 뭘 하고 있는 걸까? 하고 생각했다. 수사1과가 증거품도 수사 서류도 다 가져가 버린 이 상황에서 수사를 한다는 것은 불가능하다. 이제 그만 과거의 꿈에서 벗어나자…….

4

그로부터 이틀 후, 12월 12일 오전 9시경. 사토시가 조수실에서 여느 때와 다름없이 QR 코드 라벨을 붙이고 있는데, 수위인 오쓰카 게이지로의 내선 전화가 걸려 왔다. 경시청의 감찰관이 찾아왔다는 것이다.

감찰관?

어째서 감찰관이 찾아온 걸까. 사토시는 알 수가 없었다. 감찰관은 경찰 내부의 불상사를 단속하는 역할을 했다. 범죄 자료관에서 무슨 불상사라도 생겼다고 그쪽에서 판단한 걸까. 하지만 예산도 인원도 충분히 배정받지 못하는 이런 한직에서 도대체 무슨 불상사가 일어난단 말인가.

정면 현관의 문을 열자, 머리가 이상하리만치 크고 몸집이 작은 남자가 서 있었다.

"감찰관실의 효도 에이스케라고 한다. 잘 부탁해."

그는 들쭉날쭉한 치열을 드러내면서 히죽 웃더니, 배지 형태의 경찰수첩을 펼쳐 보여 줬다. 거기에는 경시청 경무부 감찰관실·수석 감찰관이라고 적혀 있었다. 계급은 총경. 사토시보다 네 계급이나 더 위였다.

효도의 나이는 40세 전후일까. 체격은 말랐고 척 봐도 약해 보였다. 한편 머리는 부자연스러울 정도로 컸다. 눈은 움푹하게 쑥 들어갔고 코는 주먹코이며 입술은 두툼했다. 놀랍도록 못생긴 얼굴이었다. 아직 40세 전후인데 총경이니까 당연히 커리어일 텐데도 엘리트다운 분위기는 전혀 느껴지지 않았다. 그런데 바닥에서부터 자기 힘으로 올라온 실력파 같은 분위기도 없었다. 솔직히 말하자면 경찰관처럼 보이지 않았다. 무엇처럼 보이느냐 하면, 마치 동화 속에 나오는 고블린 같았다.

부하의 모습은 눈에 띄지 않았다. 부하도 없이 감찰을 하러 오지는 않을 텐데. 도대체 무슨 일일까.

"관장님이 있는 곳으로 안내해 줄 수 있나?"

효도가 그렇게 말했으므로 사토시는 그를 데리고 복도를 따라 걸었다. 화장실에서 대걸레를 들고나오던 미화원 나카가와 기미코가 얼빠진 얼굴로 감찰관을 쳐다봤다.

관장실로 효도를 안내해 준 다음에 사토시는 그 옆의 조수실로 돌아가려고 했다. 그런데 그는 "자네도 동석해 주게."라고 말했다. 무슨 볼일일까. 사토시는 의아해하면서도 그의 말에 따랐다.

히이로 사에코는 감찰관이 들어왔는데도 전혀 신경 쓰지 않고 서류를 계속 읽고 있었다. 그걸 본 사토시는 초조해졌다. 상대의 계급이 하나 더 높으니까, 적어도 자리에서 일어나기는 해야 하지 않을까? 더구나 상대는 감찰관인데.

"오랜만이다. 히이로. 2월에 전화로 이야기하고 나서는 처음인가."

효도가 친근한 말투로 말했다. 아마도 둘이 아는 사이인가 보다. 그러나 설녀는 힐끔 상대를 보더니 무뚝뚝하게 고개만 까딱했을 뿐이다. 감찰관은 쓴웃음을 지으며 말했다.

"여전히 붙임성이 없구나. 그래, 히이로는 그래야지."

"용건은 뭡니까. 효도 총경님."

"존댓말은 그만둬. 동기잖아."

그때 사토시는 지난 2월의 나카지마 제빵 공갈·사장 살해 사건 재수사 당시에 히이로 사에코가 "감찰 쪽에 아는 사람이 있어."라고 말했던 것을 기억해 냈다. 그게 이 사람이었던 것이다.

"그럼 앉을게." 하고 효도는 방구석에 있는 소파에 앉았다. 그리고 얼굴을 찌푸렸다.

"이 소파는 왜 이래? 탄력이 전혀 없잖아. 생일 선물로 새 소파를 보내 줄까?"

"됐어. 무슨 용건으로 온 거냐? 혼자 온 것을 보면 감찰은 아닐 텐데."

"자네 얼굴이 보고 싶어서. 그렇게 말하면 믿어 줄 텐가?"

히이로 사에코는 묵살했다. 효도는 정색을 하면서 말했다.

"실은 자네에게 부탁이 있어."

히이로 사에코는 서류를 넘기던 손을 멈췄다.

"9일에 조후시 다마가와 하천부지에서 남성 피살체가 발견된 것은 너도 알지?"

"수사1과가 이십육 년 전 후쿠다 도미오 살해 사건과 동일한 범인이라고 생각해서 그 증거품과 수사 서류를 가져갔지. 그런데 그 사건이 뭐 어쨌다는 건가?"

"이 사건과 이십육 년 전 사건을 수사해 줘."

예상도 못 했던 그 말에 사토시는 깜짝 놀랐다. 감찰관이 어째서 그런 부탁을 하는 걸까.

설녀는 눈을 약간 가늘게 떴다.

"……이십육 년 전 사건의 수사 관계자 중에 범인이 있을 거라고 의심하는 건가."

효도는 들쭉날쭉한 이를 드러내면서 씩 웃었다.

"역시 날카로운 통찰력이군. 맞아."

"네? 그게 무슨 말씀이십니까?"

어째서 그런 결론이 나왔는지 전혀 이해할 수가 없었다.

히이로 사에코가 사토시에게 눈을 돌렸다.

"삼 일 전에 야마자키 수사1과장이 말했듯이 수사1과는 여섯 가지 특징이 일치했기 때문에 이십육 년 전의 사건과 현재의 사건을 동일범의 소행이라고 간주한 것 같은데, 과연 정말로 그럴까?"

"어, 그래도 시체와 현장의 상황이 완전히 똑같으니까……."

"그게 문제야. 피해자의 연령도, 범행 일시도, 살해 수법도, 시체를 유기한 장소도, 시체의 상황도 전부 다 동일. **현재의 사건은 이십육 년 전 사건을 너무나 완벽하게 재현했다.** 동일범이라도 당연히 생길 만한 차이점이 전혀 생기지 않았다고. 그뿐만이 아니야. **범인은 이십육 년 전의 사건에서 우연히 발생했던 일까지 전부 다 재현했다.** 이십육 년 전 사건에서 피해자의 스웨터 소매에는, 아마도 부상당한 범인의 피인 듯한 혈액이 묻어 있었어. 이것은 누가 봐도 우연히 일어난 일이었어. 그런데 범인은 그것까지도 재현했다. 우연한 일까지 재현했다는 점에서, 이건 오히려 모방범일 가능성이 높아."

"……모방범?"

"그래. 현재 사건의 범인은 이십육 년 전 사건의 범인을 영웅

시하여, 동경하는 범인을 똑같이 흉내 내려고 했을지도 몰라. 아니면 이십육 년 전 사건을 모방함으로써 일부러 동일범인 척해서, 자기는 혐의에서 벗어나려고 하거나 진짜 동기를 숨기려고 한 걸지도 몰라. 그런데 과거 선행 사건의 범인을 동경한 모방범의 경우에는, 그 선행 사건이 화려해서 남들의 주목을 받는 사건이 대부분이야. 그렇기 때문에 범인은 모방을 하는 거지. 선행 사건의 범인이 받았던 주목을, 자기도 조금이나마 받고 싶어서. 그런데 이십육 년 전의 사건은 아주 평범해서 남들의 주목을 받을 만한 요소는 하나도 없어. 그 점을 생각해 보면, 현재 사건의 범인이 이십육 년 전 사건을 모방한 것은 '일부러 동일범인 척해서 혐의에서 벗어나는 것이 목적'이었다고 생각하는 게 타당할 것이다."

"하지만 모방범이라고 하면, 현재 사건의 범인은 이십육 년 전 사건의 수법과 상황을 어떻게 알아냈다는 거죠? 수사1과장님의 말씀에 의하면 피해자의 연령, 사망 추정 일시, 소매에 묻은 피에 관한 정보는 공표했지만, 사체 유기 현장의 자세한 위치, 시체가 엎드렸느냐 똑바로 누웠느냐 하는 시체의 자세, 둔기의 형태에 관해서는 공표하지 않았다고 했습니다. 그럼에도 불구하고 범인은 이십육 년 전 사건의 상황을 재현했죠. 그럼 범인은, 공표되지 않은 사항들을 어떻게…… 아, 아. 그렇구나."

사토시는 효도와 히이로 사에코의 생각을 이제야 겨우 이해했다. 히이로 사에코가 말했다.

"범인은 공표되지 않은 사항들도 재현할 수 있었다. 이 사실에서 두 가지 가능성을 도출해 볼 수 있어.

첫 번째 가능성은, 현재 사건의 범인은 그 수법이나 상황을 이십육 년 전 사건의 범인한테서 직접 들었다는 것. 하지만 과연 이렇게까지 정확하게 재현할 수 있을 정도로 자세히 이야기를 해 줄까?

두 번째 가능성은, 현재 사건의 범인은 수사 관계자 중 하나라는 것. 범인은 사건을 담당했던 수사관들 중에 있을지도 모르고, 어쩌면 수사에는 참가하지 않았지만 수사 서류나 CCRS를 볼 수 있었던 사람 중 하나일지도 몰라."

'그렇다.' 하고 효도가 고개를 끄덕거렸다.

"수사 관계자 중에 범인이 있을 가능성이 있다. 참고로 이십육 년 전 사건을 담당했던 수사관은 현재 수사1과에 여러 명 있어. 그중 한 사람은 야마자키 모리오 수사1과장이다."

"수사1과장님이……."

사토시는 망연히 중얼거렸다. 감찰관이 이렇게 나선 이유를 이제야 알았다.

"수사1과장이 범인이라는 것은 아니야. 하지만 수사 정보가 범인에게 흘러 들어갈 가능성은 부정할 수 없어. 그래서 수사1과와는 별개로 사건을 수사하는 사람이 필요하다."

"'붉은 박물관'이 그 역할에는 안성맞춤이라는 건가. 수사관이 범인이란 사실을 폭로했던 전과가 있으니까. 감찰관실 대신 나서서 화살 받이가 되어 줄 테지."

히이로 사에코의 말에 효도는 쓴웃음을 지었다.

"그 삐뚤어진 성격은 여전하구나. 감찰관실은 형사사건 수사에는 익숙하지가 않아. 한편 자네는 수사 현장에서 활동한 적은 한 번도 없지만 수사 능력은 매우 탁월하지. 실제로 탐문 수사를 하는 것은 전직 수사1과 형사인 데다다 경사의 특기이고. 자네들은 올 한 해 동안에 네 건의 사건을 해결했어. 겨우 두 명이서 이렇게 많이 해결하다니, 경이로울 정도야. 그래서 부탁을 하는 거야. 자, 어때. 수락해 주지 않겠어?"

"수락해 줄 수는 있지만, 수사1과가 가져간 이십육 년 전 사건의 증거품과 수사 서류를 자유롭게 열람하게 해 줄 것, 현재 사건의 수사 상황을 전부 다 우리에게 알려 줄 것. 그것이 조건이다."

"수사1과 중에는 감찰관실에 협력해 주는 사람이 몇 명 있어. 그들에게 수사 서류를 몰래 복사해 달라고 할게. 현재 사건의 수사 상황도 수시로 그들을 통해 들을 수 있어. 아무리 그래도 증거품을 자유롭게 열람할 수는 없지만."

감찰관실에 협력하는 사람이라니, 그건 요컨대 스파이라는 거잖아. 수사1과에 그런 사람이 있었나? 하고 사토시는 아연해졌다.

히이로 사에코는 무표정하게 "좋아, 수락하겠다."라고 대답했다. 그 목소리에서는 패기라곤 전혀 느껴지지 않았다. 마치 기계음성 같았다.

"우선 현재 사건의 수사 상황부터 가르쳐 줘. 삼 일 전에 수사1 과장한테서 아주 간단하게 들은 것이 전부거든."

효도는 자세히 이야기해 줬는데, 그것은 사토시가 10일 아침에 TV를 보고 알게 된 내용과 실질적으로는 다르지 않았다.

"……피해자의 스웨터 오른쪽 소매에는 O형 혈액이 묻어 있었다. 피해자는 출혈이 없었으므로 그것은 다른 사람의 혈액이야. 시체가 유기된 12월 8일 심야부터 9일 새벽 사이에 다마가와 하천부지에서 수상한 차량이 목격되진 않았는지 수사 중인데, 현재까지 목격 증언은 하나도 없다. 살해된 이유도 불명. 와타나베 료는 정의감이 강하고 성실한 성격이었다. 연구실 안에서의 평판은 좋았고, 교수한테도 신임을 받고 있었어. 고등학생들이 다니는 학원에서 영어 강사 아르바이트를 하고 있었는데 여기서도 평판이 좋았던 것 같아. 상당히 고지식한 남자였는데 누구랑 연애한다는 소문은 전혀 없었다. 현재로선 용의자는 한 사람도 찾아내지 못했어."

"현재 사건의 범인이 모방범이라면, 범인은 일부러 동일범인 척해서 혐의에서 벗어나려고 했던 셈이지. 즉, 그가 와타나베 료를 살해할 동기는 상당히 명백해서 그냥 상대를 죽였다가는 범인이 누구인지 금방 들통날까 봐, 일부러 선행 사건과 동일범인 척하면서 혐의에서 벗어나려고 했던 것이다. 그러니까 만약에 모방범설이 옳다면, 슬슬 유력한 동기가 발견되어도 이상하지 않을 거야."

효도는 어깨를 으쓱했다.

"그건 자네 말이 맞는데, 아직 아무런 동기도 발견되지 않았어. 피해자는 그야말로 품행 방정의 화신 같은 인물이었나 봐."

"수사본부는 동일범설을 염두에 두고 있으니까, 와타나베 료의 인간관계와 이십육 년 전 후쿠다 도미오의 인간관계를 서로 비교하고 있을 테지. 범인이 동일범이라면 그는 두 사람의 인간관계 속에 공통으로 존재하는 인물일 테니까. 그 결과는 어찌 됐나?"

"두 사람의 인간관계는 전혀 겹쳐지지 않아. 그거야 당연하지. 후쿠다 도미오가 살해됐던 이십육 년 전에는 와타나베 료는 아직 태어나지도 않았으니까. 후쿠다 도미오와 아는 사이였던 인물이 나중에 와타나베 료와 아는 사람이 됐을 가능성도 있지만, 그런 인물은 발견되지 않았다. 후쿠다 도미오는 고등학교를 중퇴하고 사건 당시에는 무직인 불량배였는데, 와타나베 료는 대학원생이었어. 그러니까 후쿠다 도미오와 아는 사이였던 사람이 나중에 와타나베 료와 아는 사이가 됐을 가능성은 그리 높다고 할 수 없지. 이 점은 모방범설을 뒷받침해 주는 증거가 된다. 물론 수사를 시작한 지 얼마 안 됐으니까 단순히 아직 못 찾은 걸지도 모르지만……."

"각 사건에서 피해자의 옷에 묻어 있던 혈액을 비교하는 작업은 어떻게 됐어?"

"과학수사 연구소에서 DNA 검사를 실시한 결과, 다른 사람의 혈액으로 판명됐다."

"두 사람 사이에 혈연관계는?"

"전혀 없다고 하던데."

"각 혈액의 주인의 성별이나 연령은 알아낼 수 있나?"

"둘 다 남성의 피였다고 해. 단, 현재의 기술로는 연령까지는 알아낼 수 없어."

"동일범설을 염두에 둔 수사본부는, 현재의 사건에서 피해자의 옷에 피가 묻어 있다는 사실을 어떻게 해석하고 있어? 이십육 년 전 사건에서 범인이 부상을 당해 실수로 자기 피를 피해자의 옷에 묻혀 버렸고, 또 현재의 사건에서도 똑같이 부상을 당해 실수로 자기 피를 피해자의 옷에 묻혀 버렸다는 건가? 그건 우연의 일치라고 하기엔 너무 심하잖아."

"현재의 사건에서 피해자의 옷에 피를 묻힌 것은, 수사를 교란시키기 위한 행동이라고 해석하고 있지. 이십육 년 전 사건에서 범인이 자기 피를 상대에게 묻혀 버리는 실수를 범했으니까, 현재의 사건에서는 그 대신 남의 피를 묻혀서 수사를 교란시키려고 했던 거야. 또 운이 좋으면, 이십육 년 전 사건에서 자신이 실수로 묻혔던 그 피도, 마치 수사를 교란시키기 위해 묻혀 놓은

남의 피처럼 보일 수도 있으니까. 수사본부는 그것이 범인의 의
도일 거라고 해석하고 있어."

*

감찰관이 돌아간 뒤, 히이로 사에코는 사토시에게 국회도서관
에 가서 뭔가를 조사하라는 지시를 내렸다. 조수실에서 나왔을
때 사토시는 복도에서 대걸레질을 하고 있던 나카가와 기미코와
딱 마주쳤다. 그 사람은 호기심 가득한 얼굴로 질문을 했다.

"아까 그 사람은 누구야? 이 세상 사람이라는 게 믿기지 않을
정도로 못생겼던데."

"경시청의 감찰관입니다. 관장님의 동기인 것 같아요."

"동기? 그 사람도 커리어야? 관장님과 나란히 있으면 진짜 미
녀와 야수 같겠네."

설녀와 고블린이죠. 그렇게 말하려다가 시시한 짓이구나 하고
관뒀다.

나카가와 기미코는 사토시를 유심히 들여다보더니 말했다.

"어라? 왠지 기운이 난 것 같은데? 목소리도 활기찬 것 같고.
뭐 좋은 일이라도 있었어?"

"아뇨, 특별한 일은 없는데요."

그렇게 말하면서 '효도가 수사 의뢰를 하러 왔기 때문일지도

몰라.'라고 생각했다. 역시 자신은 뼛속까지 철저한 수사관인 것이다.

"뭐, 아무튼 잘됐네. 지난 삼 일 동안 데라다 군은 기운이 없어서 꼭 살아 있는 시체 같았거든. 미모도 빛이 바랜 것처럼 보였다고."

그래요? 하고 사토시는 쓴웃음을 지었다.

"코트 입었네. 지금 어디 나가?"

"네, 국회도서관에 갑니다."

'이십육 년 전 사건에서 피가 묻었던 위치가 신문과 주간지에 어떤 식으로 보도됐는지 조사해 줘. 일단 사건이 발생했을 때부터 일 년 이내에 발행된 전국 주요 신문과 주간지를 전부 다 체크해 줘.'

설녀는 그렇게 말했었다.

"그래, 열심히 일하고 와."

나카가와 기미코는 그런 말을 하더니 사토시를 보내 줬다.

그날 사토시는 오후 7시 폐관 시간이 다 될 때까지 내내 국회도서관에 틀어박혀 신문과 주간지를 계속 읽었다. 눈이 아프고 지루한 작업이었는데, 결국 알아낸 것은 모든 신문과 주간지에서 '스웨터의 소매에 피가 묻어 있었다.'라고 보도했다는 것이었다. 그런데 이것은 조사하기 전부터도 이미 알고 있었던 사실이다.

국회도서관에서 나온 사토시는 휴대폰으로 범죄 자료관에 전화를 했다. 예상대로 그 시간에도 히이로 사에코는 거기 있었다.
조사 결과를 보고하자, 그 사람은 "수고했어."라는 말만 하고 전
화를 끊어 버렸다. 이 조사에 무슨 의도가 있었는지 전혀 알 수
가 없었다.

"당신은 도대체 무슨 생각을 하는 거야?"

사토시는 저도 모르게 불평을 했다. 그러자 지나가던 행인이
수상하다는 듯이 사토시를 보면서 종종걸음으로 지나쳐 갔다.

5

다음 날인 13일 오후 2시가 되기 전. 경시청 본청사 9층에 있
는 기자회견장에는 긴 책상과 접의자가 줄줄이 배치됐고, 보도
관계자들이 그곳에 진을 치고 있었다. 대략 30명이 넘는 것 같
았다. 와타나베 료 사건은 매우 흔한 사건이라서 맨 처음에는 뉴
스로서 별 가치가 없다고 여겨졌는데, 수사본부가 이십육 년 전
사건과 동일범일 가능성이 높다고 발표한 다음부터는 언론도 이
사건을 상당히 주목하게 된 듯했다.

오늘 아침에 사토시가 범죄 자료관으로 출근했더니, 히이로
사에코가 그에게 수사본부의 기자회견에 참석하라는 지시를 내
렸다. 그런데 그 행위의 목적이 무엇인지는 설녀가 늘 그렇듯이

하나도 가르쳐 주지 않았다. 거기서 보고 들은 것을 모조리 보고 하라는 말만 했을 뿐이다.

야마자키 수사1과장은 사토시의 참석을 선선히 허락해 줬다. 언론에 발표하는 내용 정도는 '붉은 박물관'한테 알려 줘도 된다고 생각한 것이리라.

사토시는 눈에 띄지 않는 구석 자리에 앉았다. 수사1과 시절에 알고 지냈던 신문기자들 몇 명이 눈치 빠르게 사토시를 발견하고 어라? 하는 표정을 지었다.

"어머, 데라다 씨 아냐. 어쩐 일이에요?"

맨 처음 말을 건 사람은 도호 신문의 후지노 준코라는 기자였다. 40세쯤 된 여성인데, 유치원에 다니는 아들이 있다고 했다.

"이십육 년 전 사건과 동일범일 가능성이 있다고 해서, 그 증거품과 수사 서류를 범죄 자료관 측이 제출했거든요. 그래서 이번에는 저도 참석하게 되었습니다."

구차한 변명이었지만 후지노 준코는 납득한 것 같았다.

"그렇군요. 아, 맞다. 두 달 전에는 신세를 졌는데. 경사님 덕분에 좋은 기사를 쓸 수 있었어요."

두 달 전 '범죄 자료관을 취재하고 싶다.'라는 후지노 준코의 연락을 받은 사토시는 자료관 내부를 안내해 줬었다. 물론 증거품 및 수사 서류 보관실에 민간인을 들여보내는 것은 금지되어 있으므로 그 외의 장소만 보여 줬었다.

"엄청난 미인인 그 관장님은 건강하시고요?"

"네, 덕분에 잘 지냅니다."

"그렇게 예쁜 사람은 흔치 않죠, 안 그래요?"

"누가 엄청난 미인이라고?"

간토 신문의 아키타 교헤이라는 기자가 끼어들었다. 그는 삼십 대 후반인데 콧수염과 턱수염을 기른 산적 같은 남자였다.

"미타카시에 있는 범죄 자료관의 관장님."

"오, 그렇게 대단한 미인이야? 취재 요청이라도 해 볼까."

"네, 언제든지 환영합니다."

사토시는 웃으며 대답했다. 설녀 앞에서 꽁꽁 얼어붙지나 않으면 좋을 텐데.

그때 "지금부터 기자회견을 시작하겠습니다."라는 홍보과 직원의 안내 방송이 울려 퍼졌다. 후지노 준코와 아키타 교헤이도 긴장한 표정을 짓더니 각자의 자리로 돌아갔다.

야마자키 수사1과장과 관할 경찰서인 조후 경찰서의 서장이 출입구에서 모습을 드러냈다. 그들은 정면 연단에 놓여 있는 회견용 책상 앞에 가서 앉았다. 책상 위에는 보도진의 마이크가 몇 개나 늘어서 있었다.

사토시는 문득 깨달았다. 이십육 년 전 사건을 담당했던 수사관은 현재 수사1과 중에도 몇 명 있는데, 그중 한 명이 수사1과장이라고 효도가 말했었다. 히이로 사에코가 사토시를 기자회견에 참가시킨 것은, 수사1과장이 기자들의 질문에 대답하는 도중에 무심코 범인만 아는 사실을 실수로 언급하지 않을까? 하고 기대를 해서 그런 것이 아닐까.

일반적으로 '범인만 아는 사실'이란 것은 '수사 관계자들만 알고, 그 외의 사람들은 모르는 사실'이다. 그런 사실을 일반인이 언급한다면 '그것을 안다.'라는 이유로 그가 범인이라고 단정할 수 있다.

그러나 이번에는 용의자가 수사 관계자였다. 어떻게 그 사실을 알았느냐? 하고 물어봐도, 수사 관계자라서 안다고 하면 그만이다. 고로 이 경우에는 '범인만 아는 사실'이란 것은 '수사 관계자들도 모르고 진짜로 범인만 아는 사실'이어야 할 것이다. 아직 수사에 의해 밝혀지지 않은 사실을 수사1과장이 기자들 앞에서 언급한다면 그것이 바로 '범인만 아는 사실'일 것이다.

하지만 그것을 찾으려면, 현시점에서 수사에 의해 밝혀진 사실이 무엇인지를 미리 정확히 파악해 둬야 한다. 오늘 아침에 효도가 범죄 자료관의 메일 주소로, 이십육 년 전 사건의 수사 서류를 PDF 파일로 보내 줬다. 사토시는 기자회견에 참석할 시간이 되기 전까지는 그 서류를 읽었고, 또 현재 사건의 수사 상황에 관해서도 어제 효도한테서 듣기는 했다. 하지만 거기에 포함되어 있지 않은 사실을 수사1과장이 무심코 실수로 이야기하더라도, 과연 자신이 그것을 눈치챌 수 있을까.

기자들이 야마자키 수사1과장에게 잇따라 질문을 했다.

"와타나베 료 씨가 피해자가 된 이유는 알아냈습니까?"

"피해자들의 관계는?"

"두 사람의 인간관계에서 겹치는 부분은 전혀 없습니까?"

"범인은 어째서 이십육 년이나 지나서 새로운 범행을 저지른 걸까요?"

기자들은 속사포처럼 연달아 질문을 던졌지만, 야마자키는 어떤 질문에 대해서나 "현재로선 아직 모릅니다."라고만 대답했다. 이목구비가 뚜렷한 그 얼굴에는 고뇌하는 빛이 어려 있었다.

일단 분위기가 좀 진정되자, 도호 신문의 후지노 준코가 질문을 했다.

"각 사건에서 피해자의 스웨터 소매에 묻어 있던 피에 관해 여쭤보겠습니다. 두 개의 피에 관해 현재 밝혀진 것은 둘 다 O형 남성의 피라는 사실밖에 없다고 하셨는데요. 연령은 현재의 기술로는 알아낼 수 없다고요. 어제 기자회견에서는 두 개의 피가 동일 인물의 피인지 아닌지를 과학수사 연구소에서 분석 중이라고 하셨는데, 그 후 결과는 나왔습니까?"

야마자키의 얼굴에 안심한 듯한 표정이 떠올랐다. 이제야 겨우 대답할 수 있는 질문이 나왔구나, 하는 표정이었다.

"결과는 나왔습니다. 동일 인물의 피가 아니었습니다."

"두 가지 피 각각의 주인이 서로 혈연관계일 가능성은요?"

"무슨 말씀이시지요?"

"이를테면 아버지와 아들, 할아버지와 손자일 가능성이 있느냐는 겁니다."

"유감스럽지만 거기까지 조사하지는 않았습니다."

"조사할 예정은 있습니까?"

"현재로선 없습니다."

후지노 준코의 얼굴에 낙담하는 기색이 나타났다.

사실은 어제 효도가 말했듯이 경시청의 과학수사 연구소 측이 두 혈액의 혈연관계 유무도 이미 조사했다. 하지만 그것을 조사하는 행위는 인권침해 문제가 된다. 이십육 년 전 사건의 피는 범인의 피일 가능성이 매우 높은 것으로 보이는데, 그것과 동일한지 아닌지를 조사하는 것은 곧 범인인지 아닌지를 조사하는 행위이므로 문제가 없다. 그러나 그것과의 혈연관계 유무를 조사한다는 것은 범인의 친족인지 아닌지를 조사하는 행위이므로, 범죄 수사 목적의 DNA 검사의 이용 범위에서 벗어난 행위로 간주될 위험성이 있는 것이다. 기자회견에서 함부로 공표할 만한 내용은 아니었다.

야마자키 수사1과장은 여기서 거꾸로 질문을 던졌다.

"어째서 두 가지 피 각각의 주인이 서로 혈연관계일 가능성이 있다고 생각하신 겁니까?"

"수사본부는 동일범이라고 생각하고 있다는데, 그게 좀 의문이어서요."

설마 수사 관계자에 의한 모방범설을 여기서 꺼내려는 건가? 사토시는 긴장했다.

야마자키는 흥미로워하는 표정을 지었다.

"흠, 도호 신문 측은 동일범이 아니라고 생각하신다는 겁니까?"

"저희 신문사가 아니라 저의 개인적인 의견입니다만……. 동일범이 이십육 년이나 지나서 똑같은 범행을 되풀이할까요?"

"그러나 두 가지 사건은 굉장히 비슷합니다."

"네, 그래서 아버지와 아들 또는 할아버지와 손자일 거라고 말씀드린 겁니다. 이십육 년 전 사건은 아버지나 할아버지가 범인이고, 현재의 사건은 아들이나 손자가 범인인 거죠. 그 아들 혹은 손자가, 아버지 혹은 할아버지한테서 이십육 년 전 사건에 관한 이야기를 자세히 들었기 때문에 그것을 정확히 모방할 수 있었다. 그렇게 가정해 보면 어떨까요?"

기자들이 웅성거렸다. 사토시는 아 그렇구나, 하고 이해했다. 아버지와 아들, 할아버지와 손자 같은 밀접한 관계라면 이십육 년 전 사건의 범인이 자기 범행을 현재 사건의 범인에게 자세히 이야기했을 가능성, 완벽하게 모방할 수 있을 정도로 자세히 이야기했을 가능성이 있었다. 수사 관계자가 아니어도 완벽한 모방이 가능해지는 것이다.

야마자키는 미소를 지었다.

"재미있는 견해군요. 당신은 우리 수사본부에 들어와 주시는 것이 좋을지도 모르겠네요."

기자들이 하하하 웃었다. 수사1과장은 이어서 말했다.

"사실 수사본부 측에서는 이십육 년 전 사건에서 자신의 피를 피해자의 의복에 실수로 묻혔던 범인이, 현재 사건에서는 일부러 타인의 피를 묻혀서 수사를 교란시키려고 했다는 가설을 세워 놓고 있습니다."

후지노 준코는 여전히 뭔가 물어보고 싶어 하는 눈치였지만, 결국 "……알겠습니다." 하고 고개를 끄덕였다.

혈연자에 의한 모방범설인가…… 하고 사토시는 생각했다. 히이로 사에코는 이 가설을 어떻게 생각할까. 꼭 물어봐야 할 것이다.

그 후에도 수사1과장에 대한 질문은 계속 이어졌지만, 야마자키가 '범인만 아는 사실'을 언급한 것 같지는 않았다.

"당신은 도대체 무슨 생각을 하는 거야."

사토시는 눈앞에 없는 히이로 사에코를 향해 불평을 했다. 그러자 주위의 기자들이 이상하다는 듯이 그를 쳐다봤다. 어쩌면 범죄 자료관으로 좌천된 충격 때문에 정신이 이상해졌나? 하고 생각한 걸지도 모른다.

*

사토시가 범죄 자료관에 돌아와서 기자회견 내용을 보고하자, 히이로 사에코는 눈을 살짝 가늘게 떴다. 사토시의 보고가 중요한 의미를 가지고 있다는 뜻이었다.

"혈연자에 의한 모방범설은 재미있는 것 같은데요. 관장님은 어떻게 생각하세요?"

사토시가 물어보자 히이로 사에코는 무표정하게 말했다.

"가설로서는 재미있지만, 그건 말이 안 돼."

"어째서요?"

히이로 사에코는 대답하지 않았다. 그 대신 이렇게 말했다.

"효도 총경을 불러 줘. 사건의 진상을 알았다."

6

한 시간 후. 수석 감찰관은 이 딱딱한 소파는 어떻게 안 되는 거냐고 또다시 투덜거리면서 자리에 앉았다. 효도 옆에 앉기는 부담스러웠기 때문에 사토시는 선 채로 이야기를 듣기로 했다.

히이로 사에코의 낮은 목소리가 울려 퍼졌다.

"현재의 사건은 이십육 년 전 사건을 완벽하게 모방한 것처럼 보인다. 그러나 딱 한 가지 차이점이 있어. 피해자의 스웨터 소매에 묻어 있는 피의 위치다."

"피의 위치?"

"수사1과가 이십육 년 전 사건의 증거품과 수사 서류를 받으러 왔을 때, 확인차 데라다 군이 증거품을 조수실 작업대 위에 늘어놨었어. 그때 눈치챘는데, 피해자 후쿠다 도미오의 경우에는 피가 묻어 있는 곳이 스웨터의 **왼쪽 소매**였다. CCRS에 등록된 사건 개요에도 같은 내용이 적혀 있었어. 그런데 효도 총경, 당신이 이야기해 준 바에 의하면 현재 사건의 피해자인 와타나베 료의 경우에는 피가 묻어 있는 곳이 스웨터의 **오른쪽 소매**였다고 한다. 왼쪽 소매와 오른쪽 소매. 범인은 이십육 년 전 사건의 다른 요소들은 완벽하게 모방했으면서, 왜 피의 위치만은 모방하지 않았을까?"

사토시는 앗 하고 놀랐다. 효도도 허를 찔린 듯한 표정을 지었다.

"현재 사건의 범인이 수사 관계자라서 사건 현장을 실제로 봤거나, 또는 수사 서류나 CCRS의 정보를 보고 이십육 년 전 사건을 모방했다면, 피의 위치도 이십육 년 전과 똑같이 꾸며낼 수 있었을 거야. 그런데 현재 사건의 범인은 피의 위치를 정확히 재현하지 않았어.

여기서 생각할 수 있는 가능성은 딱 하나. 현재 사건의 범인은 이십육 년 전 사건에서 피해자의 스웨터 소매에 피가 묻어 있었다는 것은 알았지만, 오른쪽 소매냐 왼쪽 소매냐 하는 정확한 위치는 몰랐던 거야. 그리고 수사 관계자라면 피가 묻은 정확한 위치를 알 수 있었을 테니까, 현재 사건의 범인은 수사 관계자는 아니야."

"수사 관계자는 아니다……."

지금까지 했던 수사의 전제 조건이 가볍게 부정되자 사토시는 망연자실하고 말았다.

"그렇군, 자네 말이 맞아."

효도가 생각에 잠기면서 말했다.

"수사 관계자가 아니라면, 감찰할 필요도 없어지니까 다행이라면 다행이긴 한데……."

"한편 현재 사건의 범인은 수사 관계자가 아님에도 불구하고, 피가 묻어 있는 위치 이외의 요소는 모조리 완벽하게 모방하는 데 성공했어. 다시 말해 피가 묻은 위치 이외의 요소는 전부 다 정확히 알고 있었던 거지. 그런 인물은 도대체 누구일까."

"피가 묻은 위치 이외의 요소는 전부 다 정확히 알고 있었다? 그렇다면, 설마……."

"그런 인물은 단 한 명밖에 없어. **이십육 년 전 사건의 범인, 바로 그 사람이다.**"

"……이십육 년 전 사건의 범인? 동일범이란 말입니까?"

결국 수사1과의 생각이 옳았다는 건가.

"이십육 년 전 사건의 범인이라면 당연히 사체 유기 현장의 자세한 위치도, 시체가 엎드렸는지 똑바로 누웠는지도, 둔기의 형태도 정확히 알고 있을 테지. 한편 피해자의 옷에 피가 묻은 것은 순전히 우연의 산물이었어. 범인은 그것을 알아차리지 못했을 거야. 이 피가 범인의 것이든 아니든 간에, 피는 범인을 찾아낼 단서가 될 수밖에 없어. 우선 범인의 피라면 범인의 혈액형을 경찰에게 가르쳐 주게 될 테지. 그리고 범인의 피가 아니어도 그것은 범인이 피해자를 살해한 현장에 있었던 인물, 즉 범인과 관계가 있는 인물의 피인 것은 확실하니까, 그런 인물의 혈액형을 경찰에게 가르쳐 주게 될 거야. 그러니까 만약에 범인이 피가 묻었다는 사실을 그때 알았더라면, 피해자의 옷을 가져가 버렸을 테지. 그럼에도 불구하고 가져가지 않았어. 고로 피가 묻은 것을 알아차리지 못했다고 보는 것이 타당할 거야. 그 후 범인은 언론에 보도된 사건 내용을 보고 처음으로 피해자의 스웨터 소매에 피가 묻어 있었다는 사실을 알았을 거야. 그런데 오른쪽 소매인지 왼쪽 소매인지는 보도되지 않았으므로, 피가 묻은 정확한 위치는 몰랐던 거다."

사토시는 '피가 묻었던 위치가 신문과 주간지에 어떤 식으로 보도됐는지 조사하라.'라는 히이로 사에코의 지시가 무슨 의미였는지 이제야 겨우 이해했다. '스웨터의 **소매**에 피가 묻어 있었다.'라고 보도됐다는 것은, 오른쪽 소매인지 왼쪽 소매인지는 보도되지 않았다는 뜻이다. 그리고 TV와 라디오를 통해 보도된 내용도 아마 신문이나 주간지와 마찬가지였을 것이다.

효도가 말했다.

"그런데 동일범이라면, 범인은 어째서 이십육 년 전에 자신이 일으킨 사건을 거의 완벽하게 재현한 거지? 애초에 내가 모방범 설을 주장한 이유는, 현재의 사건이 이십육 년 전의 사건을 거의 완벽하게 모방해서, 동일범이라도 당연히 있어야 할 차이점조차 별로 없었기 때문이야. 히이로, 자네도 나와 같은 의견이었잖아? 동일범이라면 왜 자신이 일으킨 사건을 모방한 거지? 그 점을 설명하지 못하는 한, 동일범이라는 가설도 문제가 있어."

"옳은 말이다. 모방범이 아니라 동일범이라고 한다면, 우리는 **자신이 일으킨 사건을 모방하는 범인**이라는 기묘한 수수께끼에 직면하게 돼. 어째서 자신이 일으킨 사건을 모방했을까. 그 수수께끼를 풀기 위해, 이십육 년 전 사건을 모방한 사건이 일어남으로써 어떤 결과가 나왔는지 한번 생각해 보자. 그것이 바로 범인이 의도한 것일 테니까."

"어떤 결과가 나왔느냐고……?"

"수사본부는 두 개의 사건을 동일범의 소행이라고 간주했다. 그리고 피해자의 의복에 묻어 있는 범인의 것으로 추정되는 피가, 이십육 년 전 사건과 현재 사건에서 서로 동일한지 조사했어."

"피가 동일한지 어떤지 조사하게 만들고 싶었다는 건가."

"엄밀히 말하자면, 꼭 동일한지 어떤지 조사하게 만들고 싶었다고 단정할 수는 없어. 두 가지 피를 비교했을 때 도출되는 결과는 피가 '동일 인물의 것이다.'란 결과와 '동일 인물의 것이 아니다.'라는 결과, 그렇게 크게 두 가지로 나눌 수 있다. 그리고 또 후자는 '동일 인물은 아니어도 혈연관계가 있는 인물의 것이다.'란 결과와 '아무런 관계도 없는 인물의 것이다.'란 결과, 그렇게 두 가지로 나눌 수 있어.

이런 세 가지 결과 중 하나를 경찰한테 확인시키기 위해서 범인은 자신이 일으켰던 사건을 모방한 게 아닐까, 그렇게 생각해 볼 수 있다. 이십육 년 전 사건의 피해자의 옷에 묻어 있던 피와 비교시키기 위해, 현재의 사건에서도 피해자의 옷에 피를 묻혀 놓은 게 아닐까.

여기서 추측할 수 있는 것이 또 하나 있어. 좀 전에 이십육 년 전 사건에서 피해자의 옷에 묻어 있었던 피는 범인의 피이거나, 혹은 범인이 피해자를 살해하는 현장에 있었던 인물, 즉 범인과 가까운 인물의 피일 거라고 말했는데. 만약에 피를 비교하는 것이 범인의 목적이었다면 이십육 년 전 사건의 피는 범인 자신의 피가 아니라, 범인과 가까운 인물의 피였을 거야. 범인 자신의 피였다면 굳이 이십육 년 전 사건의 피해자의 옷에 묻었던 피를 이용하지 않아도 그냥 자신의 피를 제공하면 될 테니까. 그리고 범인과 가까운 그 인물은 이미 죽었을 거야. 살아 있었다면 그 인물의 피를 직접 제공받으면 될 테니까. 그 인물의 피는, 이제는 이십육 년 전 사건의 피해자의 옷에 묻었던 피밖에 안 남아 있는 거야.

그렇다면 범인은 그 피의 비교 결과를 무슨 수로 알아내려고 했을까? 언론에 보도되는 내용을 보고 알아내려고 한 걸까. 하지만 그 피를 비교해서 얻은 결과가 반드시 보도되리란 보장은 없어. 살인까지 저질렀는데도 가장 중요한 결과를 알지 못한다면, 그건 심각한 문제잖아?

그러니까 여기선 범인이 보도 관계자라고 생각하는 것이 합리적이다. 그러면 기자회견장에서 범인이 스스로 혈액 비교에 관한 질문을 할 수 있지."

사토시는 깜짝 놀랐다.

"……그래서 저를 수사1과 기자회견장으로 보냈던 거군요? 혈액 비교에 관해 질문하는 기자가 있나 없나 보려고."

"맞아. 그랬더니 도호 신문의 후지노 준코 기자가 그 화제에 관해 질문을 했다더군. 심지어 두 가지 사건의 각 혈액의 주인이 아버지와 아들 또는 할아버지와 손자 관계가 아니냐고 질문을 했다는 것이다. 마치 좀 전에 분류했던 세 가지 가능성 중 하나인 동일 인물의 피는 아니지만 혈연관계가 있는 인물의 피였을 가능성, 그것을 확인하고 싶어 하는 것처럼.

후지노 준코는 그 질문을 하고 나서, 아버지나 할아버지의 범행을 아들이나 손자가 모방했다는 가설을 내세웠다. 그런데 이 것은, 자신이 두 가지 사건의 각 혈액의 주인들 사이의 혈연관계에 관해 질문했던 진짜 의도를 숨기려고 일부러 그런 것처럼 보여. 아버지나 할아버지의 범행을 아들이나 손자가 모방했다는 가설은 독창적이고, 그게 만약에 진짜라면 특종이야. 타사 기자들도 있는 기자회견장에서 그런 가설을 발표하는 것은 이상하지. 타사 기자들에게는 들키지 않도록 몰래 수사1과장에게 말해 보는 것이 상식적인 행동이잖아? 그 여자 같은 베테랑 기자라면 그 정도는 당연히 알 텐데. 그럼에도 불구하고 '아들이나 손자에 의한 모방'이라는 가설을 기자회견장에서 발표한 것은, 두 가지 피의 혈연관계에 대해 질문했던 진짜 의도를 숨기기 위해서가 아닐까.

여기서 나는 그 여자에게 의혹을 품게 되었다. 어쩌면 그 여자는 두 가지 피의 주인들이 아버지와 아들, 혹은 할아버지와 손자 관계인지 아닌지 확인시키고 싶어서 사건을 일으킨 게 아닐까?

그런데 좀 전에 내가 이야기했잖아. 이십육 년 전 사건에서 피해자의 옷에 묻어 있던 피의 주인은 이미 죽었다고. 후지노 준코가 두 가지 사건 각각의 피의 주인들이 아버지와 아들 혹은 할아버지와 손자 관계인지 아닌지 확인하고 싶어 했다면, 이십육 년 전 사건의 피해자의 옷에 묻어 있던 피의 주인은 아마도 아버지나 할아버지였을 거야. 한편 그것과 비교되는 현재 사건의 피해자의 옷에 묻은 피의 주인은 자식이거나 손자일 테지. 그리고 후지노 준코는, 현재 사건에서 사용된 피를 손쉽게 입수할 수 있는 입장이었다.

이러한 점들을 고려해 본다면 현재 사건의 피의 주인은 후지노 준코의 아들이고, 이십육 년 전 사건의 피의 주인은 그 사람의 아버지라고 생각해도 될 거야. 후지노 준코는 그 두 사람이 과연 할아버지와 손자 관계인지 아닌지 조사해 보려고 했던 것이다."

효도가 고개를 갸우뚱했다.

"왜 그런 것을 조사해 보려고 한 거지?"

"자기가 아버지의 친자식인지 아닌지 조사해 보기 위해서야. 후지노 준코가 아버지의 친자식이라면, 그 여자의 아버지의 피와 아들의 피는 할아버지와 손자 관계라고 나올 것이다. 그것을 통해 그 여자는 자신이 아버지의 친자식임을 알 수 있지. 반대로 할아버지와 손자 관계가 아니라고 나온다면, 그 여자는 아버지의 친자식이 아니란 사실을 알 수 있어. 물론 엄밀히 따지자면 그 여자와 아버지의 피는 이어져 있어도 그 여자와 아들의 피가 이어져 있지 않다면, 이때도 그들은 할아버지와 손자 관계가 아니라고 판명될 거야. 하지만 어머니와 자식은, 아버지와 자식과는 달리 친자 관계가 애매할 리가 없지. 자기가 직접 출산을 하니까. 그 여자와 아들의 피가 이어지지 않았을 가능성은 없어.

그러니까 할아버지와 손자 관계가 밝혀지지 않았다면, 그것은 곧 그 여자가 아버지의 친자식이 아니라는 뜻이 된다. 그 여자는 그렇게 생각한 거야."

"아버지와 자신의 혈연관계를 알아보고 싶다면, 어째서 유골을 사용하지 않은 거지? 유골에서 추출한 DNA와 자신의 DNA를 비교해 보면 되잖아."

"유골은 안 돼. 화장터에서 800도~1,200도의 고온으로 타 버리는 바람에 DNA가 조각조각 깨졌거든. DNA 검사에는 사용할 수 없어. 화재 현장의 시체는 그 정도의 고온에 노출되지는 않아서 DNA 검사가 가능하지만, 화장터의 고온에 노출되면 현대 기술로는 검사가 불가능해진다. 아마도 그 여자는 처음에는 유골을 민간 조사 기관에 가져가서 DNA 검사를 의뢰하려고 했다가 안 된다는 소리를 들었을 거야.

그래서 생각 끝에 그 사람은 자기 아버지의 DNA가 유일하게 이용 가능한 형태로 남아 있는 것을 기억해 냈다. 바로 이십육 년 전 사건의 피해자의 옷에 묻었던 피야. 그런데 그 옷은 범죄 자료관에 보관되어 있어서 일반인은 건드릴 수가 없었어."

사토시가 이야기했다.

"그러고 보니 후지노 준코는 전에 범죄 자료관을 취재하고 싶다고 했습니다. 혹시 그건 증거품으로서 보관되어 있는 이십육 년 전 사건의 피해자의 옷을 훔칠 수 있을지 알아보기 위해서였던 걸까요."

"아마도 그럴 거다. 그때 그 여자는 범죄 자료관의 보관 방식이 엄중해서 도저히 훔칠 수 없다는 사실을 알게 되었다. 그래서 그 여자는 터무니없는 방법을 생각해 낸 거야.

그것은 이십육 년 전 사건을 완벽하게 재현한 사건을 일으키고, 그 피해자의 옷에 자기 아들의 피를 묻혀 두는 것이었다. 자기 피가 아니라 아들의 피를 이용한 것은, 자기 피를 이용하면 DNA에 의해 여성이란 것이 밝혀지기 때문이었어.

경찰은 이십육 년 전 사건의 피해자의 옷에 묻어 있던 피를 범인의 피라고 생각했어. 그러니까 동일범인지 아닌지 확인하기 위해 이십육 년 전 사건의 피해자의 옷에 묻어 있던 피와, 현재 사건의 피해자의 옷에 묻어 있던 피를 DNA 검사로 비교할 테지. 만약에 후지노 준코가 정말로 아버지의 자식이라면, 두 사건에서 각각 등장한 혈액들은 할아버지와 손자 관계라고 밝혀질 거야. 그로써 그 여자는 자신이 아버지의 친자식인지 아닌지 확인할 수 있는 거지. 즉, 아무것도 모르는 경찰한테 친자 확인 검사를 시키는 거야.

그 여자는 그런 목적으로 이십육 년 전 사건을 완벽하게 모방한 것이다. 이십육 년 전 사건은 아주 평범한 사건이라서 눈에 띄게 특징적인 요소는 하나도 없었어. 동일범이라고 알려 줄 만한 특징적인 요소가 없는 거야. 그래서 그 여자는 같은 범행 일시, 같은 연령의 피해자, 같은 사체 유기 현장, 같은 흉기, 같은 시체의 상황, 그렇게 모든 점에서 이십육 년 전 사건을 철저하게 흉내 내어 동일범이란 사실을 경찰한테 알려 주기로 한 것이다."

그리하여 '자신의 과거 범행을 모방하는 범인'이라는 기묘한 수수께끼가 탄생한 것이다. 너무나 완벽하게 흉내 내는 바람에 오히려 모방범 취급을 당한 것은 아이러니하다고 할 수밖에 없지만.

"현재 사건의 피해자는, DNA 검사를 시키고 싶은 피를 그 옷에 묻혀야 할 대상, 요컨대 피의 운반 수단에 불과해. 누구든 상관없던 거야. 그래서 후지노 준코는 자신과 전혀 상관없는 인간을 피해자로 선택했다. 그러면 피해자의 인간관계를 아무리 조사해 봐도 경찰은 끝내 범인을 찾아낼 수 없을 테니까.

자기 아들의 피를 피해자의 옷에 묻히는 것은, 수사진한테 중요한 단서를 주는 행위일 수밖에 없어. 그러나 후지노 준코는 피해자와 무관하기 때문에 수사 선상에 올라갈 염려는 전혀 없다고 확신했다. 그렇다면 아들의 피를 사용해도 아무 문제도 없지."

"아무리 그래도, 한 번이라도 수사 선상에 올라가면 그 순간 끝장나는 거잖아요."

"그렇다. 하지만 그럼에도 불구하고 그 여자는 아버지와 자신의 혈연관계 유무를 어떻게든 확인하고 싶었던 거야."

"그렇게까지 했는데도 수사본부 측은 기자회견에서 두 가지 혈액 사이의 혈연관계를 공표하지 않았으니, 그 여자는 심하게 낙담했겠네요."

"그렇지. 하지만 그 여자는 베테랑이야. 수사본부 측은 공표하지 않았을 뿐이지 실제로는 조사했다는 사실을 눈치챘을 거야. 앞으로는 막무가내로 새벽이든 한밤중이든 수사1과장한테 들러붙어서 혈연관계 유무를 알아내야겠다고 속으로 다짐하고 있을 거다."

'이해가 안 가는군.' 하고 효도가 말했다.

"대체 왜? 왜 그렇게까지 해서 자신과 아버지의 혈연관계 유무를 확인하려고 한 거지?"

히이로 사에코는 고개를 흔들었다.

"그건 나도 몰라. 틀림없이 그 여자만 아는 이유가 있을 테지……."

7

히이로 사에코는 야마자키 수사1과장과 이마오 제8계장을 불러서 자신의 추리를 다시 한 번 이야기했다. 단, 수사 관계자 중에 범인이 있을지도 모른다고 의심했던 부분은 생략했다. 그 정도의 배려는 이 사람도 할 수 있나 보다.

이마오는 나카지마 제빵 공갈·사장 살해 사건 때문에 히이로 사에코를 눈엣가시로 여기고 있었다. 그래서 히이로 사에코의 추리를 순순히 받아들이지 못할지도 모른다면서 사토시는 걱정을 했는데, 그것은 기우였다. 이마오는 후지노 준코의 아들의 모근이 붙어 있는 머리카락을 몰래 입수하게 했다. 그리고 거기서 추출한 DNA와 와타나베 료의 옷에 묻어 있던 피에서 추출한 DNA를 서로 비교하게 했다. 그 결과 양자는 동일했다. 현재 사건의 피는 후지노 준코의 아들의 피였던 것이다. 그 피를 가장 손쉽게 입수할 수 있는 사람은 어머니인 후지노 준코였다. 이리하여 그 사람은 우선 와타나베 료 살해 혐의로 체포됐다. 그 사람은 이십육 년 전 후쿠다 도미오 살해 사건도 즉시 자백했다. 두 개의 피를 비교한다는 목적은 달성했으므로 더 이상 숨기려는 마음이 없었던 걸지도 모른다.

후지노 준코의 남편은 도호 신문의 동료인데 지금은 미국 특파원으로 파견을 나갔다고 한다. 어머니가 살인자라는 이유로 아들이 괴롭힘당하는 것을 막으려고 그 남편은 아들을 미국으로 부를 계획이라고 한다. 그런데 걱정되는 것은 '어머니가 자기 피를 이용했다.'라는 사실을 알고 아들이 크게 상처를 받을지도 모른다는 점이었다. 사토시는 적절한 카운슬링과 세월의 흐름이 그를 치유해 주기를 바랄 뿐이었다.

범인을 체포한 지 이틀 후, 야마자키 수사1과장과 이마오 계장이 범죄 자료관에 찾아와 후지노 준코의 자백 내용을 자세히 가르쳐 줬다.

후지노 준코는 어린 시절부터 아버지한테 미움 받고, 욕먹고, 폭력을 당하면서 자랐다고 한다. 초등학교 2학년 때 어머니가 다른 남자와 함께 도망치자 그 학대는 더욱 심해졌다.

그리고 그 여자가 중학교 3학년이었던 1987년 12월 8일. 결정적인 사건이 일어났다.

그날 밤 8시가 지났을 때 아버지가 후쿠다 도미오라는 젊은 남자를 집으로 데리고 돌아왔다. 단골 술집에서 만났다고 했다. 천박하게 생긴 그 남자는 후지노 준코를 끈적하게 훑듯이 바라봤다. 그 여자는 대번에 혐오감을 느꼈다.

아버지와 후쿠다 도미오는 한동안 거실에서 술을 마시는 것 같았다. 후지노 준코는 자기 방에서 공부를 하고 있었다. 그때 갑자기 문이 열렸다. 보니까 출입구에 후쿠다 도미오가 눈을 번뜩이면서 서 있었다. 그 여자가 반사적으로 벌떡 일어난 순간, 그 남자는 말없이 다짜고짜 그 여자를 덮쳤다. 그 여자는 금방 바닥에 쓰러져 제압당하고 말았다. 필사적으로 저항하는 그 여자의 눈에 아버지가 보였다. 아버지는 출입구에 서서 이쪽을 내려다보고 있었다. 술에 취해 벌게진 그 얼굴에는 오직 증오의 감정만 떠올라 있었다.

'그때 깨달았습니다. 이것은 아버지의 새로운 학대구나. 술집

에서 데려온 남자에게 나를 덮치라고 한 거구나.'

그 여자는 계속 저항했다. 그래서 후쿠다 도미오는 애를 먹다 가 "이봐, 도와줘!"라고 소리를 질렀고, 아버지가 곁으로 다가왔 다. 그 여자는 팔을 마구 휘둘렀는데 그 손이 아버지의 얼굴에 부딪쳤다. 아버지는 비명을 지르며 펄쩍 뛰어 물러났다.

그 비명에 놀란 후쿠다 도미오의 손에서 한순간 힘이 빠졌다. 그 여자는 벌떡 일어났다. 그리고 책상 위에 있던 돌로 된 책 지 지대를 반사적으로 붙잡아, 그것으로 후쿠다 도미오의 머리를 내리쳤다. 손에 불쾌한 충격이 전해졌다. 그 남자는 그 자리에서 털썩 쓰러졌다.

그 여자와 아버지는 둘 다 한동안 넋을 놓고 있었다. 그 여자 가 휘두른 손에 맞았는지, 아버지의 코에서는 피가 흐르고 있 었다. 마침내 아버지가 정신을 차리고 후쿠다 도미오에게 다가 가 조심스럽게 맥을 짚었다. 그리고 얼굴이 새파래지더니 "죽었 어."라고 중얼거렸다.

아버지는 경찰을 부르지 않았다. 사실 경찰을 부른다면 그 여 자는 아버지가 무슨 짓을 했는지 이야기할 생각이었다. 두 사람 은 아버지의 차를 타고 조후시 사즈마치에 있는 자기 집에서 다 마가와 하천부지까지 시체를 버리러 갔다.

'그날 밤 일은 지금도 선명하게 뇌리에 새겨져 있습니다. 12월 한밤중이라 무척 추웠어요. 하늘은 구름으로 뒤덮여 달도 보이지 않았고요. 바람이 세게 불어서 하천부지의 풀들이 서걱서걱 소리를 냈어요. 물론 그 근처에는 사람은 한 명도 없었습니다. 차로 하천부지에 가서 내리자, 아버지는 트렁크에서 시체를 끄집어내 땅바닥에 내려놨습니다. 시체의 얼굴을 보기가 무서웠는지 아버지는 그것을 엎드린 자세로 놔뒀어요. 저는 벌벌 떨면서 그 광경을 지켜보고 있었죠. 그리고 저희는 차를 타고 집으로 돌아왔습니다⋯⋯.'

그 후 언론 보도를 통해서 범인의 것으로 추정되는 피가 피해자의 스웨터 소매에 묻어 있었다는 사실을 알게 됐고, 그 여자는 그것이 아버지의 코피란 것을 눈치챘다. 자신은 피를 흘리지 않았으므로 아버지의 코피라고 생각할 수밖에 없었다.

'그때부터 저와 아버지는 휴전 상태가 되었습니다. 아버지는 더 이상 저를 학대하지 않았습니다. 아버지는 제가 경찰한테 뛰어가 후쿠다 도미오에 관한 이야기를 할까 봐 무서워했던 거죠. 물론 죽인 사람은 저였지만, 후쿠다 도미오의 스웨터에 묻은 피는 아버지의 피였으니까요. 아버지가 죽였다고 제가 주장하면, 경찰은 그 말을 믿을지도 모릅니다. 그래서 아버지는 더 이상 저를 건드리지 못하게 되었습니다.'

결국 경찰은 끝까지 그 여자와 아버지를 찾아오지는 않았다. 후쿠다 도미오와 아버지는 그날 술집에서 처음 만난 사이였고, 직원은 일하느라 바빠서 두 사람이 의기투합한 것도 눈치채지 못했던 것이리라.

그 여자와 아버지의 기묘한 휴전 상태는 일 년 후에 종언을 고했다. 아버지는 술집에서 팔꿈치가 부딪쳤다는 이유로 옆자리 손님과 싸우다가 칼에 찔려 죽은 것이다. 아버지에게 잘 어울리는 시시한 최후였다.

그 여자는 먼 친척에게 맡겨졌다. 유골만 남기고 아버지의 유품은 모조리 내다 버렸다. 그 여자는 드디어 행복해지게 되었다. 자신을 학대하던 사람, 어두운 기억을 공유하던 사람은 이제 이 세상에 없다. 고등학교에 다니고, 대학 생활을 마음껏 즐기고, 제1지망이었던 신문사에 취직했다.

이윽고 그 여자는 동료와 사랑에 빠져 결혼했다. 오 년 후에는 사내아이를 낳았다. 어두운 과거는 저 멀리 사라져 버린 것 같았다.

'그런데 실은 그게 아니었던 거예요.'

정신을 차려 보니 그 여자는 어린 아들을 학대하고 있었다. 아이가 울음을 그치지 않을 때, 말을 안 들을 때에는 저절로 짜증이 나서 아들에게 손찌검을 하는 것이었다. 운 나쁘게도 남편은 미국 특파원으로 파견되는 바람에 그 여자는 아들과 단둘이 남게 되었다. 신문기자로 일하면서 동시에 혼자 자식을 키우는 것은 엄청나게 스트레스 받는 일이었다. 그리고 그 스트레스 해소 행위는 아들에 대한 학대라는 형태로 나타났다.

'부모에게 학대당하면서 자란 아이는 자신이 부모가 됐을 때,

자기 자식을 학대하게 된다는 말이 있습니다. 저도 그런 게 아닐까 하고 진심으로 두려움에 휩싸였습니다.'

'하지만' 하고 그 여자는 생각했다. 하지만 아버지가 자기를 학대했던 것이, 만약에 자신이 아버지의 친자식이 아니었기 때문이었다면 어떨까. 아버지는 딴 남자랑 달아나 버린 어머니를 늘 '화냥년'이라고 욕했었다. 자신에게 "넌 내 자식이 아니야."란 말도 했었다. 혹시 그것이 진실이었다면.

어쩌면 자신이 실제로는 아버지의 피를 물려받지 않은 게 아닐까. 자기 피를 물려받은 자식이었다면, 과연 술집에서 만난 남자한테 자식을 덮치라고 시켰을까. 그때 출입구에 서서 자신을 내려다보던 아버지의 얼굴에는 오로지 증오의 감정만 떠올라 있었다. 자신은 어머니가 바람피워서 낳은 자식이고, 그 때문에 아버지는 자신을 그렇게 미워했던 게 아닐까.

그리고 그 여자의 머릿속에 기묘한 논리가 형성됐다.

아버지가 나를 학대한 것은 내가 아버지의 피를 물려받지 않았기 때문이다. 아들은 내 피를 물려받았다. 그러니까 나는 아들을 학대하지 않는다.

'제가 아버지의 피를 물려받지 않았다는 사실을 증명하면, 저는 더 이상 아들을 학대하지 않아도 되는 거예요.'

그 논리는 완벽하게 뒤틀린 것이었지만, 그 여자의 머릿속에서는 말이 되는 이야기였다.

아버지의 피를 물려받지 않았다는 사실을 증명하려면 DNA 검사를 해야 한다. 그리고 아버지의 DNA를 추출할 수 있는 대상은 유골밖에 없다. 그 여자는 처음에는 유골을 민간 조사 기관에 가져가서 자신의 DNA와 비교해 달라고 부탁하려고 했다. 그러나 유골의 DNA는 화장터의 고온에 의해 자잘하게 부서져서 검사가 불가능하다는 소리를 들었다.

'꼭 물어보고 싶었어요. 그러나 아버지의 유골은 아무것도 이야기해 주지 않았습니다.'

이윽고 그 여자는 아버지의 DNA가 유일하게 남아 있는 대상의 존재를 눈치챘다. 이십육 년 전에 자신이 죽였던 남자의 스웨터 소매에 묻은 아버지의 코피였다.

그런데 후쿠다 도미오의 스웨터는 범죄 자료관에 증거품으로서 보관되어 있었다. 그 여자는 마치 기자로서 일하는 것처럼 범죄 자료관을 취재하면서 그 스웨터를 훔칠 수 없을까 하고 알아봤다. 그리하여 알게 된 것은, 보관 방식이 엄중하여 도저히 훔칠 수 없다는 사실이었다.

그래서 그 여자는 이십육 년 전과 완전히 똑같은 사건을 일으켜서 경찰이 피를 비교하게 만들기로 했다.

그 여자는 자기 직장인 도호 신문의 독자 투고란에 투고된 글을 샅샅이 조사해 후쿠다 도미오와 같은 24세이고, 도쿄에 살고 있는 남자를 골라냈다. 투고하는 글에는 주소, 성명, 연령, 성별, 직업, 전화번호를 명기하게 되어 있었다. 그런 정보들을 이용한 것이다. 그리하여 선택된 사람이 와타나베 료였다. 성실하고 정의감이 강한 그는 신문에 여러 번 투고를 했었다. 그래서 결국 살해 대상으로 선택된 것이다.

그 여자는 우선 한동안 그의 행동을 관찰했다. 그의 생활은 매우 규칙적이었다. 대학교와 아르바이트하는 학원과 아파트의 자기 집 사이를 왔다 갔다 하기만 했다. 애인은 없었고, 밤에는 늘 혼자 있는 것 같았다. 죽이기 딱 좋은 상대였다.

그 여자는 젊은 연구자를 소개하는 연재 기사를 기획하고 있다고 말하면서 와타나베 료에게 접근했다. 그는 의심도 안 하고 취재에 응했다. 그때 그 여자는 그가 어떤 저명한 경제학자를 존경한다는 사실을 알게 되었다. 그 여자는 그 경제학자와는 취재를 통해 친해졌다고 말하고, 다음에 만날 기회가 있으면 당신 이야기를 해 보겠다고 거짓말을 했다.

그리고 12월 8일이 되었다. 오후 8시가 넘었을 때 그 여자는 와타나베 료에게 전화를 걸어 이렇게 말했다. 실은 지금 그 경제학자가 자기 집에 와 있는데 당신 이야기를 했더니 꼭 한번 만나 보고 싶다고 했다, 그런데 워낙 바쁜 사람이라 내일은 영국 학회에 참가하러 가기 때문에 오늘 밤밖에 만날 시간이 없다, 지금 차로 데리러 갈 테니까 우리 집으로 와 줄 수 있겠느냐. 그러자 와타나베 료는 뛸 듯이 기뻐하면서 기꺼이 그러겠다고 대답했다.

그 여자는 수면제로 아들을 평소보다 일찍 재웠다. 그리고 자동차에 와타나베 료를 태워서 자기가 사는 아파트로 돌아왔다. 지하 주차장에 차를 세웠을 때, 차에서 내린 그를 등 뒤에서 흉기로 때려 살해했다. 흉기는 과거와 마찬가지로 돌로 된 책 지지대였다. 차의 트렁크에 시체를 얼른 숨겨서 다마가와 하천부지로 향했다. 그리고 과거와 똑같은 장소에 똑같은 자세로 시체를 유기했다. 이때 그의 스웨터 소매에는, 수면제로 재운 아들한테서 채취한 피를 묻혀 뒀다.

'와타나베 씨에게는 미안하다고 생각하고 있습니다. 하지만 자식을 위해서였습니다. 어머니라면 누구나 같은 행동을 했을 겁니다.'

범행 후 그 여자는 경찰이 두 개의 피를 DNA 검사로 비교하기를 기다렸다. 그리고 기자회견에서 두 개의 피 사이에 혈연관계가 없느냐고 물어봤다.

그런데 큰 오산이 있었다. 경찰 측은 두 개의 피 사이의 혈연관계를 공표하지 않았던 것이다. 이제는 수사1과장한테 들러붙어 어떻게든 알아내는 수밖에 없다. 그 여자는 그렇게 결심했다.

그런데 실행 직전에 그 여자는 체포됐다. 피의 비교 결과를 알아내려고 그 여자는 자진하여 자백을 했다.

'제발 부탁입니다. 가르쳐 주세요. 두 개의 피 사이에는 할아버지와 손자라는 혈연관계가 있나요, 없나요?'

그 여자는 간절한 눈빛으로 말했다. 수사관은 소름 끼치는 감각과 연민을 동시에 느끼면서 대답해 줬다. 아무런 혈연관계도 없다고.

　'감사합니다. 이로써 저는 더 이상 아들을 학대하지 않아도 되겠네요. 이제 괜찮아요.'

　그 여자는 평온한 얼굴로 미소를 지었다고 한다.

*

　이야기를 마친 야마자키 수사1과장이 히이로 사에코에게 말했다.

　"사실은 이십육 년 전의 후쿠다 도미오 살해 사건은 내가 수사1과에 배속돼서 맨 처음 맞닥뜨린 사건이었다. 최초의 사건이 미해결로 끝나는 바람에 계속 마음에 걸렸었지. 당신 덕분에 범인을 잡을 수 있었어. 어깨를 누르던 짐을 이제야 겨우 내려놓은 것 같아."

　고마워. 그러면서 야마자키는 고개를 깊이 숙였다. 그랬구나 하고 사토시는 생각했다. 단지 범죄 자료관에 보관되어 있는 증거품과 수사 서류를 넘겨받는 일일 뿐인데, 수사1과장이 직접 찾아와서 사토시는 의아했다. 알고 보니 그런 사정이 있었던 것이다.

　이마오도 마찬가지로 고개를 숙였다. 그 얼굴은 무표정해서 '붉은 박물관'에 대한 적의가 과연 줄어들었는지 어떤지는 알 수 없었다. 히이로 사에코는 무뚝뚝하게 고개를 끄덕였다.

사토시는 관장실에서 나온 야마자키와 이마오를 따라 정면 현관까지 갔다. 수사1과장님이 돌아가시는데 배웅을 안 할 수는 없었다. 하기야 히이로 사에코는 의자에서 일어나려고 하지도 않았지만.

"……신세를 졌다."

이마오가 불쑥 한마디 했다. 사토시는 "아닙니다."라고 대답했다.

주차장에는 수사 차량 한 대가 주차되어 있었다. 고사카 경사가 운전석에 앉아 있었다. 고사카는 차에서 나오더니 야마자키와 이마오를 위해 차문을 열어 줬다. 그리고 사토시한테 화가 난 것처럼 거칠게 말했다.

"너 이 자식, 이번에 화려하게 한 건 했더라? 뭐, 어차피 우연히 소 뒷걸음질 치다가 쥐 잡은 거겠지만."

"우연이 아니야. 다음에 또 한 건 해 주마."

쳇, 질긴 놈…… 하고 독설을 뱉으면서 고사카는 운전석으로 들어가 수사 차량을 출발시켰다.

사토시는 관장실로 돌아갔다. 히이로 사에코는 사건 해결의 감개에 젖지도 않고 그저 수사 서류를 읽고 있었다.

"그나저나 '아버지의 피를 물려받지 않았다는 사실을 증명하기 위해서'라는 범행 동기를 용케 알아내셨네요. 보통은 그런 것은 생각도 못 하잖아요?"

"나도 옛날에는 비슷한 생각을 했던 적이 있으니까."

히이로 사에코가 툭 내뱉듯이 말했다.

"네?"

사토시는 저도 모르게 상대를 돌아봤다. 그게 무슨 뜻일까. 이 사람도 과거에 아버지와의 혈연관계 유무를 확인하고 싶어 했던 적이 있었다는 걸까.

그러나 히이로 사에코는 더 이상 아무 말도 하지 않았다. 설녀처럼 차갑고 단정한 얼굴로 서류의 페이지를 계속 넘기고 있을 뿐이었다.

❀

이 책은 2015년 문예춘추 출판사에서 양장본으로 나왔던 《붉은 박물관》의 문고본입니다. 그럼 여기서 현재 이 해설을 읽고 계시는 당신에게 두 가지 질문을 드리겠습니다.

Q1. 당신은 원본(양장본)을 읽었습니까?
Q2. 당신은 무엇을 기대하면서 이 책을 손에 들었습니까?

우선 당신이 아직 원본을 읽지 않은 상태이고, 재미있는 미스터리 소설을 기대하면서 이 책을 손에 들었다면, 기대를 저버리지 않을 겁니다. 왜냐하면 이 책은 최고 수준의 본격 미스터리 소설이므로 독자는 수수께끼 푸는 재미를 마음껏 맛볼 수 있기 때문입니다.

한편 당신이 아직 원본은 읽지 않았지만, TV 드라마 〈범죄 자료관: 히이로 사에코 시리즈 '붉은 박물관'〉을 보고 이 책에 관심을 가지게 되었다면, 이 책은 당신의 기대를 저버리지 않을 겁니다. 왜냐하면 드라마는 원작을 존중하면서도 독자적인 변화를 줬으므로, 그 둘을 비교해 보면 무척 흥미진진할 테니까요.

그리고 당신이 원본을 읽었어도 틀림없이 이 책을 재미있게 읽을 수 있을 겁니다. 왜냐하면 문고본으로 바꾸는 과정에서 작가가 여러모로 가필을 했기 때문입니다. 처음부터 훌륭했던 과거의 원고가 한층 더 업그레이드되었으니까요. 다시 한 번 읽어 볼 가치는 있을 겁니다.

그리고 여기서 분명히 밝혀 둡니다만, 위에 적은 내용은 해설자가 '과장'을 한 것이 아닙니다. 모두 부정할 수 없는 사실입니다. 지금부터 그 이유를 설명하겠습니다.

어떤 점이 본격 미스터리로서 훌륭한가?

이 책에 수록된 작품들은 엘러리 퀸 스타일의 본격 미스터리, 즉, 작가가 독자에게 "당신도 추리를 하면 진상을 꿰뚫어 볼 수 있습니다."라고 도전장을 내미는 타입에 속합니다. 이런 타입의 작품에서 작가와 독자가 중요시하는 것은 '작중 탐정(이 책의 경우에는 사에코)이 추리에 사용한 정보는 전부 다 독자에게도 사전에 공개돼야 한다.'라는 점입니다. 소위 '페어플레이'라는 거죠. 그리고 이 작품은 '붉은 박물관'이라는 독특한 설정을 이용해 수준 높은 '페어플레이'를 달성하고 있습니다.

그 '붉은 박물관'이 무엇인가 하면, 런던 광역 경찰청 범죄 박물관(통칭 '검은 박물관')의 일본판입니다. 그곳에 보관되어 있는 과거 사건의 유류품과 증거품, 수사 자료를 이용하여 여자 관장, 히이로 사에코 경정이 수수께끼를 풀어 나간다는 것이 기본 설정입니다. 이것은 물론 페어플레이를 완벽하게 실천하는 것입니다. 왜냐하면 탐정과 독자가 얻을 수 있는 정보가 **완전히 동일**해지기 때문입니다. 또 당시의 사건 관계자에게 다시 한 번 이야기를 듣는 경우도 있습니다만, 관계자를 만나는 사람은 사에코가 아니라 부하인 데라다이기 때문에 그 내용은 전부 다 독자에게 공개됩니다. 게다가 데라다가 관계자에게 하는 질문은 사에코가 지시한 것입니다. 그러니까 독자가 '왜 이런 질문을 하는 걸까?'라고 생각을 해 본다면, 사에코의 추리를 알아맞히는 것도 가능해진다는 겁니다.

페어플레이라고 공언하는 본격 미스터리 소설 중에는, 대량의 '중요하지 않은 정보' 속에 '중요한 정보'를 몰래 숨겨 두는, 솔직히 말하자면 별로 바람직하지 않은 방법을 사용하는 작품도 적

지 않습니다. 그러나 이 책은 다릅니다. 작가는 "중요한 단서는
이 안에 있습니다.", "이 질문의 답은 중요한 단서입니다." 하고
독자 앞에서 선언하고 있으니까요. 그야말로 당당한 페어플레이
라고 할 수 있죠.

단, 이 정도로 공정하게 단서를 설명해 주면, 당연한 이야기지
만 독자가 금방 진상을 알아차릴 가능성이 높아집니다. 실은 단
서를 정확히 설명하는 것 자체는 어려운 일이 아닙니다. 어려운
것은 '독자에게 단서를 당당하게 보여 주면서도 진상을 알아맞
히지 못하게 하는 것'입니다.

그리고 작가는 이 난제를 멋지게 해결했습니다. 앞으로 읽으
실 독자 여러분을 위해 두루뭉술하게 표현하자면.

① 독자가 범인을 용의자에 포함시키지 않도록 교묘하게 잘못
된 길로 인도한다.

독자가 단서를 적용시키려는 대상은 용의자밖에 없습니다. 이
를테면 독자에게 '범인은 피해자의 가족 중에 있다.'라는 선입견
을 심어 주고 실제 범인은 '가족과는 무관한 인물'로 설정해 두
면, 독자는 진상을 파악하지 못합니다.

② 독자가 사건의 구도를 착각하도록 교묘하게 잘못된 길로
인도한다.

예를 들어 범인이 납치로 위장하여 유산상속자를 없애기로 마

음먹었다고 합시다. 이 경우에 독자가 '납치 사건'이라는 전제로 단서를 해석하려고 하는 한, 진상에는 도달할 수 없습니다.

당신이 이 책을 끝까지 읽었다면, 작가가 이 기교를 어떻게 응용했는지 한번 확인해 보세요. 아마도 소리 내어 감탄하게 될 겁니다.

그런데 퀸 스타일의 본격 미스터리가 품고 있는 난제는 아직도 남아 있습니다. 그것은 '단 한 명도 진상을 파악하지 못하는 작품은 졸작으로 평가 받는다.'라는 것입니다. 정말로 공정하게 쓴 작품이라면, 아무리 교묘하게 독자를 잘못 인도하더라도 **모든** 독자를 속이지는 못합니다. 본격 미스터리의 이상적인 난이도는 '독자가 지혜를 쥐어 짜내면 (완벽하진 않아도) 진상을 알아맞힐 수 있는 수준'입니다. 그리고 이 작품은 절묘하게 균형을 맞춰 이 난이도를 달성했습니다. 저를 예로 들자면 다섯 작품 중 하나는 거의 정답을 맞혔고, 또 하나는 어느 정도 정답을 맞혔거든요.

그러니까 지금부터 이 책을 읽으시는 분들은 사에코가 진상을 이야기하기 전에 먼저 추리를 해 보세요. 그러면 각 작품이 얼마나 페어플레이를 실천하고 있는지, 얼마나 교묘하게 독자를 잘못된 길로 인도하고 있는지, 얼마나 절묘한 난이도를 실현시켰는지 알 수 있을 겁니다. 그리고 독자에게 도전하는 타입의 본격 미스터리로서 이 책이 최고 수준의 완성도를 달성했다는 것을 실감하실 수 있을 겁니다.

어떤 점이 TV 드라마와는 다른가?

이 소설은 TV 드라마로 제작되어 2016년 8월 29일에 〈범죄 자료관: 히이로 사에코 시리즈 '붉은 박물관'〉이란 제목으로 방영됐습니다. 배역은 히이로 사에코가 마쓰시타 유키, 데라다가 야마자키 유타, 오쓰카 수위가 류 라이타. 원작은 〈죽음이 공범자를 갈라놓을 때까지〉와 〈불길〉이고, 각본은 오쿠보 도모미가 담당했습니다.

〈불길〉을 데라다 본인의 사건으로 만든다든가 하는 식으로 대담하게 변형한 부분도 있지만, 미스터리 부분은 대체로 원작에 충실합니다. 다만 원작의 치밀함을 다 반영할 수는 없었는지, 〈죽음이 공범자를 갈라놓을 때까지〉에 나오는 운전면허처럼 생략된 단서도 있습니다. 드라마를 보신 분은 부디 이 책과 비교해 보시길 바랍니다. 그러면 원작이 얼마나 훌륭하고 각본이 얼마나 공들여 만들어졌는지, 모두 아실 수 있을 겁니다.

가장 크게 달라진 점은, 건조하고 논리적인 원작을 끈적하고 감정적인 이야기로 다시 만들어 냈다는 것입니다. (〈모래 그릇〉과 비슷한 각색이라고나 할까요.) 사에코의 캐릭터도 일찌감치 '설녀'에서는 벗어나 버렸지요. 아마도 이것은 시청자의 감정이입을 유도하려고 그런 것 같습니다.

이 드라마가 호평을 받았는지 2017년 7월 10일에는 〈범죄 자료관: 히이로 사에코 시리즈 '붉은 박물관 2'〉가 방영됐습니다. 원작은 〈죽음에 이르는 질문〉이었고, 각본은 가나야 유코가 담당했습니다.

이번에도 원작을 존중하면서도 드라마 오리지널 용의자를 등장시키고, 동기를 보강하는 정보를 추가했습니다. 끈적하고 감정적인 분위기 변경은 저번과 마찬가지이고요. 물론 원작도 '건조하고 논리적인 사에코의 추리에 이어서 끈적하고 감정적인 범행 동기가 드러난다.'라는 식으로 구성되어 있으므로, 아예 변경했다기보다는 비중을 바꿨다고 표현하는 것이 더 나을지도 모릅니다. 그리고 드라마판 제1화에 은근슬쩍 나왔던 '사에코의 어머니가 수수께끼의 죽음을 맞이한 사건'에 관한 장면이 드라마 내용의 약 3분의 1을 차지하고 있는 것도 뭔가 무겁고 끈적한 이미지를 강화시킵니다. 하지만 미스터리 부분은 원작과 마찬가지로 수준이 높기 때문에 이 시리즈가 계속되기를 바라고 있습니다.

문고본에서 어떤 점이 수정되었는가?

원본과 문고본을 비교해 보면 주로 〈빵의 몸값〉이 크게 수정되었습니다. 모든 수정은 미스터리 부분을 잘 다듬은 것이며, 동일한 작가가 쓴《밀실 수집가》문고본 가필과 같은 트릭 변경은 없습니다.

· 몸값을 건네주기 위해 이동하는 장면을 좀 더 상세히 묘사

· 거래 현장이 된 폐가의 주인을 용의자에 포함시켜서 알리바이를 조사하는 장면 추가

· 범인과 관련된 정보 추가

· 과거의 원고에서는 간단히 언급만 하고 넘어갔던 동기에 관한 정보 추가

· 해결편에서 사에코의 추리를 30퍼센트나 늘려서 치밀하게 변경

또 작가는 "몸값이 5억 엔이었는데, 이 금액이면 너무 무거워서 혼자서는 옮기지 못한다고 하니 1억 엔으로 줄였습니다."라고 밝혔습니다. 그리고 이 책 전체에서 교통사고로 죽은 사람이 너무 많아서, 그중 두 건의 사인을 변경했다고 합니다.

위와 같은 수정 덕분에 과거보다 훨씬 더 글의 완성도가 높아졌습니다. 이미 양장본으로 읽어 보신 분들도 부디 이 책으로 다시 한 번 읽어 보시길 바랍니다. 그리고 〈빵의 몸값〉을 드라마로 만들 때에는 이 문고본을 바탕으로 해 주셨으면 하는 바람이 있습니다.

이 책을 재미있게 읽으셔서 '오야마 세이이치로의 작품을 좀 더 읽어 보고 싶어.'라고 생각하신 분에게는 《밀실 수집가》(문춘 문고)를 추천해 드리고 싶습니다. 그리고 그것도 재미있게 읽으신 분은 《알파벳 퍼즐러들》(창원추리문고)을 읽어 보세요. 둘 다 이미 읽으신 분도 실망하실 필요 없습니다. 작가의 말에 의하면, 이 책을 간행하는 달 혹은 그다음 달에 《알리바이를 깨드립니다》(국내 출간)라는 알리바이 깨뜨리기 연작 단편집이 실업지일본 사에서 나온다고 하니까요. 작품의 설정은 '시계방의 여주인이 손님인 형사한테서 사건 이야기를 듣고, 용의자의 철벽같은 알리바이를 그 자리에서 즉시 깨뜨려 주는 것'이라고 하니, 여기서 도 또 작중 탐정과 독자가 입수할 수 있는 정보를 일치시켜 페어 플레이를 실천하고 있는 셈입니다. 아아, 정말 기대가 되네요.

한국 독자분들께

'붉은 박물관 시리즈' 두 번째 작품인 《기억 속의 유괴》가, 일본에서 2022년에 출판됐습니다.

이 작품과 마찬가지로 수준 높은 본격 미스터리이며, 저는 다섯 편의 작품 중 두 작품의 정답을 거의 맞혔습니다.

여러분도 꼭 읽어 보셨으면 좋겠습니다.

붉은 박물관

1판 1쇄 발행 2023년 9월 20일
1판 3쇄 발행 2024년 1월 29일
지은이 오야마 세이이치로 | **옮긴이** 한수진 | **펴낸이** 최원영
편집부장 윤영천 | **편집부** 김서연 이지윤 | **북디자인** 곰곰사무소
본문조판 양우연 | **마케팅** 김민원
펴낸곳 (주)디앤씨미디어 | **출판등록** 2002년 4월 25일 제20-260호
주소 서울시 구로구 디지털로 26길 111 제이앤케이디지털타워 503호
전화번호 02.333.2513 | **팩스** 02.333.2514

ISBN 979-11-92738-19-2 04830
ISBN 979-11-92738-18-5 (set)

정가 16,900원